天に星　地に花　上

帚木蓬生

集英社文庫

目次

宝暦四年（一七五四）霊鷲寺 7
第一章　年貢改め 25
第二章　疱瘡 207
第三章　飢餓 297

「天に星 地に花」物語の舞台

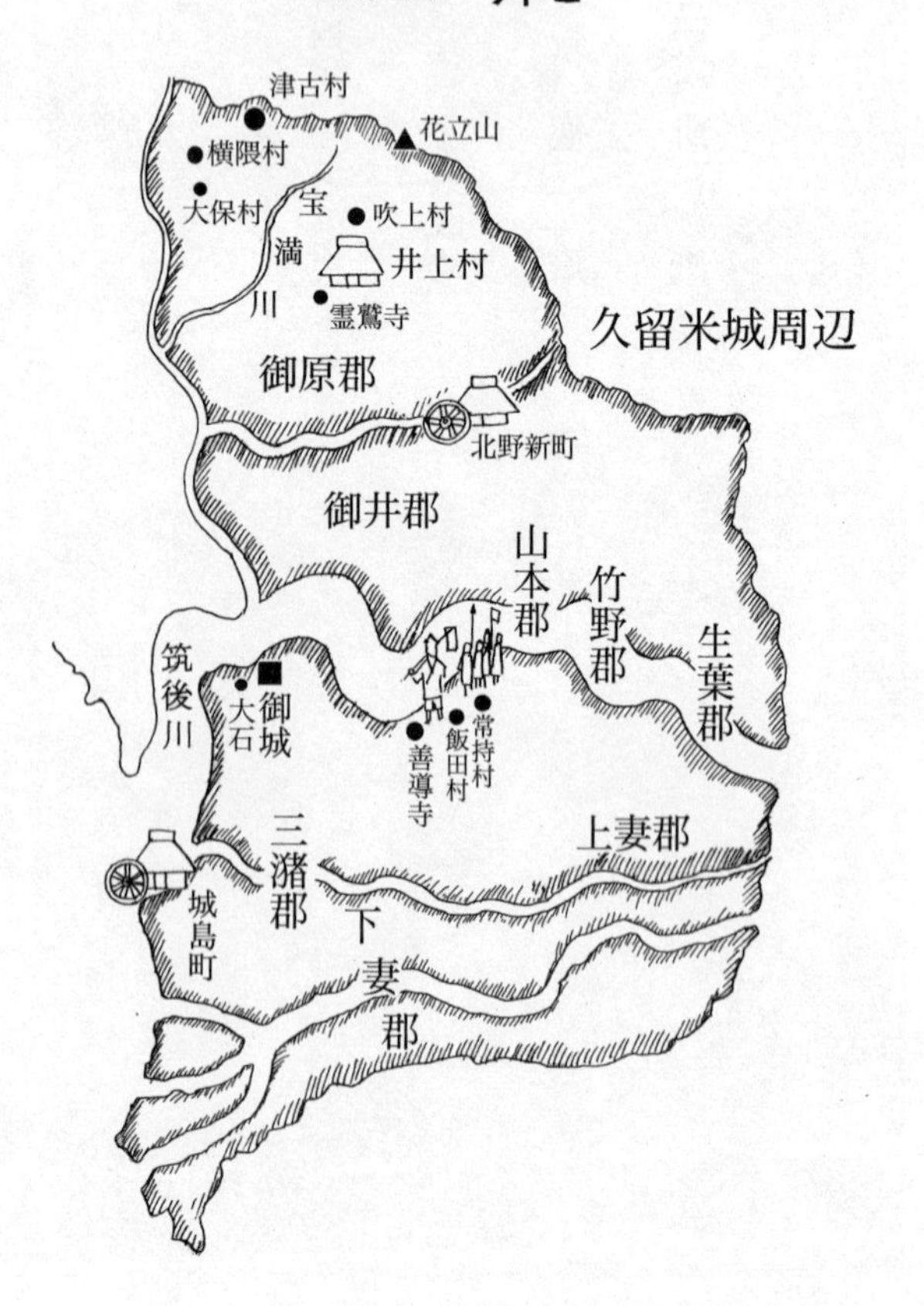

天に星　地に花　上

宝暦四年（一七五四）霊鷲寺（りょうじゅうじ）

　高々と伸びる左右の杉並木は、いつ来ても変わらない。庄十郎は参道をひたひたと歩く。突き当たりにそびえる楼門をくぐり、薬師堂の前に出た。扁額（へんがく）に書かれた〈祈禱（きとう）〉の二文字をしっかりと眼に入れる。

　庄十郎にとっては、それがみそぎのつもりだった。手には水桶（みずおけ）や柄杓（ひしゃく）も持っていない。まして供える花もなかった。着ているものとて、日頃診療をしているときの普段着であり、足につけているのは草履ではなく草鞋（わらじ）だ。

　薬師堂の中にある薬師如来の前で、静かに手を合わせる。まがりなりにも医業をなりわいとする者として、薬師如来は医師の行くべき道を具現していた。

　民の病苦を救い、病を癒やす。そのためにこの二十年余、研鑽（けんさん）を積み、その修業はまだ続いている。道半ばどころか、道のりの三割にも達していない。とはいえ、隣の北野新町に診療所を設けて四年半になる。近在の病人に頼りにされているのは、ありがたかった。

薬師堂横の方丈でも足をとめ、中を覗く。住職である円信の姿はなかった。

目ざす墓所は、方丈の後方にあった。左右の石灯籠を従えるようにして、墓碑はすっと立っている。

その瀟洒なたたずまいは、亡き人の生前の姿を彷彿させた。

庄十郎は草鞋を脱ぎ、墓石の前で身をかがめる。胸の内で唱える言葉はいつも決まっていた。

――このひと月、無事に立ち働けました。稲次様の遺志に沿う行いをしているかどうか、自らに問いかけながらの日々でございました。またひと月、どうかお見届け下さい。

もう一度、墓石を見上げたあと、目を閉じて合掌する。

立ち上がろうとしたとき、背後で声がした。

「凌水殿、見えとりましたか。月命日なので、あるいはと思っとりました」

円信が笑いかけ、草鞋をはくようにと、手のひらを上に向けた。

「いつ来ても、稲次様の墓前では、初心に立ち返ります」

庄十郎は立ち上がり、相対する。

「医の道を進もうと心決めしたとが、十三のときです。通常なら、疱瘡で命ば落としとりました。このあばた面は、命と引き替えにもらったと思っとります」

庄十郎は笑いながら、手で頬を撫でた。

「やっぱりそげんでしたか。ひょっとしたらと思っとりました。昔から、〈疱瘡は器量定め、麻疹は命さだめ〉と言われとりますけん」

「女でなくて幸いでした。ばってんこの齢でひとり身ちいうのも、あばた面ゆえかもしれまっせん」

庄十郎は乾いた笑い声をたてる。

十三のとき、父親が三潴郡の城島町からわざわざ小林鎮水先生を呼び、治療させていなければ、そこで自分の人生は終わっていた。翌年、庄十郎は父親に乞い、その鎮水先生の診療所に住み込んだ。あれから二十三年たつ。

「稲次様の命を奪ったのも疱瘡でした」

円信はしんみりとした顔になる。

「そげんです。そんとき、師匠の鎮水先生について、城島町から津古村まで行きました。着いたとき、稲次様の容態は子供の眼にも重病に見えました。心配になり、助かるとでしょうかと、鎮水先生に訊いたとです――」

言いながら庄十郎は胸が詰まり、大銀杏の梢を見上げた。「ここは祈るしかなか。それが鎮水先生の返事でした。あの薬師堂の扁額に書いてあるとおりです。その七日後に亡くなられました」

「享年三十五ちいうのは、いくら何でも早すぎましたな」

円信が墓石に向かって、静かに手を合わせる。

そうか、もう稲次様が亡くなった年齢を二つ超えたのだと、庄十郎は実感する。まさに、人生はこれからというときの夭折だった。

「そんとき住んであった家も、質素なもんでした。三千石の家老の職を召し上げられて、たった十人扶持の小身にさせられての蟄居ですけんね。悔しか思いが、病魔の勢いを強くしたとでしょう」

蟄居などにされず、久留米の城下に留めおかれていれば、そもそも疱瘡などにはかからなかったはずだ。領内の辺鄙な村、最初は横隈村、ついで北のはずれの津古村へと追いやられた心労は、察して余りある。

「三回忌の折、稲次様の御母堂が墓参に見えたときも、人目を忍んでのことだったと、先代の住職からは聞いとります」

円信は墓石の脇に建つ一字一石塔に眼をやる。生母による寄進の石塔さえも、隠密裡に置かれたという話だった。

それほどまで領主に疎まれた家老だったのに、百姓や庄屋、大庄屋たちからは追慕された。墓石の前の灯籠も庄屋たちの寄進によっていた。

「五年前に建てられた、城下の五穀神社には行かれたですか」

円信から訊かれて、庄十郎はかぶりを振る。

「行っとりません。そのうち参らにゃならんと思っとります」

「あれも、表向きは五穀豊穣の神社になっとりますが、実際は、稲次家老を祀ったものと聞いとります」

「そげんです」庄十郎は頷く。「神殿は、久留米惣八郡の百姓たちの合資で、拝殿は大庄屋たちの出資らしかです」

詳細を教えてくれたのは、診療所に隣接している北野天満宮の神官だった。

「すると、淩水殿の兄の八郎兵衛殿も出資されたとでしょうね」

円信が問いかける。唐突に兄の名を聞いて、庄十郎はうろたえる。

「いや、しとらんでっしょ」

父の隠居後に大庄屋の家督を継いだ兄が、稲次様を敬っているとはとても考えられなかった。

「ときどきは、井上村にも行かれますか」

円信がさり気なく訊く。

「行きまっせん。もう十年以上、兄とは会っとらんです。こちらからは用事はなかし、向こうでも、こっち以上に、会う用件はなかはずですけん」

淡々と答えた。

「ちょっと方丈に上がっていきなさらんか」

円信が勧めた。「茶ぐらいしかなかですが」

折り入って話があるとき、円信はよく庄十郎を方丈に誘った。足を拭いて畳の上に坐(すわ)る。正面に小さな仏壇があった。真ん中には菊の紋章、右に大御所の紋所である三葉(みつば)葵(あおい)の紋、左に久留米領主有馬(ありま)家の左三(み)つ巴(どもえ)の紋が配されている。

しばらく奥に引っ込んでいた円信が、茶碗(ちゃわん)を運んで来る。いつもの接待だった。庄十郎は手を伸ばし、茶碗を口にもっていく。

「実は、かんばしくなか話ば耳にして、胸を痛めとるとです」

円信がまっすぐ庄十郎を見据えた。

「どげなこつですか」

「大庄屋の八郎兵衛殿が、庄屋や百姓たちに、ことあるごとに夫役(ぶやく)を押しつけるという噂(うわさ)です。塀の改修、瓦(かわら)屋根や藁(わら)屋根の葺(ふ)き替え、溝さらえなど、何かにつけ、五人十人と人夫を要求してくるちゅう話ば、聞いとります。庄屋とて、おいそれとは人夫を出せんので、銀で夫役を立て替えるしかありまっせん。そこが狙いで大庄屋殿が夫役を言いつけとると、庄屋たちは不満たらたらです」

「知りませんでした」

庄十郎は溜息(ためいき)をつく。

「百姓たちも、大庄屋殿の悪口ば言っとります」

円信は暗い表情のまま言い継ぐ。「道で会ったとき、百姓たちは道端で腰をかがめて挨拶するでっしょが。ところが大庄屋殿は声をかけるでもなく、眼をやるでもなく、ふんぞり返って行き過ぎるらしかです」

「そげなこつですか」

頷きながら、兄ならそうしかねないと庄十郎は納得する。昔から、田畑に足を踏み入れるのを嫌い、百姓にも近づこうとしなかった。道に牛馬の糞（ふん）が落ちていると、道を引き返していたほどだ。

円信が静かに茶をすする。兄の悪い評判には胸が痛む。とはいえ、二十三年前に家を出、その後も疎遠にしている庄十郎には、打つ手がなかった。

「先代の大庄屋、孫市殿は、人望を集めておられたと聞いとります。落差があまり大きかけん、とやかく言われるのかもしれません」

確かに父は、人から後ろ指をさされるような人間ではなかった。つきあいは上下へだてなく、郡役所（こおりやくしょ）の侍とも年中行き来し、久留米城下にもたびたび出向いていた。道端で腰をかがめる百姓を立たせ、長い間話し込んでいる父の姿も記憶している。作物の出来具合いを尋ね、臥（ふ）している年寄りを気遣っていた。

幼い頃から知っている兄の八郎兵衛に、そうした振る舞いは期待できない。

円信が兄の不評を口にするのは、忠告を望んでいるからだろう。自分にそんな力はない。助言しても逆恨みされるのがおちだ。

「領内の他の郡に長くおったから分かるとですが、松崎近辺の百姓は、他の郡の百姓と違っとります」

円信が言う。庄十郎は意外に思って問い返す。

「どげな風に違っとるとですか」

「ひと言でいえば、気位が高いとです。独立独歩の気風ちいうか」

「気がつかんじゃったです」

父からも、そんな話は聞いていない。

「淩水殿が住んでである北野新町は、隣の御井郡ですけん、他と同じでっしょ。この松崎宿のある御原郡は、昔、大公儀の御公領だったでしょう。久留米領から分かれて、松崎領一万石になったとが、九十年前です。この霊鷲寺も、領主の有馬豊範様が、もともと三潴郡の西牟田村にあったのを、延宝八年（一六八〇）に移建して、菩提寺にされたとです」

円信は仏壇の紋所を見やってから続けた。

「ところがその四年後の貞享元年（一六八四）、豊範様の遠戚である武蔵国岩槻の領主、土方家中のお家騒動の余波で、大公儀から領地没収を申し渡されました。豊範様と子息の豊胤様は、有馬本家に預かりの身となったとです。

ですけん、久留米領から松崎領が分かれとったのは、たった十六年間です。没収後は大公儀の御料となり、代官が置かれ、貞享二年、松崎の城館は代官様によって取り壊されました。その後、配流中の豊範様父子に、大公儀からの赦免が届き、元禄十年（一六九七）、天領だった松崎領一万石は、有馬本家に返還されとります。
天領だったのは、たった十三年ですばってん、これが、旧松崎領の百姓たちの気風ば変えたと、私は思っとります。ただの百姓じゃなく、大公儀の息のかかっとる百姓だという気概です」

「そげんでしたか」

庄十郎は嘆息する。父からも聞かされず、自分でも感じなかった事柄だ。無理はない。自分が井上村を出たのは十四歳のときだ。もちろん、他郡の百姓の気質など知るよしもない。父も、子供にそうした話をするはずがなかった。

「ですけん、大庄屋の八郎兵衛殿が、百姓や庄屋を統べるのがむつかしかこつは、よう分かります。ばってん、ひとつ間違えば、反発をくらうのも、こりゃ確かです。今のうちに諫めとかんと、百姓や庄屋たちの訴状が、公儀に出されんとも限りまっせん。いや、もう出されとるかもしれません」

「そこまで、事はせっぱ詰まっとるのですか」

庄十郎は肩を落とす。大庄屋の下には二十人近い庄屋がいる。そのうち、兄に進言ができるのは、年配の庄屋に違いない。

庄十郎は、干潟村の庄屋三郎右衛門を思い起こす。あの頃は、若く頼もしい庄屋だった。今ではもう五十近くのはずで、他の庄屋からも頼りにされているに違いない。しかしその三郎右衛門も、あるいは兄に反感を覚える庄屋たちの先頭に立っているのかもしれなかった。

庄十郎の困惑を察してか、円信が話題を変えた。

「先日、城下の梅林寺に行きました。豊範様の墓はこの霊鷲寺ではなく、梅林寺にあるとです。そこで、家中の容易ならざる事情ば耳にしました」

梅林寺は有馬家の菩提寺であり、円信が若い頃修行をした寺でもある。家中の重臣たちが出入りし、公儀の事情も耳にはいるのに違いない。

「容易ならん事情ちいうと、台所事情のこつですか」

「借銀です。御家はこのところ、ずっと物入り続きのごたるです。五年前に福聚寺ば創建されとるし、そん前の元文四年（一七三九）には、花畑御殿の建設もあっとります。加えて、先代からの借銀も相当なもんですけん。

昨年、銀札が発行されたのも、御家の事情ば少しでも良くしようという考えから出とります。凌水殿も知っとられるとおり、評判はばさらか（とても）悪かです。出された当初は、誰も分からんじゃったとですが、月日がたつにつれて、そのからくりば、在所の百姓も城下の商人たちも、知りはじめとります。

　これまでの銀札を買い札として例えば百目分出すと、新しか銀札が百匁五分貰えます。そうすると誰でも、得したような気分になって、どんどん替えます。ところが、この新しか銀札ば正銀に替える揚げ札の際には、銀札百二匁五分出して、貰える正銀は百目きっかりです。つまり、お上は、この打歩、つまり差額で、差し引き二匁の得ばするこつになります。その上、旧札から新札、新札から正銀へと替えるたび、札元からは手数料ばとられます。踏んだり蹴ったりです。

　このからくりば知ると、誰でも新しか銀札など買いたくなくなります。ところが、お上はよう考えたもので、運上銀などの諸々の上納は、新しい銀札でしか受けつけんのです」

　この銀札に対する不満は、庄十郎も耳にしていた。しかもその不評ぶりは、日を追うごとに強くなっている。円信が続けた。

「私が恐れとるのは、お上がこれに味をしめて、際限なく銀札を発行せんかちいうこつです。

　銀札が多く出回ると、誰も信用せんごつなって、銀札そんものの価値が下がるでっしょ。早晩うまくいかんようになるのは目に見えとります」

　沈痛な表情のまま円信は黙った。

　どこからか鶯の声が甲高く響いてきた。本来ならのどかな気分になるはずなのに、気持は重く澱んでいく。

「もうひとつ、御家では民全体への賦課ば考えとるごたるです」

「賦課ですか」

庄十郎は驚く。この数年、米は不作続きだった。庄十郎の治療を受けに来る百姓たちの大半は、食の貧しさからくる病苦に悩んでいた。風気や眼疾、瘡が多く、いずれも、たらふく好きな物を食べれば、快癒が見込める病気だった。

食の貧しさゆえの病が最も如実に現れるのは妊婦と赤ん坊で、死産の挙句、妊婦も死に絶えたり、赤ん坊が生き延びても、若い母親は死ぬといった例があとを絶たない。そんな折、さらなる賦課など信じ難い。

「今お上が考えとるのは、人別銀です」

「人別銀」

庄十郎はのけぞる。

「間違いなかでっしょ。家中の侍から百姓、町人、果ては神官や僧侶まで、領内の民ひとりひとりに賦課する人別銀の達示が、ひと月かふた月以内に出されるはずです。おそらく、えらい騒ぎになるでっしょ」

「僧侶や神官からも取るとですか」

「人別銀ですから、例外はなかです。もちろん、凌水殿のような医師にも賦課されるはずです」

「しかしそげんなると、誰も黙っとらんでしょう」

「黙っとらんと思います」

円信が顎を引く。「百姓たちはなおさら黙っとらんはずです。私は二十六、七年前の享保（きょうほう）の打ち壊しのようなこつが起こらにゃよかがと、思っとります」

「一揆（いっき）ですか」

　庄十郎は暗然として円信を見返す。

「これが杞憂（きゆう）で、騒動が起こらんように願っとりますが」

　円信は悲痛な顔で頷く。またどこからか、鶯の声が届いた。

「凌水殿、せっかくの墓参りを、こげな無粋な話で汚してしもうて、相済みません。凌水殿しか話せませんから」

　立ち上がった円信に従って、庄十郎は方丈を出た。

　楼門の前で別れ、参道を歩く。途中で振り返ると、まだ円信が立っていた。石段を下りたところで、庄十郎は大きく息を吸う。円信が口にした杞憂という言葉を信じようとしても、逆に憂慮が深まるばかりだった。

　松崎宿は相変わらず人で賑（にぎ）わっていた。人別銀が課されれば、この賑わいも下火になるのではと、庄十郎は案じる。

松崎街道沿いにある田では、田植えに備えての春田ごしらえの最中だった。溝をさらい、柴草を田に入れ込む百姓もいれば、水口を整えたり、畦塗りに余念がない者もいる。畑では瓜や南瓜、胡瓜の種まきが終わり、一部ではもう芽が出ていた。

柴草刈りをしていた百姓がこちらを見て、頰かぶりの手拭いを取った。笑って、ちょこんと頭を下げた。

「凌水先生ではなかですか」

庄十郎は、相手の顔に見覚えがあるのみで、名前が出て来ない。

「下岩田村の伊作です」

言われて思い出す。昨年の秋、庄十郎の診療所に駆け込んで来た男がいて、家まで来てくれと懇願した。臨月に近い女房が苦しみ出したと言う。手馴れた産婆も近在にはおらず、庄十郎の評判を聞いて藁にもすがる気持で来たらしかった。

行ったところで、手の施しようがない予感はした。しかし妊婦を診ないで断るのは、必死の形相をしている亭主の手前できない。診療所で待っている患者には明日来るように言い、村まで急いだ。

妊婦は、文字通りの青息吐息だった。額に脂汗を浮かべ、始まった陣痛に苦しんでいる。肩で息をする女房を仰臥させて、腹を触診した。どうやら横産のようだった。

胎児が横になったままでは、産道を通らない。このままでは、妊婦も胎児もまず助かる見込みはなかった。

庄十郎は、妊婦を左側臥位にさせ、下腹を揉み上げるようにして圧迫する。張っていた腹がかすかに動いた。痛がる妊婦を励まして、もう一度、下腹を押し上げた。そしてすかさず逆の右側臥位にし、今度は、亭主の力を借りて、両方の脚を思い切り持ち上げた。あられもない恰好のまま、妊婦にひと呼吸ふた呼吸させると、荒い息づかいが、にわかに止んだ。胎児の位置が変わったのだ。

庄十郎は、へたり込んでいる亭主に湯を沸かすように命じた。

妊婦を起こして、棟木から吊るした綱にすがりつかせた。陣痛が来るたびに息ませる。初産にもかかわらず、胎児はすぐに頭を出し、三、四回の息みのあと、あっけなく娩出した。

赤ん坊の泣き声を聞いて、男泣きを始めたのは亭主のほうだった。つられて女房も泣く。気がつくと、家の外には、村の女たちが十人ばかり駆けつけていた。

あとの産湯などの処置は、その女たちに任せればよかった。

翌日、伊作は背負子一杯の大根を診療所まで持参した。ひとりで一度に食べられる量ではなく、その後十日ほどは、診療のあと、切り干し大根作りに追われたのだ。

「ときさんは元気にしとるかの」

庄十郎は女房の名前を思い出して訊く。

「おかげさんで、また二番目をはらんどります」

伊作は笑いながら、自分の腹を撫でる。

「もう」庄十郎は驚く。「そりゃめでたか。今度はすんなり生まれるじゃろ」

「難儀なときは、また先生のところに走りますけん」

伊作は相好をくずす。「長男坊も家の中を這(は)いずり回って、眼を離せまっせん。ところで、今日はどこかに往診で？」

「いや、ちょっと霊鷲寺に行った帰り」

「呼びとめて、すんまっせん」

頭を下げ、伊作はまた溝の方に戻った。

麦の育ちぶりも、今のところは上々のようだ。宝暦の代になって、春物成(はるものなり)も秋物成も不作が続いている。百姓たちは今年こそ平年作を願っていた。

歩きながら、庄十郎は、円信が言った人別銀を思い起こす。お上は、生まれたばかりの赤ん坊にも人別銀を課すのだろうか。

子供を育てるのにも親は苦労するのに、子供ひとりあて人別銀を徴収するとすれば、間引きが横行しはじめるに違いない。

生まれたばかりの乳児を山に捨てたり、川に流したり、口を塞いで死なせたり、人べらしのやり方にはこと欠かない。

医師として、間引きほど情ない行為はない。しかしとめようがないのだ。

去年の銀札といい、噂される人別銀といい、お上のなりふり構わない姿勢が見える。百姓町人からしぼりとる前に、江戸屋敷や家中の倹約を先にすべきではないのか。もし、ここで稲次因幡(いなば)様が生きておられたらどうか。庄十郎はつい考えてしまう。おそらく、諫言(かんげん)をためらわれないだろう。もちろん切腹は覚悟の上だ。

二十六年前の大騒動をおさめたのは、他ならぬ稲次様と言ってよかった。

あの天地を揺るがすような光景は、子供心にも忘れようにも、忘れられない。

あのとき、父親に連れられて筑後(ちくご)川まで歩き、神代(くましろ)の渡しで舟に乗った。心地好い風が吹く土手を上がり、眼にしたのは、田畑の間をぬう道という道に集まった百姓たちの姿だった。

菅笠(すげがさ)をかぶり、手には鎌や鍬(くわ)を持ち、ある者は丸太を担いでいる。

「甚八に庄十、この有様をようく目に焼きつけとけ。これが百姓の力ぞ。百姓が集まれば、山も動かすし、筑後川だって堰(せ)き止めらるる」

父の孫市が言った。

「あん人たちは、どこに行きよるとね」

訊いたのは、兄の甚八だった。

「あそこに森があるじゃろ。善導寺(ぜんどうじ)ちいう大きか寺がある。そこに集まって、それから先は、城下に向かうはず」

「そして、何ばするとですか」

　庄十郎もたまらず訊いていた。

「お上に年貢の減免を申し込むったい。その他にも、いろいろな要求がある。お前たちには、あとで聞かしてやろう。知っとって損はなか。特に、甚八は将来、高松家の大庄屋を継がにゃいかん。百姓の言いたかこつが何か、ようく知っとかにゃ、役目は務まらん」

　父は言った。父の跡を継ぐのが兄なら、自分はいったい何になるのか、父が兄に跡継ぎの話をするたび、庄十郎は自問した。

　あるとき、それを父に質問したことがある。

「甚八の下で働くか、他の大庄屋か庄屋に婿入りするかじゃろ。甚八に、もしものこつがあったら、お前が助けなきゃならん。よかな」

　小さい頃から兄のそばに坐らせられ、読み書き、算術を習っているのも、そのためだった。

「今日は、ちょうど善導寺に用事があるけ、来てみた。ここまで来て、引き返す手はなか」

　父は言い、二人の手を取り、土手を下ったのだ。

第一章　年貢改め

享保十三年（一七二八）三月、庄十郎と甚八の歩調に合わせて、父の孫市の歩きぶりもゆっくりだった。

大きな道に出ると、後ろから追いついた男たちが急ぎ足で、前を行く一団に合流する。裸足の男もいれば、草鞋、足半（半草履）の者もいる。肩に幾重にも継ぎの当たった上衣を着て、鍬を担いでいる。泥を落とされ、磨かれた鍬の刃が春日に光った。男たちはしゃべらず、代わりに「よっしゃ、よっしゃ」というような掛け声を口の中で唱えていた。一番後ろを歩いていた庄十郎は恐くなり、男たちの足元や、股下から出ている足ばかりを見ていた。

どの足も、泥で汚れている。泥ではなく垢かもしれなかった。爪も伸び、泥が詰まって黒くなっている。男たちは、あの汚れた足のままで寝床にはいったのだろうかと、庄十郎は心配になる。母の菊は、足洗いに厳しかった。外から戻るたび、荒使子に水、冬は湯を持って来させ、洗わせた。

庄十郎は父の着ている物と、男たちの身なりの違いにも眼をとめる。父は草履ばきで、着物の上に羽織を着、まげも乱れていない。腰に差している脇差の先が、羽織から出ていた。

本来なら、百姓たちは父の姿を見ると、遠くにいれば手拭いをとって頭を下げ、道端であれば腰を深くかがめた。ところが今は、邪魔だと言わんばかりに、威勢よく追い越して行く。

その勢いが恐いのか、前を歩く兄の甚八は、父の帯を摑むようにして寄り添っていた。

「よっしゃ、よっしゃ」

くぐもった声が、どの男たちの口からも漏れている。ひとりひとりの小さな声が、男たちの足音と重なり、どよめきのようになっていた。庄十郎は男たちの髭面を見ないようにして、地面を踏む足元だけを見つめた。

道と道が合流し、道幅が広くなるにつれて、百姓の数が増した。村々ごとに集まっているらしく、一団が出会うごとに、先頭の男が村の名を口にした。

「山本郡常持村、八十六人」

「御原郡本郷枝村、五十一人」

「三潴郡津福村、四十二人」

言い合う言葉が挨拶代わりになっている。

御原郡は自分の井上村もそうだが、山本郡や三潴郡は、名前は聞いていても、位置は知らなかった。遠い村であるのは間違いない。いったいいくつの村から、百姓たちが集まってくるのか。二十か村だろうか、それとも四、五十か村はあるのか。推量しているうちに、庄十郎は、自分の息までが荒くなっているのに気がつく。

心細くなり、父がどういう顔をしているのか気になる。しかし眼にはいるのは父の後姿だけだ。歩調はあくまでもゆったりしている。百姓たちに道を譲るかのように、右端をゆったり歩く。男たちに顔を向けるでもない。いわば我関せずだ。

不意に父が足をとめ、後ろを振り向く。

「庄十、大丈夫か」

いつもの笑顔で呼びかけられた。

「はい」

きっぱりと答える。

「あと少しで善導寺に着く。ひと歩きじゃけん」

励ますようにして言うと、父はまた歩き出す。甚八は、父にぴたりと寄り添っているくせに、「ちゃんと歩け」というような目で庄十郎を見た。

父が口にした寺は、どの寺だろうかと、庄十郎はいぶかる。家を出るとき、「ちょっと川向こうに用事があるけん、ついて来るか」と父は言ったのだ。用件先がどこかは言わなかった。

百姓たちが目ざしているのも善導寺だという。そんなに大きな寺なのだろうか。道いっぱいになって歩く男たちの勢いからして、集まる数は千ではきくまい。二千か三千か。

庄十郎は、百か二百の人の集まりは、これまでも見ていた。村祭や、神社の境内で催された念仏踊りのときだ。

念仏踊りは毎年、夏の盛りに、力武村からやって来た。たいていは六人組で、飾った笠をかぶり、背にも飾り物を付け、面白おかしく踊る。最後のほうになると、村人たちも交じって踊り出す。鳴り物と唄も加わる大騒ぎは、夜になってかがり火が焚かれるまで続いた。近在の村からも人が集まってくるので、数は二、三百に達する。

往還に出ると百姓たちの数が増えた。足音とともに土埃が起こる。よっしゃ、よっしゃの声は間断なく続く。

両側にある店は戸を一様に閉ざしていた。うどん屋やそうめん屋、傘張り、紺屋などの看板が出ているところからすると、日頃は道行く客で賑わう町なのだ。戸口の隙間から、いくつもの眼がこちらを見ていた。

父は、あくまでもゆったりと歩いている。時折振り返って庄十郎を見る。その顔に怯えの気色などなく、庄十郎はほっとする。

往還の先からも、百姓たちがこちらに向かっていて、双方が合流する辻で、人の波は左に折れた。

「こっちに曲がるぞ」

父が言った。道が狭くなっているので、人の群は家の軒下まで広がっている。溝の上に置かれた板があちこちで軋んだ音をたてた。

小路では町の衆が五、六人、険しい顔で百姓たちの動きを見守っていた。

「どちらに行きなさる」

前掛けをした男が父に訊いた。

「善導寺の和尚に用があっての」

父が答えると、男は庄十郎と甚八を見据える。

「子供連れですか。今、善導寺には百姓たちが集まって大変な騒ぎです。用心しなっせ」

「こっちから行かっしゃるがよかでっしょ」

傍の男が指さした。

言われたとおりに小路を抜けた先に、こんもりとした森があった。大楠が何本も高々と葉を繁らせている。どよめきは、そこから響いて来た。祭の音とも違う、庄十郎が初めて聞く音だった。人のざわめきであっても、祭の騒ぎには笛太鼓の音が加わる。今は全く異なり、そこだけ大地が揺れているような不気味な音だ。

「父上、恐か。帰りましょうか」

甚八が父の袖を引く。庄十郎も同じ気持だった。一方で、どよめきの有様をこの眼で確かめてみたい気もする。

「恐かこつはなか。こっちが何もしなけりゃ、何も起こらん。よかか、これから自分の眼で見たこつば忘るるな」

父の言葉に庄十郎は頷く。忘るるなと言われなくても、今まで見たもの、これから見るはずの光景が忘れられるはずはない。

父に寄り添い、寺の土塀に沿って歩く。小さな裏木戸があり、板戸を押すと開いた。寺の敷地にはいったとたん、どよめきが起こった。

「えいえいおう」「わあっ」「おおっ」

さまざまな叫びが交錯する。

大楠の陰に、頭を丸めた小僧がいて、父が後ろから声をかけると、驚いて振り返った。

「これは大庄屋様」

「尚光和尚はおられるかの」

「おられます。ちょっと待っとって下さい」

小僧はそそくさと庫裏の中に姿を消した。

また境内でどよめきが上がる。先刻よりも大きい。集まった百姓の数が増えているのだ。

小僧に連れられてわざわざ出て来た和尚は、思ったよりも年寄りだった。長く伸びた白い眉の下に凹(くぼ)んだ目があり、甚八と庄十郎の頭を撫でた。

「孫市殿、お子さんも連れて来らっしゃったとですか。子供の足で遠か道のりばよう歩いたのう。さあさあ、外はぶっそうですけん、中へ」

小僧が持って来た水で足を洗い、板敷に上がった。

「境内に百姓たちば、よう入れらっしゃったですな」

広く黒光りしている廊下を歩きながら父が訊く。

「竹野郡(たけのごおり)と山本郡の百姓代表が申し入れて来たとき、思案はしました。ばってん、寺はすべての衆生を受け入れるようになっとりますけん」

「それはそうでしょうが」

「ま、そりゃ表向きですたい。ほんなこつは、百姓たちが大挙して筑後川の河原にでも集まった日にゃ、何が起こるか分かりまっせん。御家の武家たちとのいさかいも考えらるるし、百姓たちが勢いばつけて、町方に狼藉(ろうぜき)を及ぼすこつも考えられますけんな。寺の境内なら、人の眼もあるし、仏様の手前、無様なこつはできまっせん」

尚光和尚が案内した座敷からは、広縁と池を配した庭が見えた。奥は竹林になっている。

「四月の初めに来らるるという書き付けばもらっとったので、あるいはとは思っとりましたが。今日見えるとは」

和尚は小僧が運んできた茶菓子を勧めた。

父が茶碗に手を伸ばす。勧められるままに甚八と庄十郎もせんべいをいただく。

「そっちの総領息子殿がいずれ大庄屋を継ぎなさるか。名前は？」

「甚八」

兄が答える。父が「こっちは弟の庄十」と紹介してくれた。

せんべいはほんのりと甘く、かすかに生姜（しょうが）の味がした。以前にも食べた記憶がある。父が善導寺まで行った折、土産に買って帰ったのがこの菓子だったのだ。

「ところで、井上組のほうでは、百姓たちの騒ぎはどげんなっとりますか。こん前見えたとき、まだ騒ぎはなかち言われていたですが」

和尚が訊いていた。井上組というのは、大庄屋の父が受け持っている村の集まりだ。井上村の周辺にある上岩田や岩田、吹上（ふきあげ）、稲吉（いなよし）、干潟などの、二十近い村がはいっている。

「あんときは、まだ、生葉（いくは）、竹野、山本の上三郡（かみさんごおり）の百姓が騒ぎ始めたぐらいでした。嘆願書や直訴願いが出されたのがきっかけになって、御原郡でも、百姓たちが集まりはじめたとです。庄屋たちはうろたえとりますが、私は百姓たちの言い分も無理なかち思うとです」

「ほう。そげん思わっしゃるですか」

父の返答が意外だったらしく、和尚が問い返す。

「年が正徳から享保に変わってからの十年間というもの、ずっと不作続きじゃったでしょうが。忘れもせんですが、享保元年（一七一六）になって早々の七月は、旱魃です。二年と三年はまあまあの出来でしたが、四年は散々でした。六月に大旱魃、七月に大洪水、八月には大風が三べんも吹いて、粟と蕎麦は全滅、倒れた家も五十戸じゃきかんじゃったです。

翌年の享保五年は、前の年の洪水に輪をかけた大洪水でした。宝満川の土手が切れて、川成洗剝になった田畑、もう永荒になってしもうた田も出ました。おまけに、流失した家が十六、死人が五、牛馬流失が十一ありました。家財や農具は言うにおよばず、虎の子の米や大豆も流失したけん、被害は甚大です」

父がすらすらと言うのを、庄十郎は尊敬の眼で見つめる。何年の何月にどんな事があったか父が記憶しているのは、毎日毎日夜遅くまで、その日の記録を書きつけているからだ。夜中に起きたときでも、父の部屋では行灯の明かりが揺れていた。

「翌六年も洪水、七年はひと息ついた年です。享保八年はまた旱魃、九年はまあまあ、十年は災難の年で、洪水と旱魃に加えて、虫害がひどかったでっしょが」

父は言いさして茶をすすった。

「ほんにそげんでした。わずかにここ二年が何事もなかごたるありましたな」

「この二年は救いでした。地べたに這いつくばって青息吐息していた百姓が、やっと体ば起こしたとです。壊れた家をつくろったり、荒れた土地ば掘り起こしたりができました。その矢先に出されたのが、麦や菜種などの夏物成の上納率を、今までの十分の一から三分の一に引き上げるちいうもんでした」

「十分の一から三分の一ですけんね」

和尚が深々と頷いて、腕組みをする。「奉行の書き付けば見て、私もびっくりしたとです。〈上納が軽過ぎて余米が多いと聞き及ぶ。作食は不埒千万、お上を軽侮するものである〉。こげんじゃったでっしょ」

「作食なんて、とんでもなか言いがかりです。夏物成が十分の一じゃけん、百姓は何とか、食いつないでいけるとです。夏物成まで、秋物成と同じ三分の一にされた日にゃ、どうやって糊口を凌ぐか、とてもできんでっしょ」

「夏物成の上納が十分の一に決められたのは、正徳四年（一七一四）でしたか」

和尚が確かめる。

「大麦と小麦、菜種の数御定があったとが正徳四年です。翌年、その夏物成の十分の一ば上納、十分の九は作徳と決められたとです。その布達ば反故にするとですけん、たまらんです」

父が顔をしかめた。

「その正徳五年の布達は仮のものじゃった、審議不充分じゃった、と奉行の本庄主計様は言わるるとですけんね」

和尚はそこで手を叩いた。顔を出した小僧に、茶をもうひとつ持って来るように命じた。

庄十郎と並んで坐っていた甚八が、顔をしかめてもぞもぞしはじめる。

「二人とも庭で遊んどってもよかぞ。もう少しじゃけん」

父から言われて甚八が立ち上がる。茶を持って来た小僧に、和尚が言った。

「本堂が広かろ。そこで遊ばせんね」

甚八が庄十郎を誘ったが、庄十郎は断った。

ここは、父の脇に坐って大人たち二人の話を聞こうと思った。

境内の方で上がったどよめきが、耳にはいる。集まった人数は明らかに増えていた。

「こんままじゃおさまらんでっしょな」

和尚が騒ぎの方に顔を向ける。「奉行にも、もう知らせが行っとるはずですけん、どげんなるか。このあたりの百姓たちが最初に集まったのは、こん先にある吉井の若宮八幡宮の境内で、そんときは五十人じゃったらしかです。それが、またたく間に八百人ば超えたと言いますからな。そして、今日の集まりでっしょ。この先どげんなりますか」

「主だった百姓たちは、誓詞連判ばしとると聞いとります。並大抵の決意じゃなかです」

　父が厳しい顔をする。

「御家の動きがどげんなっとるか、聞きなさったですか」

　和尚が父に訊く。

「在方(ざいかた)の役人から通告があったとが、今年の初めでした。何でも、今後、在方の諸事を決めるのは奉行の本庄主計様になったとの話だったとです。御家には家老職の方々がおらるるとに、そればさしおいて奉行に在方の諸事万端ば任せるとは、妙なこつじゃと思ったとです」

「ありゃ上様が江戸に出発される際に、留守の間の諸事ば本庄様に託されたとです。本来、江戸への出発は一月二十五日に予定されとったとですが、門松が倒れて縁起が悪かちいうことになって、出発が二月十日に延期されたとです。その十五日ばかりの間に、上様が決めらっしゃったとでっしょ。詳しいこつは分かりまっせんが、おおよそは推察がつきます」

　和尚は言いさして庭を見やる。また境内の方でざわめきが起こった。庄十郎はそっちのほうも見たい気がするのを我慢した。兄の甚八と小僧は、樹の陰に隠れて百姓たちの騒ぎをこっそり眺めているのに違いない。今さら自分ひとりでそこまで行くのも恐い。

「やっぱり家中がうまく行っとらんかったとですね」

父から確かめられ、和尚は父を正視した。

「上様の愛妾である玉樹院様が、宅之進様を産まっしゃったとが享保五年でした。それば溺愛されて、世子である則昌様ば廃そうとされたとが、発端ち言えば発端でっしょ」

「私は、それは単なる噂話と思っとりました。世継ぎばひっくり返すちいうのは、天地ばひっくり返すのと、同じですけんね」

「そりゃ、どう考えてん、そげんです」

和尚が目をむいて顎をひく。「そげな上様の考えば諫めようとしたのが、家老の稲次因幡様をはじめとする家中の主だった方々です。上様はそれが意にそわなかったとでっしょ、稲次様たちをさしおいて、本庄様を重用したとです」

「なるほど」

父が腕を組む。「本庄様が唐突に、夏物成ば三分の一に引き上げたのは、そげな理由でしたか」

「そうじゃと睨んどります。本庄様としては、この際、御家の台所事情ば改善して、勲ば立てようと思わっしゃったとでしょ。百姓から取り立てるとが、一番手っ取り早かですけんね。私が恐れとるとは、今、どよめきが聞こえとる寺の境内と同じこつが、家中でも起こらんかちいうことです。もう水面下で激しか戦いが始まっとるとではなかですか」

「世継ぎ争い？」

「そげんです。庶子の宅之進様を担ぐ本庄様の一派と、世子の則昌様を擁護する、稲次様の側との争いになります。本庄様の後押しばするのが、江戸表におらるる上様です。どげんなりますかの」

和尚が溜息をつく。

「つまり御家は、上も下も大騒動になっとるちいうわけですか。えらいかこつになりましたな」

「えらいかこつです」

和尚も父も黙り込んだ。庄十郎は上目づかいで、二人の顔をうかがう。

和尚は目をつぶり、父は天井を仰いでいた。庄十郎のほうは、正座していたので、足が石のようになっている。読み書き計算を学ぶとき、いつも正座なので、慣れてはいた。しかし、今はもう限度のような気がして、そっと足をくずした。どこに足があるか分からず、手で触れてみる。少しずつ、しびれと痛みが戻ってくる。声を上げ、顔をしかめたくなるのを我慢した。

「お邪魔いたしました。来てみて、ほんによございました」

父が言い、立ち上がる。和尚も膝を立てながら父に問う。

「孫市殿、どげんなさるおつもりか」

「大庄屋ちいうもんは、辛かです。在方の役人と庄屋、百姓の間に立たされて、身動きできる余地が少なかとです。ばってん、この蟻の巣のごたる狭か所でん、根本は忘れんごとしようち、思うとります。百姓あっての庄屋であり、大庄屋です。御家も百姓あってのもんでっしょ。百姓が草臥れては、御家も成り立ちまっせん」

父は一語一語をかみしめるように言った。

「孫市殿らしか言葉です」

和尚が頭を下げた。

「庄十、足は大丈夫か」

父が立ち上がったままで動けない庄十郎に声をかけた。

「大丈夫です」

ようやく足に血の気が戻ってきて、一歩を踏み出す。

「庄十とやら、わしたちが話しよるのば、よう聞いとったの。感心した」

和尚が庄十郎の頭を撫でて、小僧と甚八を呼びに奥の方に引っ込んだ。

父は庭を眺めている。突然、何かがはじけるような大きな音がした。同じ音が二度、三度と繰り返されたあとに、どよめきが起こった。

「ちょっと見とくか」

父は勝手知ったように、和尚が消えた方に歩き出す。庄十郎も従った。薄暗い廊下の先に厨(くりや)があり、老婆と若い女が立ち働いている。脇を通って再び暗い廊下に出、その先が広い本堂になっていた。奥の戸板がわずかに開けられ、光が射し込んでいた。

そこに和尚と甚八、小僧がいた。

「見ていきなさるか」

和尚のあとについて、戸板の向こうにある小部屋にはいる。和尚は上下に開く障子を上に押しやる。父が腰をかがめる。庄十郎はつま先立ちで外を見る。

広い境内の真ん中から、白い煙が上がっていた。その周囲に幾重にも百姓たちが集まっている。

鍬や鎌、棒、丸竹を手にした男たちの数は、いったい何人だろう。千人か、いや二千か三千、それ以上はいると思われた。

突然声が上がり、持っていた物が突き上げられ、かぶっている菅笠が一斉に揺れた。

異様なのは、たいていの男たちがかぶっている菅笠だった。

見慣れた菅笠のはずなのに、今は違って見える。百姓のひとりひとりがかぶる菅笠は、どこかみすぼらしい。ところが、それが今は千、二千と集まっている。不気味さはどよめき以上だった。

「あの男が中心になっとる。ほら、楠の木ば背にして台の上に上がっとる男がおろう」

父が言うとおり、大楠の下に、菅笠も手拭いもしていない髭もじゃの男が立っていた。大声で叫んでいる。何を言っているかは聞きとれない。

「甚八も庄十も、ようく見とけ。これが百姓の力ぞ。こん力が一か所に集まると、宝満川の洪水と同じになる。土手が切れて、人も馬も家も流さるる」

父から言われて、庄十郎は余計背筋が寒くなった。

「裏木戸から帰らっしゃるがよかでしょ」

背後から和尚が言った。

和尚と小僧に見送られて寺を後にする。まだ破竹の音が響き、振り向くと白煙が上がっていた。

「甚八、お前はずっと百姓たちの騒ぎば、見とったとか」

歩きながら父が兄に訊く。

「見とりました。本堂の中の炎をかぶった仏様も恐かったばってん、火を焚く百姓たちはなお恐ろしかったです」

父を見上げて甚八が答える。手は、父の羽織の裾を摑んでいた。

「ほう、本堂に不動明王が安置されとったか」

父が軽く笑った。「不動明王は、優しいお顔の大日如来が怒ったときの姿たい。火ば後ろに背負って恐ろしか顔をしとるばってん、元をただせば大日如来。ええか、百姓もそれと同じぞ。平素は、大人しか大日如来のごつしとる。ところが、いったん怒り出すと、不動明王のごつなる。ようく胆に銘じておけ」

「はい」

父の言葉に甚八が頷く。

大日如来は、家の床の間の掛軸の絵がそうなので庄十郎も知っている。不動明王は、村の祠の中にある石像がそうかもしれなかった。目をむき、赤い口を大きくあけ、炎を背負っている。あれが大日如来のまたの姿だとは、思いもしなかった。

「あげな騒ぎが、井上村でも起こるとでっしょか」

甚八が父に訊いていた。

「起こるじゃろ。起こらんほうがおかしか。百姓たちがこぞって久留米城下に押しかける前に、何とか手を打たにゃならん。城下にはいった百姓たちが、あちこちの商家に火をつければ、城下は火の海になる。お城まで炎上する沙汰になれば、御家は取り潰しじゃろ。よかな、百姓が大公儀から取り潰しになることはなか。ばってん御家は取り潰しにあう。殿様もろとも、お侍たちも、どこかよその土地に流れて行かにゃならん。そこのところは、公儀もよく分かっておらるると思うが。そこまで思慮のおよぶお侍が、家中におられるかどうか」

「御家が取り潰しになったら、大庄屋はどげんなるとですか」

また甚八が訊いた。庄十郎も父の返事に耳を澄ました。

「大庄屋の家ちいうもんは公儀とともにある。お家と運命ばともにせにゃいかんかもしれんし、新しか殿様に、そのまま大庄屋を務めるごつ言わるるかもしれん。そこは微妙なところたい」

筑後川の土手を下ると渡し場があった。

「善導寺の方じゃ、えらいか騒ぎのごたるですね」

櫓(ろ)を漕ぎながら、水夫(かこ)が言った。

「騒ぎは、こっち側にも飛び火するじゃろな」

父が事もなげに答えた。


数日前から、母の菊は雛祭(ひなまつり)の準備と、来客を迎える仕度で大忙しだった。庄十郎と妹の千代は雛人形を飾る仕事を手伝わされた。蔵から出された古い葛籠(つづら)の蓋を開けると、どこか懐しい匂いがした。物心ついたときから、雛人形の匂いはかいでいる。

人形は上方(かみがた)で作られ、母が父に嫁入りするときに持参した立派な品だ。母が出た町は、筑後川の向こうの三潴郡にある。庄十郎はまだ一度しか行ったことがない。しかし母の兄で大庄屋の伯父はちょくちょく井上村までやって来る。その際、城下に一泊するらしい。来ると三、四日は滞在する。一昨日、荒使子のひとりを伴って姿を見せ、今も泊まっている。父とはこみ入った話があるらしく、ずっと座敷で話し込んだままだった。

「よくできたね」

部屋にはいって来た菊が言った。「もう来年から、庄十と千代に任せてよかね。わたしも七、八歳から自分でしとった。今来とらっしゃる兄さんが、最後の点検役じゃったとよ」

母は、当然兄である庄十郎が、最後の仕上げをしたのだろうという顔でこっちを見る。

「飾り付けができたなら、庄十、おとっつぁんが呼んどらっしゃる。座敷に行くとよか」

母が言った。

庄十郎が立ち上がると、母が襟と帯の具合いを正してくれる。

座敷に行き、襖（ふすま）の前で声を出した。

「庄十でございます」

「はいれ、はいれ」父の声がした。

襖を開け、頭を下げる。中には伯父と父の他に吹上村の庄屋もいた。大谷治兵衛という人で、父よりは十歳か十五歳は年上だった。以前から十日に一度は顔を出し、父が頼りにしている庄屋のひとりだ。

先刻から呼ばれていた兄の甚八も、父の後ろに坐っている。

「庄十、お前もこの間、善導寺に行ったけん、百姓たちの騒ぎは知っとろう。その件で、伯父様と庄屋の大谷殿がわざわざ来て下さった。大切なこつじゃけ、甚八には、さっきから話ば聞いてもらっとった。ばってん、次男坊のお前も、少しは知っとったがよかち思うて来てもろうた」

父が言うそばから、吹上村の庄屋が目を細めた。

「そげんそげん。いずれは庄十殿も甚八殿同様、この井上組をたばねていかにゃならん。知っとくがよか」

言われて、庄十郎は甚八の横に坐る。伯父も頷きながら笑顔をこちらに向けたものの、すぐに真顔に戻って話を続けた。

「そいで、惣百姓(そうびゃくしょう)が直訴願いに書きつけた条項は六つある。ひとつ目が夏物成の増徴の撤回、二つ目が正徳以来の増徴策の撤廃、三つ目が諸出銀代米(ぎんしろまい)の減免、四つ目が牛馬売買運上銀の赦免、五つ目が雑穀類の印銭(いんせん)廃止、そして六つ目が、夫役の減少」

伯父はゆっくり指を折り、最後に小指を立てた。庄十郎に直訴願いの詳細は分からない。しかし百姓たちの要求がひとつでないのは理解できた。

「やはりこの際、お上に要求できるものは、何でんかんでん願い出とこうという魂胆でっしょ。とにもかくにも、一番目の夏物成の増徴撤回が眼目であるこつは、はっきりしとります」

吹上村の庄屋がしゃがれ声で言った。伯父が言い継ぐ。

「嘆願書の末尾には、〈願いがかなわねば、御国をまかり出る〉と書かれとる。つまり逃散も辞さん決意ば示しとります」

「逃散は最後の手段で、そん前に強訴するでっしょ。善導寺で見たあの百姓たちの勢いは、ちっとやそっとじゃ、おさまらんと思います。御家も、何とか譲歩せんこつには」

父が思案顔で腕を組んだ。

「大保村では、百姓たちが村の入口ば塞ぎ、出入りできんごつして、誓詞連判ばしたち、聞いとります。同じようなこつが、他の村にも伝播するのも、こんままじゃ間違いなかです」

吹上村の庄屋が言う。

「やっぱ、村ん中に主導者がおるとじゃな」

父が訊く。

「おるはずです。ところが署名は傘連判になっとって、誰が中心にいるかは分からんです」

庄屋の言葉に、父が甚八に「傘連判状ちいうのは分かるか」と訊いた。甚八がかぶりをふる。庄十郎も分からない。

「ほら、署名ば縦に書かんで、傘の筋のごつ、ぐるっと丸く並べるとたい」

伯父が畳を指でなぞった。なるほど、そのやり方だと、誰が中心人物かは分からない。

「騒ぎは、御井郡の府中組でも大きくなっとる。家中も、足元に火がつく恐れがあっては、安穏としちゃおられん。増徴ば言い出した本庄様も、三家老の有馬監物、有馬内記、有馬壱岐様方と詮議を重ね、夏物成の増徴は沙汰止みにする方針のごたる」

「そりゃ、全くの撤回でっしょか。それとも、三分の一ば五分の一くらいに緩めるとでっしょか」

父が確かめる。

「五分の一じゃ、百姓が納得せんじゃろ。元の十分の一にせんこつにゃ」

伯父が答える。「そんこつば、本庄様が、領内を巡って、百姓たちに直々に説明ばさるるという話も出とる」

「直々にでございますか」

吹上村の庄屋が驚いて訊く。

「書き付けを回すだけじゃ、百姓たちの気持はおさまらんじゃろ。それだけ、家中は大騒動、本庄様の尻にも火がついとる証拠と見てよか」

「こんこつは、ちゃんと江戸表の上様には届いとるのでっしょか」

父が伯父に訊いた。

「さあ、急なこつじゃけ、どげんなっとるか。案外、騒ぎがおさまったあと、使者が江戸に向かうとじゃなかろうか」

「そうなると、撤回されたあと、上様によってまた反故にされるちいうこつも、ありゃせんでっしょか」

父が重ねて問う。

「そこじゃろな。どげんなるこつか」

三人とも思案顔で黙った。

襖の向こうで母の声がした。盆に新たな茶碗を載せて運んで来て、庄十郎たちの前で急須から茶碗につぎ分けた。伯父、吹上村の庄屋、父の順にさし出し、空になった茶碗を取り下げる。

甚八と庄十郎の前にも茶碗が置かれた。母が退出しかけたとき、甚八が、もじもじと立ち上がる。しびれを切らしたのに違いなかった。

「部屋に戻ってよかでっしょか」

「そうじゃな、よかろう」

父が頷く。しかし庄十郎は、俯いたまま、茶をすする。兄の代わりに、ここに残るべきだという気がした。

「ここには、お世継ぎの問題もからんどるちゅう話ば聞いとりますが」

吹上村の庄屋が茶をひと口飲み、伯父に尋ねた。

「そんこつは、内々の話じゃけん、表沙汰にはなっとらん。ばってん、わしが懇意にしとる家中の古賀様の話だと、今は御家大事ちいうこつで、御家老様たちと本庄主計様は互いに手を握る形になっとる。百姓の願い事は、庄屋と大庄屋を通して、郡役所に届けるべし、その代わり、集まりは罷(まか)りならん――。この書き付けは、三家老様と本庄様の連署で出されとる。お世継ぎの件は、今後の推移ば見らんこつには」

「まだまだ予断は許さんちいうこつですな」

父が言い、庄十郎に顔を向けた。「庄十、酒と肴(さかな)ば持って来るごつ、おっかさんに言うて来なさい」

「いやいや、手前はここいらで帰らせてもらいますけん」

遠慮する庄屋を、父はおしとどめた。

厨に行くと、母が荒使子の二人に指図して、三台の高坏膳(たかつきぜん)を並べさせていた。

「おとっつぁんが、もう酒と肴ば持って来てよかち言っとらっしゃる」

「はいはい、準備はできとる」

母が答えた。

あたりに漂ういい匂いに、庄十郎は唾をのみ込む。匂いの元は鴨汁だ。膳には鯉のあらいと、牛蒡、人参、うどの大煮物、鮒のなますが盛りつけられていた。

これほどの量なら、自分たちも余り物にありつけると、庄十郎はまた生唾をのみ込んだ。

雛祭が終わった三月、朝から家の中はざわめいていた。前日の夜、郡役所からの使いが来て、明日、本庄様が直々に御原郡の大庄屋の家を回られる、ついては各村から主だった百姓二、三名を集めておけという達示が届いていた。

父は急ぎ荒使子たちを走らせて各村の庄屋たちに知らせ、吹上村の庄屋が顔を出したのは、外がやっと明るくなった頃だった。各村の百姓は一名に制限し、それも道理をわきまえている者を選んだ旨を、父に報告した。

「そうすると多くても十七、八人じゃろ。庄屋殿たちはどげんなさるおつもりか」

父が訊く。

「万が一の場合に備えて、ここに集まろうかとも考えとりますが」

「いや、それはよくなか。全庄屋が村ば留守にするちいうのは、事が起こったときにまずか。大谷殿だけここにいて下さらんか」

「かしこまりました。そうすると、着る物ば整えて、また参上しますけん」

吹上村の庄屋は急ぎ足で帰って行く。

そのあとは母と荒使子たちが、忙しくなった。庭先の道、庭、家の中、特に大広間の掃除、加えて、酒と肴を供するかどうかが父と母の間で思案された。

「今回は本庄様が直々に百姓たちに説明ばするのが目的じゃけん、酒席は設けんでよかろう」

父の考えに、母は異を唱えた。

「そりゃあ、そげんですが、ひととおり話がすんだときに何か出さんでよかでしょうか。ちょっとしたもんでも、用意しとったがよかち思います」

「そうじゃな」

父も折れて、厨はにわかに忙しくなる。

厨で手伝わされたのは千代で、甚八は大広間の掃除、庄十郎は外の掃除を受け持たされた。

荒使子の紋助と利平が庭に出て竹箒を使っていた。

「お侍は、誰かお供を連れてこらっしゃるでっしょか」

利平から訊かれて庄十郎は、たぶんそうだと答える。

「お供は何人でっしょか」

「四、五人ちいうこつはなかろ。三、四人ちいうのも、多過ぎるごたる。まあ、二、三人じゃろな」

答えて、庄十郎は我ながらいい返答だったと満足する。

「お侍さんたちは、そんお供ば含めて、みんな馬で来らっしゃるとでっしょね」

利平がまた訊く。

何か疑問があると、遠慮なく質問してくるのが利平だと、父と母から聞かされたのを庄十郎は思い出す。その代わり、命じられた仕事はきちんとやるので、父母は一目おいていた。

もう六十半ばを超えている父親の紋助は、その反対で、寡黙だった。しかし、黙っていても、大ていのことは気を利かし、こちらが言わなくてもやってくれた。

「そりゃ馬じゃろ。一日のうちで、御原郡や御井郡の大庄屋殿の家ば回らっしゃるとじゃけ、徒じゃ話にならん」

紋助が言う。

これまで郡役所のお侍は、ふた月に一度くらいは馬で来た。しかしその上の位のお侍が来たことはない。どんな馬に乗ってくるのか、庄十郎はこの眼で見たい気がした。

庭を清め終わる頃、近在の村の百姓を伴って、吹上村の庄屋が家にやって来た。庄屋がきちんと羽織と袴を着、足袋と草履をはいているのに対して、百姓たちは襦袢に単衣、草鞋だった。ほとんどが中年か年配者だ。

庭先にはいったものの、かしこまって家の中に進もうとしない百姓たちを、父が出迎えた。まずは縁側に坐ってもらい、本庄奉行が到着する頃、大広間に上がってもらう手はずになっていた。

庄十郎は、善導寺で見たときの百姓たちと、今、目の前を腰をかがめて通り過ぎる百姓の差異に驚く。善導寺に集結した百姓は、若者や中年の百姓が多く、しかも農具や竹、丸太を手にしていた。脚絆に股引、菅笠だったうえに、歩き方も勇ましかった。「よっしゃ、よっしゃ」の地鳴りのようなかけ声までも耳の底に残っている。

しかし今は借りてきた猫のように大人しい。出迎えた父に対しても、腰を折って深々と挨拶した。

母は縁側に坐っている百姓に、直々に茶を出した。そこでも百姓たちは、茶碗になかなか手を伸ばそうとしなかった。吹上村の庄屋から声をかけられ、やっと金縛りが解けたように茶碗を口にもっていく。

四騎の馬が到着したのは、それから半時（約一時間）ばかりあとだ。

道の先に馬の姿を認めた庄十郎は、慌てて父を呼びに行った。

馬からおりたお侍は、陣笠と陣羽織に身を固めていた。本庄奉行の年齢は四十歳くらいだろうか、痩せて色白く、細面だった。迎えた父を鋭く睨みつけるようにして、中にはいった。そのあとに三人の供侍が続く。

庄十郎は、手綱を杭に結んでいる紋助と利平の傍に寄った。

ここに着く前に、馬も相当の距離を走ったのだろう。四頭ともうっすらと汗をかいている。

奉行の馬は他の三頭とは違い、手綱は色鮮やかで、鞍と鐙も漆が塗られていた。

紋助が馬に水をやる。四頭とも、すぐに木桶に首を突っ込んだ。

馬を眺めていると、紋助のつれあいののぶが家の中から出て来た。母が呼んでいると言う。框で母と甚八が待ち構えていた。

「座敷の隅に坐って、奉行様の話を聞いたがよか」

母が言い、二人を大広間に連れて行き、襖をそっと開く。甚八のあとに続いて庄十郎も中にはいり、上座に向かって平伏した。

眼を上げると、上座に坐る四人の侍が見えた。

父は侍たちから離れた場所に坐り、百姓たちの話を聞いている。脇に、吹上村の庄屋がいた。

百姓のひとりが口上を述べていた。髪が白く、相当の年配だ。それでも声はしっかりしている。

「ただ今、本庄様のお言葉ばちょうだいして、ひと安堵致しました。ばってん、これが口約束になりゃせんかちいうこつば、手前どもは、一番懸念しとるとでございます」

聞き終わって、奉行は軽く顎を引いた。

「武士に二言はなかちいうこつは、お前たちも承知しとろう」

睨みつけて言うと、また口を一文字にして一座を見回す。

「お言葉ですばってん、撤回の旨を書き付けで示していただかないこつには、手前どもも村に戻っての話ができまっせん」

後方に坐る別のひとりが、恐る恐る声を出した。口約束ではどうにも信用できないという、百姓たちの言い分ももっともだと庄十郎は思う。奉行がどう返事をするか、成り行きを見守る。

「書き付けば、今ここでというのは無理な話じゃ。こんこつは、江戸表の上様の裁可ば、仰がにゃならん。そこの事情は、お前たちも理解できるじゃろ」

奉行は歯切れの悪さを補うように、また座を睨め回す。すかさず前の方に坐る百姓が口を開いた。

「夏物成増徴の撤回が、お殿様の考えによって、ひっくり返るこつはなかでっしょか。そんこつば、一番心配するとです」

同意するように、百姓たちが一斉に頷いた。

「それは杞憂」

奉行は厳しい顔で一同を睨みつけた。「増徴の撤回は、わしのみならず、三家老である有馬監物様、有馬内記様、有馬壱岐様の決定でもある。江戸表の上様も必ずや聞き届けられるはずじゃ」

供侍三人も、鋭い眼で百姓たちを見守っている。

百姓たちに納得した様子はない。沈黙のあと、後方に坐っていた年寄りの百姓が声を発した。

「恐れながら、手前どもが出したその他の願い事は、どげんなるとでっしょか。諸出銀代米の減免、牛馬売買運上銀の赦免、雑穀類の印銭廃止、夫役の減少などでございます」

年寄りは言い終えると平伏し、そのまま奉行の返事を待った。

「顔を上げてよか」

奉行が声をかける。「それらの願いも、こちらに届いておる。詮議の後、これもまた上様の裁可ば仰がにゃならん。今回はとりあえず、夏物成に関してのみの決定じゃ」

ぶつぶつと低い声が漏れるなかで、年寄りの百姓は顔を上げた。明らかに不満の様子だ。

「恐れながら、そげんなりますと、手前ども、村に戻っても、何の返事もできまっせん。少なくとも、願い上げたうちのひとつでも、お聞き届けられんでっしょか」

色よい返事を聞くまでは、この座を動けないという決意が、声のはしばしに出ている。

庄十郎は苦虫を噛(か)みつぶしたような顔の奉行がどう答えるか、息をつめて見やった。

「今は火急のときじゃけ、願い事のうちのひとつのみ、裁可がなされたちいうこつじゃ。他の事の詮議には時間がかかる。村の衆にも、今少し日にちがかかる、待つようにと、伝えてくれんか。決して悪いようにはせん。奉行のわしが言うのじゃ」

奉行の頰がぴくりと動く。百姓たちの不満顔に、いらだっている様子だ。

吹上村の庄屋が口を開いたのは、その時だった。

「本庄様は、急がれとる。他の大庄屋殿の組も回らにゃならん。ここはひとつ、この辺で了承してはくれんじゃろか」

百姓たちの返事はない。顔を見合わせて、だんまりを決めていた。

そのうち、前の方に坐っている百姓が声を発した。最初に口上を述べた男だ。

「そんなら、本庄様ご自身の書き付けばもらえんでっしょか。夏物成増徴の撤回はもちろんのことですけん、他の願い事も順次、詮議にかける旨の書き付けがあれば、村の者にも示しがつきます」

もっともな申し出だと庄十郎も思った。奉行が父に目配せする。父は立ち上がり、床の間にあった硯箱(すずりばこ)を出し、水を垂らす。墨をするのは吹上村の庄屋で、その間、父は戸棚から紙を出した。

筆を持った奉行は、広げた紙に一気に書き出す。途中二、三回墨をつけただけで書き上げ、高々と書き付けを百姓たちに見せた。

「集まってくれて大儀じゃった。それぞれ村に帰ったら、わしの意向を充分に伝えてくれ。命にかえても、悪いようにはせん」

書き付けを父に渡した奉行の顔には、安堵したというより、どこか悲壮感が漂っていた。

百姓たちを残して、奉行と供侍が立ち上がる。父と吹上村の庄屋も立ったので、甚八と庄十郎も続いた。

庭に出ると、四人はもう馬に跨がっていた。紋助と利平が庭の隅に膝をつき、かしこまっていた。

「それじゃ、あとは頼んだぞ」

馬上から奉行が父に言い、軽く馬の腹を蹴った。

甚八と庄十郎は軒下で頭を下げた。

「大谷殿、ご苦労じゃった。ここは村の者の労もねぎらわんといかん」

父が吹上村の庄屋に言い、母と荒使子たちに椀を座敷に運ぶように命じた。

「お前たちも、酒ばついでまわるとよか」

父から勧められて、甚八と庄十郎も座敷に戻った。

竹箸と皿、椀が二つ載る折敷(おしき)が、百姓たちの前に置かれる。男たちの顔が輝いた。

「足ばくずしてよか。遠か所ば来てもろうて、難儀なこつじゃった。何もなかばってん、ちょっと腹の足しにしてつかあさい」

父が言い、自分も上座のほうに胡坐(あぐら)をかいた。

「恐れ入ります」

庄十郎から酒をついでもらった年寄りが恐縮する。年の頃は七十くらいだろうか。ごつごつした手と手首は、小柄な体に比して異様に大きい。皮膚もなめし革のように分厚そうで、太くて深い皺(しわ)が走っていた。

その横の大きな体格をした男にも、酒をつぐ。

「はっ、こりゃすんません」

男は頭をさげて言うものの、まともに視線は合わさない。膳の上に載っているのは、大根と人参のなます、煮牛蒡(にごぼう)、なすび汁だった。男は酒にはちょっと口をつけただけで、大事そうに膳の上に置いた。

「ほんに恐れ入ります」

後ろに坐る男は、珍しく庄十郎と顔を合わせて口をきいた。「あっしは、花立(はなたて)村のもんで、お見かけしたこつがあります」

言われて庄十郎も思い出す。荒使子たちも一緒に、ひと家族で花立山に登ったのは、数年前の春だった。ちょうど山桜の季節で、鶯の鳴き声がそこかしこに聞かれた。頂上からは、井上村や吹上村だけでなく、ずっと向こうに広がる村々がぐるりと一望できた。目の前にいる百姓は、そのとき畑から庄十郎たちの一行を眼にしたのだろう。

「そげんでしたか」

答えたものの、次に何を言っていいかは庄十郎も分からない。笑顔を返しただけで終わった。

四人目の百姓は紋助と同じ年かさだろう。笑顔を向けて恐縮する。

「ほんにご苦労さんでした」

こちらから声が出せたのは、相手を紋助と同じに思ったからだった。

「へっ、ほんにごちそうになります」

男が首をすくめる。「まさか酒にまであずかるるとは、思いもよらんこってす」

その百姓の手も大きく、皺は黒く汚れている。洗ってもおちない染みついた汚れなのだろう。

見回すと、もう甚八の姿はなかった。早々に退出していた。

途中で酒壺(さかつぼ)が空になり、庄十郎は厨に取りに行く。

「どげな様子ね、村の人たちは」

母の菊が心配気に訊いてきた。

「えろう喜んどります。酒と肴ば出してよかったです」

庄十郎が答えると母は安堵した。

「そん酒は、全部あけてよか。好きな人には飲ましてやりなさい」

座敷に戻って、酒をつぐ。飲み干した百姓には、新たに酒をそそいだ。

百姓たちは、実にうまそうになますを口に入れ、牛蒡を噛む。そして汁をすすった。

一気に飲み込むのではなく、惜しみ惜しみ味わっているのが庄十郎にも分かる。

「大庄屋様、ほんにお世話になりました」

食べ終えた年寄りが言った。

「いや、ご苦労でしたな」

父が応じる。

「さあ、ここいらで、おいとまば、しよう」

年寄りが立ち上がると、他の百姓たちもならった。

「大庄屋様、こん書き付けは、村々に回しますけん」

奉行が残した書き付けを、年寄りは懐にしまった。

草鞋をはいて庭に出た百姓たちは、一同揃(そろ)ってまた父に頭を下げた。

「大庄屋様、これで失礼しますばってん、これから先、どげんなるでっしょか」

先刻の年寄りが改まった表情で訊いた。「夏物成の増徴撤回が、ひっくり返るこつはなかでっしょか」

「ひっくり返るかどうか、ここはじっくり見極めるがよかろう。ひっくり返ったら、そんときは、そんとき」

父は厳しい顔で言い切る。もっと言いたいのをこらえているのだろう。唇を一文字に結んだままだ。ひっくり返ったら、また怒りを新たにするしかない。そんな決意が父の険しい顔には読みとれた。


郡役所から知らせが届いたのは五日後だった。

夕餉の席で父が顔を曇らせた。

「本庄様が、馬淵嘉兵衛様の許へお預けになったらしか」

「お預けちいうのは、お役ご免でっしょか」

甚八が訊く。

「そう。沙汰があるまでは、心して待っておれちいうことで、あとで必ず、お咎めがある。馬淵様は検見の立ち会いや下見帳の吟味をなされるお方で、奉行の本庄様よりは上席にある」

「そげんなると、大広間で奉行様が書かれた書き付けはどげんなるとでっしょか」

庄十郎はたまらず訊いていた。あの日、奉行は御原郡の大庄屋の家を全部まわり、同じような書き付けを百姓たちに与えたはずだ。

「宙に浮くじゃろ。空誓文（からせいもん）になる」

庄十郎に睨むような眼を向け、黙って飯を噛む。

「そしたら、村の衆も黙っちゃおらんでしょうね」

母の菊が眉をひそめる。その脇で、千代だけが好きななすびの煮しめをうまそうに食べている。

「はよ知らせたがよかでしょうか」

「ちょっと待っとこ」

父が母に答える。「本庄様お預けの翌日、江戸の殿様に注進するため、磯野守之助様と粟生（あおう）左太夫様が使者になられたそうじゃ。二人とも本庄様の下席にある郡奉行様だ。早打ちじゃけ、片道十五日、行って帰るまでひと月は待たんといかん」

通常、江戸までの日数は、片道がひと月か四十日と聞いている。早馬はその半分ですむのだろう。

「本庄様のお預けば決めたのは、誰でっしょか」

甚八がまた父に問うた。

「そりゃ五家老様たちじゃろ。昔から有馬の御家には、初代の頃から家老の家筋が五つ決まっとる。四筋の有馬様と、稲次様だ。有馬監物様、有馬内記様、有馬壱岐様、有馬内蔵助様、そして稲次因幡様」

父は指を折りながら説明する。

「あんとき本庄様が言われたこつば覚えとります。夏物成の増徴ば撤回するちいう決定は、三家老様と話し合った結果じゃなかったとですか」

「甚八、よう覚えとったな」

父が少し表情をゆるめた。「ばってん、家老様たちが、考えば変えられたんじゃろ。そうとしか考えられん。もとはといえば、夏物成の増徴ば決定したとは、殿様から重用されとった本庄様じゃからな。責任ば取らせらっしゃったとじゃろ」

「そんなら、江戸表のお殿様がうんと言わっしゃるでっしょか。反対に腹ば立てらっしゃらんでっしょか」

甚八が訊く。

「立腹されるこつは」

父が言いさし、ひと息ついてから続ける。「あるじゃろな」

「するとどげんなりますか。余計悪か結果ば生むとじゃなかですか」

母の菊が暗い顔をする。父が黙って頷いた。

ひと月の間、息をひそめたような日々が続いた。父は庄屋たちに命じて、百姓がどこかに集まる気配があれば、すぐさま報告させるようにしていた。しかしそうした動きはまだない。

本庄奉行の預けの件は、村々に広まり、確かめられた父もそれを否定しなかった。にもかかわらず百姓たちが騒ぎ出さないのは、ひとつには、固唾をのんで殿様の裁可を待ったからだろう。いまひとつは、とにかく田畑の作業が忙しかったからだ。

三月の中旬から苗代田の打ち起こしと、種籾浸しが始まる。田打ちのあと、荒くれだった土を砕き、田に水を入れなければならない。水が漏れないように畦を塗り、土壌のかき回しを終えた泥田に、今度は下肥を入れ、四本鍬で満遍なくかきまぜる。

腐った牛糞や馬肥やし、下肥とはいえ、田に撒かれるのを見たとき、庄十郎は面喰った。下肥の混じった泥田に、百姓たちは素足ではいり、鍬をふるいながら素手でならす。まぜ返したあと田の水が澄んだら、浮いた藁屑や塵を拾う。そうして整えた苗代田に、水に浸しておいた種籾を蒔くのだ。

その間に、他の田畑の土起こしをし、木綿や早大豆の種を蒔く。種蒔き時期に一連の作業を怠ると、その年の収穫は望めない。

紋助や利平に連れられて田畑に出る庄十郎は、子供心にも、百姓の気苦労が身に沁みていた。百姓は自分の都合では怠けられない。怠けると、時期を逸し、一年をふいにしてしまうのだ。

毎年この頃、父は各村の庄屋を招いて、一席を設けるのを習わしにしていた。しかし時が時だけに、父はやむなく中止を決めた。墓参りだけは、五人連れだって憶想寺に行った。

高松家の墓地は寺の裏にあり、墓石が十数基、立ち並んでいる。どの墓石も大人の背丈の高さで、甚八や庄十郎、千代は、訳が分からないままに墓の前に花を供え、手を合わせた。

帰りがけ、眉の白い高齢の住職から、恒例の彼岸の宴も中止になったと聞かされた。例年、彼岸には境内に村民が集まって飲食を共にするのだ。

庄屋たちが金を出し合って招く、佐ノ古大神宮での軽業師の興行も沙汰やみになった。

庄十郎の眼には、そんな静かな村の様子が却って不気味に映った。

四月にはいってすぐ、夕餉の席で父が低い声で言った。

「江戸へ行っとった早打ちが戻って来たらしか」

「上様の裁定が下ったとですか」

母が尋ねる。

「下された。御家の年貢は、他領に比べると格段に低い。それを他領なみに引き上げるのが、なぜ悪いか。そういう裁可だったらしか」

その日、郡役所の役人が来て、座敷で何か父と話をしていたのは、早打ちの結果を知らせていたのだ。

「やっぱ、百姓たちが騒ぐほうがいかん。お殿様はそげん言われたとですね」

甚八が確かめる。

「平たくとれば、そげなこつになる」

父が憮然として答えた。庄十郎はその先の父の言葉を待つ。しかし思案顔で黙々と箸をつかい、口を動かすだけだ。

夏物成の増徴は撤回する——。三人の家老と奉行がそう言っておきながら反故にすれば、どういう結果になるか。以前にも増した大騒動が起こりはしないか。庄十郎は三月に善導寺の境内の大騒ぎを見ているだけに、不吉な予感がした。

「明日、城下の稲次様のお屋敷にうかがう。この二、三日で、上五郡、下三郡の大庄屋たちば集めて、意見ば聞かっしゃるお心づもりのごたる。紋助に、明日は早かち言っといてくれ」

父が母に命じる。

「稲次様ちいうと、有馬家五家老のうちのおひとりでっしょ」

庄十郎が尋ねる。家老の四人が殿様と同じ有馬姓であるのに、ひとりだけが稲次姓なので覚えていた。

「そげん。稲次様のお姿は以前は遠目に見ただけじゃったが、今回は謦咳に接しらるる。

まだ二十六か七歳らしかばってん、なかなかのお人じゃと聞いとる。見識は上席の御家老にも負けんくらいらしか。これも、城島の大石殿にうかがったこつ」

「そうですか。何かよか方策が見つかるとよかですが。お殿様の沙汰のままだと、どげんなるか」

母が心配気に言った。

翌朝、庄十郎が起きたとき、父の姿はもうなかった。城下に行くためには、暗いうちから家を出なければならない。井上から古飯（ふるえ）、平方（ひらかた）、光行（みつゆき）、五郎丸を通って、宮地という所で、舟渡しになる。その先、筑後川を渡っても、久留米の城下までは、一時（いっとき）（二時間）近く歩かねばならない。三年前、父や兄と一緒にその道を辿（たど）ったとき、向こう岸についた時点で、へたり込みそうになった。

とはいえ、あのとき見た城下の賑わいは、忘れようにも忘れられない。道はどこまでも真っ直（まっす）ぐで、大きな商家がびっしり軒を並べていた。布屋や紙漉屋（かみすきや）、米屋、戸板屋、石屋、帯屋、白炭屋など、書かれた屋号を読みながら庄十郎は歩いた。帯屋には帯が売られて、石屋の前には切られた石が並んではいる。しかし戸板屋が酒を売っていたり、紙漉屋が酒造りの店だったりした。

父にその理由を訊くと、代を重ねるうちに商売替えをし、扱う品が変わったのだという。

庄十郎が読めなかった看板が、麩屋だ。横を歩く甚八が読み方を教えてくれた。その店も、売られているのは麩などではなく反物だった。

紋助を連れて城下に行った父は、翌々日の夕刻、帰宅した。土産は、母に反物、甚八と庄十郎には筆と菓子、千代には小さな髪飾りだった。

「城下は、ものものしい警戒ぶりじゃった。あちこちにお侍たちが集まって、行き来する者ば見張っとる。城下にはいる大門から先は、通町の広か道に出る。通町は、八丁目と七丁目で鉤形に曲がって、あとはずっと一本道。両側には店が並んどる。お前たちも覚えとろ」

父の言葉に甚八と庄十郎は頷く。「通町ば六丁目、五丁目と上がって行くうちに、他の組の大庄屋とも行き合った。どうやら稲次様は、昼前に上五郡の大庄屋に会い、昼過ぎに下三郡の大庄屋と会う手はずば整えておらっしゃるようじゃった。片原町まで行くとお濠端に出る。それも知っとろ」

また父が甚八と庄十郎を見やる。

濠端から見上げる城の石垣と、その奥にある御本丸の美しさには、庄十郎も息をのんだ。こんなお城なら、戦になっても、そうやすやすとは打ち破られないと思った。お濠は四重になっていて、自分たちが見ている濠は、一番外の四重目だと、父が説明した。

「お城にはいる橋は三つしかなか。ひとつはお武家屋敷から濠を渡る橋。二つ目は使者屋のある矢野屋町にかかる橋。三つ目は両替町から亀屋町に出た所にある橋。わしたち大庄屋は、使者屋にはいって待つように言われた。そこからお侍の案内で橋ば渡って、城内にはいった。大庄屋は十一人いた。そん中で一番若か大庄屋は、十七か八じゃったぞ」

父はそこで甚八に顔を向ける。「お前より三つか四つしか年上でなか。そいでも、わしらに交って堂々としとった。おやじ殿が早死にされて、にわかに大庄屋ば継がにゃならなくなったちいうことじゃった」

庄十郎は、食べるのも忘れて父の話に聞き入る。大庄屋を継ぐのは兄の甚八だから、自分は城内にはいる機会など逆立ちしても望めない。お城の中がどうなっているのか、聞きとめておきたかった。

「城の中の家々は、城外にあるお武家屋敷と違う(ちごう)て、塀も立派、屋根も立派、門もがっしりしとる。何より、人が通りよらん。静かなもんじゃ。広か道ば左に曲がると祇園社(ぎおんしゃ)の前に出る。それを過ぎると四つ角になっとって、右側は馬場のある柳原に続く。四つ角ば通り越して突き当たった先で、お城の大手門からはいった所に出る。正面に高か内壁が造られとって、橋ば渡って来る敵ば迎え撃つようになっとる。

そこにあるとが、お侍の子弟が集う学問所と武術稽古所じゃった。開(あ)いた戸から、木刀で打ち合っとる姿が見えた。学問所の障子も開けられとって、何か漢籍ば読んどる声が聞こえたばい」

いったい何歳くらいの子供がいたのか、庄十郎は知りたいのに、父はふれない。その代わり、あたりの屋敷の様子を興奮気味に語った。

「角にあるのが、何と本庄様の屋敷じゃった。お預けにはなっとるものの、屋敷には、奥方やご子息、御用人が住んどられるとじゃろ。ひとつ屋敷をおいて、三の丸に向かう橋の手前にあるとが、稲次因幡様のお屋敷じゃった」

父はそこで息を継ぐ。庄十郎も冷えた汁を全部すすった。

「門は開かれとって、庭ば通って玄関先でちょっと待たされた。手入れの行き届いた松の根元に、咲き誇るつつじの赤か色が眼にしみた。玄関は広くて、真向かいに、虎の絵の屛風(びょうぶ)があった。竹林の奥から、虎が二頭、こっちば睨んどる。お武家様の家にはふさわしか絵じゃった。裾の埃ば玄関先ではたき、草履ば揃えて、廊下に上がった。廊下はよう磨かれとって、歩く姿が映った。長い廊下を、四、五回は曲がったろ。竹庭が見えたり、小さい苔庭(こけにわ)や石庭もあった。たぶん部屋毎(ごと)に、庭の造作ば違えてあるんじゃろ」

庄十郎は、父の記憶に感心する。屋敷の中の様子を、何ひとつ見逃すまいとしたのだろう。

「通されたとは、板敷ではなかった。三十畳はある大広間で、床の間に掛軸がかかっとった。適当に坐るようにお侍から言われて、どんな席順にしたがよかろうか悩んだばってん、そこは自然に年の順になって、年寄りから前の方に坐るこつにした。わしはなるべく掛軸に書かれとる文句ば読めるごと、その真向かいの一番前に坐った」

「そいで、掛軸の文字はどげん書かれとったとですか」

訊いたのは母だ。

「〈天に星、地に花、人に慈愛〉と読めた。誰の言葉かは知らん。論語でも孟子でも老子でもなか。太か字でそげん書かれとった。わしは、なるほどと思いながら、じっと見つめとった。こげな掛軸ば床の間に飾る御家老が、家中におらっしゃるうちは、御家も安泰のような気がした」

庄十郎は、父の目がすっと赤みを帯びたのを見逃さなかった。

〈天に星、地に花、人に慈愛〉と、口の中で唱えてみる。なるほど、満天の夜空には、無数の星がきらめいている。大地も、春と秋には色とりどりの花で覆われる。天と地は、そんな具合いに力を働かせている。人もまた慈愛でこの世を満たすべきだ、という意味に違いない。

これ以上、人の胸を打つ言葉があるだろうか。

家老の家の掛軸は、一生見る機会はない。しかし書きつけられた言葉は、今しがた父の口から聞いた。生きている限り忘れまい。庄十郎はそう胆に銘じる。

「こんな掛軸ば掲げられる御家老は、いったいどげな人か。わしは胸の詰まる思いで背筋ば伸ばしとった。お侍が、まもなく御家老が見えるち言うので、一同襟ば正した。襖の外で咳払いがした。わしたちは一斉に頭を下げて、額ば畳につけた。床の間の前に人が坐る気配がした。

皆の者、顔ば上げてよか。どこか親しみのまじった声がして、恐る恐る顔を上げて驚いた。ほんの目の前、一間（約一・八二メートル）先ぐらいに稲次因幡様が、座布団も敷かずに坐ってあった。わしは、こりゃしまったこつばしたと思った。掛軸の文字ば読もうとして、そん前に坐ったもんの、そこは上座の真正面じゃったとじゃ。

わしのところからは、稲次様の体に隠されてもう掛軸は見えん。眼のやり場に困った。困ったばってん、ずっと眼を伏せておくわけにもいかん。ここは肚ば据えて、御家老様をしかと見ておこうと思った」

「どげなお方でございますか、御家老様は」

たまりかねたように母が尋ねる。

「年の頃は二十六か七。色白で細面、一見するとひ弱に見えるが、膝の上に置かれたこぶしはごつごつしとって、切り傷もあった。これは小さい頃から剣術の稽古か、弓の稽古ばなさっとって受けた傷に違いなかち、わしは思った。その眼で体ば見直すと、首も肩もがっしりしておられる。顔が細く見えたとは、太か首のせいじゃった。

一同ば見渡して、遠かところをほんにご苦労じゃった。今は御家火急のときじゃけ、百姓たちの意向がどうか、大庄屋のそなたたちから聞こうと思うて、集まってもらった。稲次様は、ゆっくりした口調で言われた。

　直接意見ば聞こうと言われたばってん、こっちはどこから始めてよかか分からん。第一、大庄屋のうち誰が真っ先に口ば開くべきかも、分からん。みんな、もぞもぞしている。そりゃそうじゃろ、初めてうかがった御家老の屋敷、そしてすぐ目の前に五家老のおひとりがおられる。そう簡単にものが言えるわけはなか」

　父はそのときの緊張を思い出したのか、息を詰めるようにして黙った。母も黙る。千代は父の長話にしびれを切らして、立ち上がり、荒使子のいる厨に行く。甚八もどこか居心地が悪そうだ。しびれた足に手をやっていた。

　庄十郎は、何としてもその先が聞きたかった。庄十郎の真剣な表情に気がついて、父が続ける。

「どうしたものか迷っていたものの、稲次様は、すぐ目の前に坐っているわしをじっと見ておられる。お前から話せと言っているようにも感じられた。

　ここで怖気づいては、はるばる来た甲斐がなか。村人のためにも、ここは言いたかこつば言わにゃ、あとでほぞを嚙むこつになる。わしはそげな気がした。気がつくと、恐れながら、と声ば出して、畳に両手をつき、頭を下げている自分がおった。わしは言った。

――手前は、御原郡、井上組の大庄屋、高松孫市でございます。本日は、直々に手前ども大庄屋を招き、思うところを聞かせて欲しいという慈愛に満ちた御配慮、誠にありがたく、心より感謝申し上げます。

御家老様ご承知おきのとおり、享保の年になってこの方、領民は数々の災禍に見舞われました。享保元年には旱魃、二年、三年とようやく好天に恵まれたものの、享保四年の六月には大旱魃となり、庄屋、百姓こぞって神社の境内に集い、雨乞いの神事を行ったところ、皮肉なことに七月にはいって大雨となり、今度は日乞いの神事を行わなければならず、八月こそは好天を願っていたところ、大風が吹くこと三度、稲はことごとく横倒しになり、粟や蕎麦もだめになり、その上多くの家屋が風で損壊し、風が吹きやんだと思えば九月にはいって暑さ激しく、田畑はことごとく青葉なくして枯れ果て、立ちゆかなくなった近在の村から逃れ来る百姓多く、行路（こうろ）にて行き倒れした死人の屍（しかばね）を犬猫の如く埋め、その中には、死せる母の乳を吸いながら母子共に死したる姿も見受けられ、また別な村では、五歳ほどの子供の手をひいた女が、わが子を川に打ち込み、死んだところを衣類をはいで、米三合に換えたという話も聞き及んでおります。

翌五年も大雨激しく、大水によって川成洗剝になった田畑多く、牛馬は言うに及ばず、貯えておりました麦や大豆、家財、農具を流失する被害が出、宝満川を隔てた大保村では、食う物を食い尽くし、親子共々枕を並べ、家に火をかけた百姓もおりました。

次の享保六年も、春より雨多く、四月に入って大麦、小麦ともに半ば腐りて熟せず、その後は雨が降り続き、五月雨となり、六月にはいると、せっかく伸び初めた稲に葉虫や芋虫が生じ、田腐れが方々で生じたのでございます。

享保七年はさしたる異変もなくて、百姓たちはようよう食いつないだのも束の間、翌八年になりますと、小雨のあと日照りが続き、せっかく引いた田の水は、醬油を煮返したように汚れて熱くなり、粉糠虫がおびただしく生じ、稲は実を結ばず、百姓たちは、米糠は言うまでもなく、粟や麦の糠までも食する有様で、足腰の達者な者は、近在の山に入って、葛やわらびの根、百合根、山の芋を掘り、椎や樫、櫟の実、あるいは木の葉を採り、その中には、木の実の毒に当たって死んだ年寄りもありました。

幸い享保九年は何事もなく打ち過ぎ、翌十年になりますと、大水のあとに旱魃、さらに虫害と続き、神社に集まっての止雨の祈願、次には雨乞い、その挙句は虫除け祈禱と、目まぐるしく神事を行ったにもかかわらず、最後には、虫入田に鯨油を入れて、その中に虫を叩き落として殺すまでに相成り、このときの鯨油買入れは、各組の大庄屋、各村の庄屋がそれぞれ費用を捻出、百姓のさらなる負担を生じさせぬ努力をしたのでございます。

そのあと享保十一年、十二年は、なんとか大雨、大風、日照りもなく打ち過ぎ、青息吐息の村々が息を吹き返し、立ち直りかけた矢先に出されたのが、今年二月初めの夏物成の増徴でございました。

わしは息も継がない気持で、そう言った。途中、無礼者と怒鳴られて打ち首になってもよかち思っとった」

父は続けた。

「胸の内ば整えながら、耳を澄まして、稲次様のお咎めがないかうかがった。座敷内は静まり返って、咳払いする者もおらん。この際、一気に思うこつば口に出したがよかち思うて、わしはまた口を開いた。

――従来十分の一だった夏物成を三分の一に引き上げるという、このたびの御評定は、病の床からようやく立ち上がりかけた百姓たちに、冷水を浴びせかけるような御処置に他ならず、お前たちは一生、病床に臥しておれ、立つことはまかりならぬという、慈愛を欠く措置であり、これが継続した先の、御家の地方の惨状は想像するに難くなく、おそらく、道々に行き倒れが出、犬が人の顔を食い、死人が誰かも分からないまま、行き倒れの者の上を、別の者が踏み越えて、あちこちに飢人小屋が建つ事態に立ち至るのは目に見えております。

もちろん、御家の台所事情が厳しいのは、重々承知しております。しかし、ここで百姓のみに重荷を担がせれば、早晩、百姓たちは草臥れ、病に倒れ、飢えるか、あるいは餓死の前に村を捨てて逃散していくしか、生きるすべは残されておらず、百姓が草臥れては、村も立ち行かず、御家も立ち行かず、誠に、百姓こそは御家の礎(いしずえ)でもあり、柱でもあり、その百姓たちが暮らしていけるのは夏物成のおかげで、夏物成で食いつなぎ、汗水をたらし秋物成を実らせ、年貢を納めていると言っても過言ではなく、仮に夏物成までもお取り上げになられますと、その結果は明らかです。どうか慈愛のほどを、百姓たちに注がれますよう、百姓たちに成り代わって、懇願したてまつります。

わしは言い終えて、畳に額をこすりつけた。稲次様から、無礼者、身の程も考えない戯言(ざれごと)を口にしおって、打ち首だ。そう言われるのも覚悟して、息を詰めとった」

父は肩をすぼめ、膝の上のこぶしを握りしめている。

「そいで、御家老様は、どげん言わっしゃったとですか」

母までが震える声で訊いた。

「稲次様は、御原郡の高松孫市とやら、よくぞ忌憚のない肚の内ば聞かせてくれた、百姓たちの気持は、なるほどそげなものじゃろ。しかと、聞き届けておく。そう言われた」

父がほっと息をつき、庄十郎も肩の力を抜く。

「そりゃ、よございました」

母が言う。それまでもじもじしていた甚八が、口を利いたのはそのときだ。

「父上、ちょっと厠に行って来ます」

「うむ」

立ち上がって部屋を出る甚八を見やって、父は続けた。

「他に、もの申したい者はおらんか。稲次様がそげん言われたとき、わしの左の方で、恐れながら、と声を発した大庄屋がいた。最前列なので顔は見えんものの、しわがれ声からして、七十歳くらいのお方じゃと、わしは思った。

手前は、生葉郡吉井町の大庄屋、田代直左衛門でございます、とその方は言った。ははあ、善導寺の和尚から何度か聞いたこつのあるお人じゃと、わしは思った。寺に何度も寄進ばされ、博覧強記であのあたりでは評判の知恵者らしかった。そん人の言われるこつじゃけ、理があるに違いなか。そう思うて、わしはじっと聞き入った。

御家の上五郡と下三郡の百姓たちがなめております辛酸については、誠にただいま御原郡の大庄屋殿がつまびらかにされたとおりでございます。その百姓たちが、このたびの騒動で願い出ております件は、大別致しますと、二つになります。ひとつは先程の夏物成の増徴の撤回、もうひとつは、検見を正徳以前の土免制に戻していただきたいという願いでございます。手前どもの記録をひもといてみますと、御家で最初の検地が実施されたのは、承応元年（一六五二）、今から七十五年ばかり前でございます。そして承応三年、土地の善し悪しによって年貢率を定め、前後十年間を平均して各村の年貢高を決める土免制が成りました。その検地から六十年後の正徳二年と三年にかけて、御領内の総検地が行われました。今から十五年ほど前でございます。

わしはその大庄屋殿の口上を聞いて、なるほどと得心がいった。御家老の稲次様は年が若か。おそらく年貢高が決められたいきさつは、いかに家老でもご存知あるまい。そこを、吉井の大庄屋殿は明らかにせにゃならんと考えられたのに違いなか。わしの目の前に坐っておられる稲次様も、目を閉じ、口上にじっと耳を傾けとらっしゃった。

庄十、お前は知らんじゃろが、今から思うと、あんときの検地は、実に巧妙な仕掛けじゃった。総検地によって、御領全体で四千町（一町は約九九一七平方メートル）の新耕地があるのが判明した。それまでの御領の全耕地は二万町歩とされとったので、耕地が二割増したこつになる。こんときの検地帳で、田畑の土壌や水回りを考慮して、上中下の位が決められた。畝数ば決める立毛の際も、あとで文句が出んように、大庄屋や庄屋、百姓に下見をさせた。そして一筆（ひとくぎりの田畑）ごとに、畝数と位を記録し、立て札ば立て、書き取らせた。そうやって庄屋が作ったのが下見帳で、検見役人に差し出した」

父が分かったかという眼で、庄十郎の顔を見た。検見のやり方は理解できたものの、それから先、年貢をどう決めるのかは、庄十郎も合点がいかない。

「その下見帳ば基にして、役人が、そん年の作柄に応じて、田一歩（約三・三平方メートル）につき何升と升切りばした。例えば、一歩につき米一升（約一・八リットル）なら、一反三畝の広さの田で、三石九斗になる」

また父が庄十郎の顔を見る。庄十郎は頭の中で素早く計算してみる。一反は十畝なので、一反三畝は、十三畝だ。一畝は三十歩だから、歩になおすと、三百九十歩になる。一歩につき米一升の収穫となれば、一反三畝を持っている百姓の収穫高は三百九十升になる。十升は一斗、十斗が一石なので、三百九十升は三石九斗だ。

父は庄十郎が合点したのを見届けて、満足気に頷き、続けた。

「これは春法ち言われとる。正徳以前の年貢は、土免制と言われて、有馬の殿様の入府以後ずっと変わらず、年貢は収穫の三割七分五厘じゃった。新しか春法で年貢はこれまで以上に高くなった。検見が高く制定されとるし、田畑の上中下の位づけも、あまり良くなか田でも中ぐらいに見積もられとる。それに加えて、それまで百姓たちが隠しとった隠し田畑も、検見で本田畑に加えられたから、百姓たちはたまらんごつなった。隠し田畑のおかげで、何とか食い扶持ば確保できとったのが、そこにも年貢がつくとじゃけんな。

そして、正徳四年（一七一四）に決まったのが春免法で、年貢高を春のうちに決めて、納入ば村々に請け負わせるやり方になった。これで百姓が納入せにゃならん年貢高は、高かところに固定された。それがずっと続いたけん、百姓たちの不満はたまる一方、そいで、今回の願い事の中に、秋物成の年貢ば、正徳以前のものに戻して欲しか旨ば、書きつけとる。

その経緯ば、吉井町の大庄屋、田代直左衛門殿は、実に分かりやすく、説明ばされた。稲次様も、頷きながら聞いとらっしゃった。ばってん、自分の考えは、ひとつも口にされん。口にすると言質ばとらるると用心されとるのじゃろ。

そんあとも、大庄屋たちが三、四人、口上ば申し上げた。牛馬ば売り買いする際の、運上銀の赦免や、お城改修や寺普請の際の夫役の減少など、どれも、百姓の窮状ば訴える話ばかりじゃった」

ようやく父が話し終え、茶をすする。

「百姓たちの訴えに異ば唱えた大庄屋殿は、ひとりもおらっしゃれんかったとですね」

母が訊く。

「おらんじゃった。考えてみれば、心の中じゃお上の肩ば持ちたか大庄屋もおったかもしれん。ばってん、冒頭で、わしが百姓の窮状ば訴え、ついで吉井の田代殿が、年貢の増額の成り立ちば説明されたから、言いにくくなったとじゃろ」

「そいで、稲次様は、最後にどげん言われたとですか」

母が確かめる。

「百姓たちの言い分は、よく分かった。全部が全部かなわんかもしれんが、少なくとも夏物成三分の一という増徴だけは、撤回しなきゃいかんと思うとる。近々、江戸の上様に、諫言書(かんげんしょ)ばしたためるつもりじゃと言われた。殿様への諫言書ち言えば、もしものときは切腹も覚悟せにゃならん。これはよほどの肚づもりに違いなかち、わしたちは気圧(けお)される気持じゃった。

稲次様のお屋敷ば辞しての帰りがけ、吉井町の大庄屋殿から話しかけられた。年を訊くとまさに七十歳ち言わるる。もう息子に譲ってもよか年じゃろばってん、何か事情があるとじゃろ。

その大庄屋殿が、わしに言わっしゃった。よう言うて下さった。この十数年続いた不作ば言って下さったおかげで、手前も年貢率のことば、さかのぼって言えた。若か大庄屋はもちろん、お侍の中にも、正徳以前の年貢のこつば知らんお方がおらるる。知らんと、今の年貢が当たり前と思うて、疑わんと。

大庄屋殿が言われたんで、わしも答えた。分かったつもりでおったばってん、田代殿の説明で得心がいきましたとな。

城門の橋ば渡って、使者屋の前まで来たとき行き合ったとが、城島の大石殿じゃった。やはり、わしたち上五郡の大庄屋のあとに、稲次様のお屋敷に集められたのが下三郡の大庄屋たちのようじゃった。久方ぶりじゃけ、夕方会いまっしょ。宿はすぐそこ、呉服(ごふく)町(まち)の山崎屋にとっとるけん、ちいう話じゃった。そいで紋助だけを帰らせて、山崎屋に宿をとることにした。

大石殿が戻ってこらっしゃったとが、夕方の七つ半（五時）頃じゃったろか。さっそく、夕餉の膳ば共にした。お互い、稲次様の御屋敷でのやりとりがどげんじゃったか、話ばした」

父が茶をすするのを見て、母が尋ねる。

「そいで、兄様たち、下三郡の大庄屋たちの集まりは、どげなふうでしたか」

「いや、ちょっと思いの外じゃった」

父が目をむく。「わしたちの話し合いとは、いささか違っとった。まず最初に、上妻(こうづま)

郡福島町の大庄屋が、口火ば切って、ここで御家老たちが、すべて百姓たちの願い事ば聞き入るると、後々に禍根ば残す、一部のみを受け入れて、落とし所ば考えたほうがよかち、言うたげな。それが引き金になって、あとにしゃべった大庄屋たちも、たいていが、一部譲歩、大部分はそんまま断行、それが百姓たちへのみせしめになるちいう意見じゃったそうだ。百姓たちの願いば代弁するちいうよりも、ここで言いなりになると、あとが恐か、かといって全てを拒否すると、また騒動に油を注ぐ結果になる。そんなところに落ちついたらしか」

やりきれないという顔で、父は黙った。

「そいで、兄様は何か言われたとでしょうか」

母が問いただしていた。

「いや、どうしようかと悩まれたらしかが、ここで百姓の肩ば持つと、他の大庄屋たちから睨まれる。ここは、言わんがよかち思わっしゃったごたる」

「兄様には、そげなところがあります。特に、お侍方には知り合いがおられますから、言いにくいとでっしょ。そうなると、上五郡と下三郡の大庄屋方では、だいぶ、考え方に開きがあるとですね。御家老様はどげん思わっしゃったでしょうか」

「そりゃ分からん。たぶん、上五郡の大庄屋のときも、わしや吉井町の田代様の意見とは違う考えば持っとる大庄屋が、おったとじゃろ。話の流れが決まってしまって、黙ったのじゃなかろか」

それまで父と母のやりとりを、身じろぎもせずに聞いていた庄十郎は、思い切って口を開いた。自分が享保の生まれだったので、その前の正徳の出来事については興味があった。

「正徳の年貢改めについて、話ばした大庄屋殿はおらっしゃったとでっしょか」

庄十郎に顔を向けた父が首を振る。

「なかったらしかった。もちろん大石殿も、それは分かってあった。ばってん、それば言い出す雰囲気じゃなかったらしか。ま、稲次様も、下三郡の大庄屋の意見ば聞いて少しは安心さっしゃったじゃろ。そん意味では、大庄屋の集まりを、二つに分けたのは良かったのかもしれん」

父は暗い顔のまま顎を引く。

「兄様の城島町あたりの百姓は、上五郡に比べて、大人しかとでっしょね」

母が確かめる。

「大石殿の話では、どうもそげんのごたる。上五郡の中でも、激しかとが、生葉郡、竹野郡、山本郡の三郡。あのあたりは、昔から水が少なか土地で、六、七十年前、大石・長野堰(ぜき)ができて、何とか水が来るごつなった。ばってん、今でも水が充分に行き渡らんのは、変わりなか。年貢に苦しんどるのは、御原郡や御井郡以上じゃろ。

とは言っても、お上の出方次第では、つまり、殿様の裁定次第では、生葉・竹野・山本という上三郡の怒りが、上二郡に波及して、さらにそれが膨れ上がって、下三郡に及ばんとも限らん。大石殿が心配しておらっしゃったのも、そこ。いくら稲次様たちが上様に対して諫言書を送ったとしても、上様がならぬと言われればそれまで。先に本庄様が示された増徴撤回の書き付けが、反故にされる事態になると、どげんなるか分からん」

父は冷えた茶を飲み切る。母が立とうとするのを制した。

「ところで、これは騒動とは関係なか話ばってん、大石殿のところは、跡継ぎの息子がおらっしゃれんじゃろ」

「兄様、なんか養子の話ば言わっしゃったとですか」

母が坐り直して訊く。「兄様と義姉(あね)様の間に、子がありませんし、男兄弟もおらんです。兄様にもしものことがあっては、大庄屋の家も絶たれますけんで」

「産まず女(め)だといって、女房殿を離縁さるるようなお方でもなか。まして、妾腹の子ば持とうとされるお人でもなか。それで、時世が時世だけに、養子ば貰う肚ば決めらっしゃったごたる」

「それはよございました」

母が安堵する。「そいで、目当ての子でも見つかったとでしょうか」

「郡役所のお侍に古賀様という方がおられるそうな」

「聞いたこつがあります」

「その方の五番目のお子さんが男の子で、聡明な子供らしか。それをどうかという話がでとる」

「御武家様のお子様なら、願ってもなかじゃなかですか。いくつでございますか」

「今、四歳。何が何でも、そりゃ早過ぎる。そいで、あと四年待って八歳になってから、養子縁組ばしようという話に、なりつつある。ともかく、めでたかこつ」

父がやっと表情を和ませる。

お侍の子が、母の兄の養子にはいるとなれば、そのお侍の子は、自分の従弟になる。

庄十郎はぼんやりとした頭でそう思った。

父母が立ち上がったので、庄十郎も立つ。足がしびれてにわかには立ち上がれず、父が手を引っ張り上げてくれた。

兄の甚八は、最後まで部屋には戻って来なかった。

五月四日の昼過ぎから、荒使子の紋助と利平は屋根に梯子をかけ、朝のうちに集めた蓬と菖蒲を軒下に吊るした。その夜、菖蒲を湯に浸し、父のあとに甚八と庄十郎が沐浴し、ついで母と千代が湯浴みした。

五日の朝餉には粽が出た。庄十郎が好きなのは蓬入りの粽で、味わうとほんのり甘い。庭では利平が鯉のぼりと吹流しを立てている。前の晩、この時節、のぼりを立てるのはやめましょうかと母が言うのに、父は異を唱えた。

こんなときだからこそ、せめて大庄屋の家くらい、節句を祝わないといけない。もし今後、雨が降らず旱天続きになれば、あのとき節句を祝わなかったのが祟ったと、噂が立つ。それが父の言い分だった。

朝のうちに、父は紋付袴に脇差を差し、松崎町の郡役所に挨拶に出かけた。昼前に父が帰宅すると、九つ時（午後零時頃）から庄屋たちが次々と集まって来た。通常は四月に行われていた、人別帳五人組の読み合わせが、五月にずれこんでいた。

庄屋たちが、各自の村について、五人組ごとの家族の人数を報告する。父はそれを聞きながら、変更があれば台帳に線を引き、新たに書き加える。

それがひととおりすむと、庄屋がひとりずつ村の帳簿を父に見せて、村の事情を報告した。その帳簿に三通りあるのは、甚八だけでなく庄十郎も父から教えられていた。

村の収支を記録した帳簿が継方帳、村人の誰それに夫役を賦課したかを記した役帳、そして村々の共通の支出額を書き留めたのが催合銀だった。父は、これらの報告をまとめて、台帳に書き記す。

母のほうは、荒使子たちを使って二、三日前から大忙しだった。家の中を掃き清めて、障子の張り替えもする。前日から当日にかけては、庄屋たちをもてなす料理の準備に大童だ。妹の千代も、もちろん手伝わされた。

ひととおり、帳簿のつき合わせが終わったのが七つ時（午後四時頃）だ。膳を座敷に運ぶのを、甚八と庄十郎も手伝わされた。

庄屋の顔は、庄十郎もたいてい知っている。吹上村の庄屋が一番の年長で、最も若い庄屋は干潟村の庄屋で、まだ二十半ばくらいだろう。父親が急死したので、にわかに庄屋になったのが二年前だ。すぐに父の許に挨拶をしにやって来て、その後は、毎月のように顔を出し、庄屋の仕事について教えを乞うていた。時には、隣村の吹上村の庄屋が一緒だった。老庄屋にしてみれば、孫に付き添うような気持だったのだろう。

庄十郎は高坏膳を後ろのほうに坐る若い庄屋の前に置く。

「すんまっせんです」

若庄屋は庄十郎にまでも頭を下げる。

膳の上には、宝満川で獲れた鯉のあらいと、鮒の煮つけ、三沢村で獲れた鴨の塩漬け、大根汁、そして香の物として蕪の味噌漬けが載っている。

座敷を出て厨に戻ると母から言われた。

「甚八と庄十も、庄屋殿たちと一緒に食するように、おとっつぁんが言われとった」

母は用意した膳を二人に持たせ、座敷の襖を開けてくれた。

部屋の隅に膳を据えると、庄屋たちの肩越しに父の顔が見えた。

「高松様、まだ郡役所からの知らせはなかでっしょか」

庄屋たちを代表するように、前の方にいた吹上村の庄屋が訊いた。

「まだ届いとらん」

父が首を振る。「御家老の有馬壱岐様が上府されたのが、四月十三日と聞いとる。早くても、江戸まで行って帰るのにひと月はかかる。江戸表での詮議が長びけば、それだけ帰るのは遅るる。いずれにしても、この十日ばかりの間に、返事は届くと思うが」

父も顔を曇らせた。

「どげな返事になるでっしょか」

別の庄屋が訊く。

「夏物成の増徴撤回が反故になるこつは、もはやなかろうち思うが、正徳以前の年貢高に戻すという要求は、どげんなるか分からん」

「他の銀代米の減免や牛馬売買の運上銀の赦免、印銭の廃止、夫役の減少はどうでっしょか」

また別の庄屋が訊く。

「それは案外、通るかもしれん。ここは譲歩しといて、また百姓たちの騒ぎが鎮まった頃に、そろりと持ち出すこともできるし」

「しかし、夏物成の増徴撤回の次に百姓たちが望んどるのは、秋物成の年貢ば、何とか正徳より前に戻して欲しかちいうこつですが」

吹上村の老庄屋がしわがれ声で言う。「何と言うても、百姓たちの命は、夏物成より、秋物成の米にかかっとるとですけん。正徳になってからというもの、お上のほうでは、庄屋が行う坪刈りが正確じゃなかち言うて、あちこちで検地ばして、小むずかしい計算で、田に位をつけ、挙句の果てに出てきた年貢高ちいうもんは、それまでのもんに比べて一割増しぐらいになったとです。これは、古庄屋なら誰でも知っとるこつです」

「ほんに、あれは、二、三年のうちに、あれよあれよという間に、決められてしまいましたもんな。狐に鼻ばつままれたようでした」

別の年配の庄屋も応じた。

庄十郎は、あのことかと、父が稲次家老の屋敷に行ったときの話を思い出す。家老の前で、父の次に発言した吉井町の大庄屋が、享保以前の正徳の世に行われた検地を槍玉にあげたという。そのとき充分にのみこめなかった話の内容が、今になって少しは分かったような気がする。早い話、いろいろ田の測量を繰り返した末に、年貢高は少しずつ高くなり、最後には高止まりしたまま、享保の代になったのだ。善導寺の境内で見た百姓たちの大騒ぎは、高止まりしてきた年貢について、たまりにたまった怒りに火がついたのだろう。

つまり、秋物成に対する積年の恨みの上に、夏物成の上納が十分の一から三分の一に増額されて、勘忍袋の緒が切れたのだ。とすれば、夏物成の増徴の撤回だけで、百姓たちの怒りがおさまるとは考えられない。本当の目的は、秋物成の年貢を、十数年前の低い率に戻させることなのだ。

「三郎右衛門殿、干潟村はどげなふうですか」

父が庄十郎たちの前に坐っている干潟村の庄屋に訊いた。若い庄屋だけに、村民たちの動きを充分に把握しているか、心配になったのだろう。

「今は、どの家も田植えの準備で忙しかときです。年寄りは苗取り、子供は苗運びと畦の草取り、女たちは朝夕の食い物づくりで、忙しゅうしとります。年貢や運上銀、夫役がどうのこうのと言うても、田植えだけはしとかにゃなりまっせん。胸の内には、くすぶっとるもんがあるはずですが、どの百姓も今は田んぼが第一と思うとります」

若い庄屋は、途中つっかえながらも見事に言い切った。

「そげんじゃろな。今、油を売るこつはできん。そん意味では、嵐の前の静けさかもしれん」

父が納得したように重々しく頷く。

庄屋たちは、夕刻、お上の裁可に一抹の懸念を感じながらも、供された膳には満足した顔で帰って行った。

裏節句の翌日は雨になった。それでも紋助や利平たち荒使子は、蓑をつけ菅笠をかぶって田仕事に出かけた。

雨は四、五日降り続き、ようやく小降りになった日、村々で一斉に田植えが始まった。

田植えの時期になると、女の荒使子もこぞって田に出る。

朝まだきに家を出、戻って来るのは日暮れどきだ。父と甚八は家に残り、庄十郎は母と荷を担いで、千代を連れて雨上がりの道を田まで歩いた。

どの田にも人が出ている。庄十郎くらいの年かさの子までが、田にはいって苗を植えている。
五、六人が並んで、後ずさりしながら田植えをするなかで、子供が植えた苗は真っ直ぐではない。しかも大人たちの半分しかはかがいっていない。それでも見よう見まねで、一心不乱についていっている。

〽腰の痛さよ　畝まちの長さ
　五月田植えの　日の長さ
　五月ひと月　泣く子が欲しや
　畦に立たせて　腰そらす

庄十郎は紋助の女房ののぶから習った田植え唄を思い出す。畝まちは田の長さで、端まで行きつかないうちは、腰を伸ばして休めない。ようやく植え終えて、元の場所に戻るまでが、短い骨休めだ。しかし、遅い者がおれば、その列の加勢をしてやらねばならない。田植え上手は、上手なほど仕事の量も増えるのだ。そんなとき、幼な子でもいれば、泣いているのを理由に、あやしに行ける。それが骨休めの口実にもなる。

のぶは、こんな唄も庄十郎に教えてくれた。

〽苗を植えるに　子持ちは嫌よ
子供泣くたび　畦まで上がり
ねんねんころころ　ねんころり
子ばかりあやして　田のはかゆかぬ

やはり子のいる百姓の女の労苦は、人一倍なのだ。

何町（一町は約一〇九メートル）か先の田では、まだよちよち歩きの子供が、苗束を持って畦の上を走り、母親に渡している。

あんなに小さい頃から田植えを手伝っていれば、庄十郎の年齢に達したときには、もう大人たちにまじって、苗を植えられる。たとえ田植えの速さが大人の半分であっても、いないよりはましだろう。

手前の田では、天秤棒(てんびんぼう)の両端に苗籠をぶら下げ、畦の上を歩く子供がいる。籠には苗がぎっしり詰められ、いかにも重そうだ。家の近くの苗代田から運んで来たに違いなく、顔を真っ赤にしていた。待ち受ける大人たちの前で、ようやく棒をおろす。籠が空になると、また苗代田に戻って行く。

そんな百姓の子の苦労に比べると、庄十郎が手にしている水桶や握り飯を入れた籠の重さなど、文句は言えない。

田畑で働くのが百姓の子供たちの仕事だとすれば、大庄屋の子供の務めとは何なのだろう。庄十郎は、胸の内でぼんやり考える。父が暇なとき、兄の甚八が呼びつけられ、書字や計算を習っている。たいてい、庄十郎も呼ばれて一緒になる。漢語の並ぶ書物を開いて、大きな声で読まねばならない。間違うと、父がいちいち指摘する。父は書物は見ていないのに、間違いには気がつく。たぶん始めから終わりまで諳(そら)んじているのだ。読まされる書物は十種類以上あった。論語、大学、中庸、孝経、忠経、書経、易経、詩経――。庄十郎が好きなのは、その詩経だった。隣の国、漢の最も古い詩だと父は教えてくれた。どのくらい昔か、庄十郎には想像もつかない。大昔の人間が書きつけたにしては、とても古びているとは思えない。

相鼠有皮　人而無儀
人而無儀　不死何為
鼠を相れば皮あり　人として儀なからんや
人として儀なくんば　死せずして何をか為さん

この文章を読まされ、父から説明を受けたとき、眼前に鼠の死骸が彷彿とした。確かに、あの忌まわしい鼠にしても、立派な皮をまとっている。まして人に、礼儀と威儀がなくては、人とは言えない。人の皮とは、身につけている物ではなく、おごそかな立ち振る舞いと、人として行うべき礼の道なのだ。父が背筋を伸ばしてそう言ったとき、庄十郎も思わず背筋を真っ直ぐにした。

人の皮としての礼儀や威儀は、父が御家老の稲次様の屋敷で見た掛軸の文字、〈慈愛〉と軌を一にしているのではないか。庄十郎は今ではそう考えている。

――鼠を相れば皮あり、人として慈愛なからんや。人として慈愛なくんば、死せずして何をか為さん。

人として慈愛がないくらいなら、そんな人間はむしろ死んだほうがいい。

庄十郎にはそんな風に思えてならない。

もうひとつ、詩経の中で好きな言葉があった。〈切磋琢磨〉だ。

如切如磋　如琢如磨

切るが如く磋ぐが如く　琢つが如く磨ぐが如し

玉を切って形を整え、石を打って形をつくり、さらに磨きあげる。

このように切磋琢磨すれば、どんな石でも玉になる。父が言い切ったときの凜とした声が、今でも庄十郎の耳に残っていた。

百姓の子供たちが、幼いときから土にまみれ、田畑の務めに汗を流すのであれば、大庄屋の子供は、人としての礼、慈愛を学び、切磋琢磨すべきなのだ。

父が甚八と庄十郎、時には千代も前に坐らせて、漢籍を学ばせる理由は、それに違いなかった。

田植えが終わった田のところどころに、竹や棒が立てられている。何かのまじないだと、庄十郎は以前から考えていた。しかし真偽のほどは分からない。ひょっとしたら母が知っているかと思い、訊いてみる。

「あれは、燕をあそこにとまらせるため」

母がこともなげに答え、水の張られた田を眺めやる。

「どうして、燕がとまるとよかと」

千代が庄十郎よりも先に問いかけた。

「千代ちゃん、あそこに燕がとまると、糞ばする。糞が田んぼにおちたら、蛭藻草が生えてこん。蛭藻草ちいうのは、葉が広か。はびこると日の光が稲の根元に届かんごつなる。そんうえに、蛭藻草の根が深く食い入って、稲の根ば縛りつけち枯らせる。人間の足にとりつく蛭と同じたい」

母はそう答え、息を整えて歌い出した。

〽畑に地しばり　田に蛭藻
広か葉っぱが　水に浮き
日を遮る　憎いやつ

〽畑に地しばり　田に蛭藻
根が深くて　土を掘り

稲を腐らす　嫌なやつ

母が三味線と小唄を習っているのは、庄十郎も知っている。ひと月に一度、もう七十歳に手の届くような老婆が、曲がった背に、三味線のはいった袋を担いでやってくる。小一時、母の部屋で稽古をつけて、またひとりで帰って行く。

さっき母が口にした文句は、三味線つきの小唄とは、どこか違う。おそらく、小さい頃、家にいた荒使子から教わったのだろう。

「何年ぶりじゃろか、蛭藻の唄ば歌ったとは。よう覚えとった。自分でも不思議か」

母が千代と庄十郎を見て笑う。あまり百姓仕事には手を出したがらない母も、幼い頃は、荒使子と一緒に田に出ていたのかもしれない。

畑に地しばり、田に蛭藻。母はもう一度、懐しそうに口ずさむ。

母の古里である三潴郡の城島町には、一度しか行ったことがない。千代が一つか二つの頃だから、五、六年前だ。細かい記憶はないものの、風景が、このあたりとは大きく違っていたのは覚えている。

何よりも、町はずれを流れている筑後川の川幅が、御原郡を貫く宝満川の十倍くらい広かった。宝満川がまむしの大きさなら、筑後川は、庄十郎もまだ見たことのない大蛇の大きさだろう。善導寺に行ったとき眼にした上流の筑後川と比べても、二、三倍の幅があった。

母によると、川を下るとやがて有明海に注ぎ、向こう岸は肥前鍋島様の御領だという話だった。

「大水になると、水が土手を越えるとよ。土手が切れたら、家の下半分は水に浸ってしまうと」

土手の上に立って母が言ったとき、庄十郎は背筋が冷たくなった。目の前の大蛇が背をもたげ、思う存分動く姿が思い浮かんだ。この水が膨れ上がり、切れた土手から一気に溢れ出たら、もう逃げるのは無理だ。屋根に上がったとしても、家が流されては生きるすべはない。

そんな大水を覚悟しているのか、大庄屋である母の実家は石垣の上に造られ、母屋も蔵も二階屋になっていた。しかも一階に畳の間は少なく、板敷の間が多い。二階の天井には、十艘ほどの舟が吊るされていた。

母に直接尋ねたことはないが、父の許に嫁いで来たとき、風景の違いに驚かされただろう。城島では、あたりを見回しても山はない。ここなら、すぐそばに花立山もあり、北には宝満山、西には脊振山、南には耳納山が望める。城島町で見た家々は、大きな構えの家が多かった。酒屋や醬油屋、油屋など、お侍の屋敷ほどの立派さだった。

「紋助どんは、やっぱ速かな。利平もかなわん」

母が一町先の田を指さす。荒使子が五人並んで田植えをしている。他の荒使子がほぼ一線に並んでいるのに対し、真ん中にいる紋助は二、三間は後方にいた。なるほど、手つきが素早い。苗束から苗を取る手も、泥田に苗を刺す手つきも、眼に見えないくらいの速さだった。

「さあ、腹が減ったろう」

母が呼びかけると、のぶたち女の荒使子が気づいて腰を伸ばす。利平と紋助だけが、まだ骨休みを惜しむように先を急いでいる。畦まで行きついた紋助は、のぶや他の荒使子がやり残した所に戻って、苗を植える。利平もそれにならい、女房のつねが残した所を補った。

二人がようやく手を休め、田から上がったのは、母とのぶたちが畦道の上に莚(むしろ)を広げ、食い物を並べ終えた頃だった。

庄十郎が背負った背負子の中には、擬宝珠(ぎぼうし)の葉に包んだ握り飯がはいっていた。母がさげて来た竹籠には、炒り米(いりごめ)が詰められている。田植えのとき、荒使子に食べさせるのは、麦も粟もはいらない米の飯だ。炒り米は、苗代に蒔いた種籾の残りを干し上げ、蒸して臼(うす)でついている。特有の匂いがして、この時期しか食べられない。おかずは、田螺(たにし)の煮つけと沢庵(たくあん)漬けだ。

「奥様、すんまっせん」

田の水で手を洗った紋助が、莚の上ではなく、草の上に腰をおろす。

「こんちきしょう。蛭が五匹も食いついとった」

利平が最後の一匹を足からつまみとり、踵で踏みつける。

「あたしは四匹、これが食えるならほんによかがね」

つねが答える。

「食おうと思えば食わるる。小さかとき、おやじさんから食わされた。鍋で煎ると小さくなって、口に入れられる」

紋助が言うと、つねが顔をしかめた。

「紋助どん、どげな味ね、蛭ちいうのは」

笑いながら訊いたのは母だ。

「奥様、それは言うに言われん、何か鉄錆の風味がしました」

紋助が真面目に答える。

「そりゃ、わが血の味じゃなかね」

のぶが茶化す。

「そんなら、明日のおかずは、蛭にしまっしょ。笊一杯、集めとって下さいな」

「奥様、そりゃやせんで下さい」

母の冗談にみんなが笑う。

笑い声に、向こうの田にいる百姓たちがこちらを見やった。

「紋助どん、多めに作っとるから、これば、あん人たちに持って行かんね」

母が握り飯と沢庵漬けを、擬宝珠の葉に包む。庄十郎は、一瞬残念な気がしたものの、自分が二つ食べるのをひとつにすればいいのだと、思い直した。

紋助が包みを持って行き、四人の百姓に声をかける。四人は腰を伸ばして手拭いをとり、母に頭を下げた。

「握り飯もうまかばってん、このお茶もおいしかです」

つねが、お茶にも舌鼓をうつ。庄十郎にとっては飲み慣れたお茶でも、荒使子たちには、上等の茶に思えるのだろう。

「さっき、子供の頃に習った蛭藻草の唄ば思い出したけど、あんたたちは歌わんとね」

母が紋助たちに訊いた。

「何でしょか、それは」

「こげな唄よ」

母は自分で手拍子をとって歌い出す。

〽畑に地しばり　田に蛭藻
広か葉っぱが　水に浮き

歌い終えると一同手を叩く。

「知らんですなあ、そげな唄」

「初めて聞きました」

こぞって首を振る。

「そりゃ、三潴あたりの唄でっしょか」

利平から問われて母が頷く。

「ここいらには、そげな唄はありまっせん。蛭藻草が憎かとは同じですが」

つねも言う。

「同じ有馬の御領ち言うのに、筑後川の上と下では違うとじゃね」

母が首を捻る。

「奥様、そん唄には、ひょっとしたら、百姓たちの恨みが込められとるのかもしれんです」

紋助の言葉に、母が驚く。

「ほら、葉ば広げているのは、お侍たちで、威張りくさって、おてんとさんの日の恵みば遮って、稲ば枯らさせる。そげな意味かもしれまっせん」

「そんなら、稲が百姓ち言うこつかね」

「そげんでっしょ。百姓の恨みがこめられとる唄です」

利平も紋助に同意する。

「二番は、こげんなっとる」

母は息を整え、また声を出す。

〽畑に地しばり　田に蛭藻
根が深くて　土を掘り
稲を腐らす　嫌なやつ

「なるほど。お侍たちが、見えん所で根をはびこらせ、稲の根に巻きついて、最後には腐らせてしまう。案外、紋助の言うとおりかもしれんね。子供んときに覚えた唄じゃけ、そげな意味があるとは知らんじゃった」

「こん御原郡でも、広めまっしょか。すぐ広まりますばい」

紋助の顔は半ば本気だった。

「広まるのはよかばってん、広めたのが井上組の大庄屋の女房ち分かると、大庄屋取りつぶしにあうかもしれんね」

母が笑う。

「そりゃ大丈夫です。裏の意味ば、お侍たちに教えなきゃよかとですから」

利平が言う。

「なるほど。そんなら、もう一度」

畑に地しばり、田に蛭藻。母の音頭とりで、荒使子たちが歌い出す。庄十郎もあとに続き、千代も口ずさむ。

この唄の文句と母の声は、これから先、一生忘れないような気がした。

お上からの達示が、大庄屋にもたらされたのは、五月下旬だった。その翌日、庄屋たちが大庄屋の家に集まり、庄十郎も甚八と一緒に同席させられた。

父が読み上げたお上の回答書では、大筋で百姓たちの願いを聞き入れているように思われた。嘆願の第一であった夏物成の増徴は全面撤回、雑穀類に課せられていた通用印銭も廃止され、牛馬売買運上銀も赦免と書かれていた。

「そうすると、百姓たちの嘆願の二と三、そして六は、まかりならぬ、ということですか」

吹上村の老庄屋がまず溜息をついた。「銀代米の減免と夫役の軽減が通らなかったとは諦めがつくとしても、秋物成のほうば正徳以前の年貢に戻すちいうのが、百姓たちの本音じゃったとですが」

「枝葉のところは受け入れて、肝腎要の幹はそんままの御処置になりますな」

他の庄屋も同調する。「これは先々月、奉行の本庄様が書いた『諸式、先の辰年（正徳二年）御改め以前の通りにする』という約束ば白紙に戻すちいうこつになります」

「あんとき、ここで本庄様が書きつけらっしゃったのは、昨日のことのように覚えとります。あれからまだふた月ちょっとしかたっとらんです」

また別の庄屋が言うのを、父は渋い顔で聞いていた。後ろの列から声を発したのは、干潟村の若庄屋だった。

「ほんの二日前でしたか、田植えのあとの一番草取りが終わったので、五人組の組頭がうちに集まりました。そん席でも、お上の御沙汰がどげんなるか、話はそこに集中したとです。夏物成の増徴ば撤回するちいうのはもちろんですが、秋物成の年貢ば、正徳以前に戻すちいうのが、一番の願いだったとです。こんままじゃ、村民たちは引き下がらんと思います。庄屋が俺たちばだまくらかしたち、怒りがこっちに向かうのじゃなかかと、心配です」

庄屋役を引き継いだばかりの若い庄屋にしてみれば、当然の懸念だと庄十郎も思う。父がどう答えるのか、父の顔をうかがった。

「庄屋に向けらるる怒りは、そんまま真っ直ぐ大庄屋に向けらるるでっしょ。ここに至っての頼りは、この間、大庄屋を集めて意見ば聞いて下さった、御家老の稲次因幡様じゃなかろうかち、思うとります。その稲次様、今回、郡方御用に任じられた旨、郡役所から通知があり申した。惣奉行の本庄様が解任されたばかりなので、その任務は、稲次様が引き継がるる。百姓たちの願いは、分かっておられるので、何か手立てばされるはずじゃが」

父の言葉は、庄十郎から見ても、歯切れが悪かった。

父が頼りにしている稲次家老は、まだ二十七歳という話だったので、今、目の前に坐っている干潟村の庄屋と同じ年頃だろう。そんな若い家老が郡方を統べる役職に就いたからといって、はたしてどういう対策がとれるのだろう。

「その稲次様という御家老、力はあるとでっしょか」

庄十郎と同じ疑問が、庄屋のひとりから発せられていた。他の庄屋たちも、父の顔を凝視する。

「わしが御家老のお屋敷で面晤を得た限りでは、お若いのにもかかわらず、なかなかの器量を持っておられる」

父はそれだけでは庄屋たちを説得できないと感じたのだろう。さらに言葉を継いだ。

「大庄屋たちが集められた大広間の掛軸には、こう書かれとった。〈天に星、地に花、人に慈愛〉。誰の言葉で誰の書かは知らんばってん、このお方は、この掛軸の言葉を、自分の職務の根幹にしておらるると感じた」

「〈天に星、地に花、人に慈愛〉ですか」

吹上村の老庄屋が復唱して、確かめる。「高松様は、そんなかの〈人〉が百姓をさしているると思われたとですね」

「わしの眼には、そうとれた」

父が頷く。「少なくとも、有馬の御領も、他の御領と同じく、お家の立ち行き具合いは、すべて百姓にかかっとると、稲次様は考えとられるはずだ。わしは、できることなら、もう一度、稲次様に会おうと思っとる。ついては、庄屋からの嘆願書ば、まとめてくれんじゃろか。わしがそれに書き付けば添えて、稲次様に届けようち思っとる」

父の言葉は、庄屋たちに、明らかに安堵をもたらしていた。


田に植えられた苗が伸び出す頃から、荒使子たちは毎日忙しそうだった。朝早く、紋助と利平は連れ立って露草を刈りに出かけ、日が少し高くなる頃、帰って来る。草は牛の餌にしたり、田の刈敷（かりしき）にしたりする。

ひと休みする間もなく、今度は稲田の草取りに出る。

六月初めから、日中はかんかん照りになった。

朝方、父は甚八と庄十郎に漢籍の素読をさせたあと、御家老の稲次様に呼ばれたと言い、ひとりで出かけて行った。上五郡と下三郡の主だった大庄屋だけが、家老のお屋敷に集まるよう、郡役所からの達示が届いていたのだ。普段なら紋助か利平が供をする。しかしこの時期、二人とも、田畑の仕事で手が放せないのだ。

その代わり、庄十郎は紋助、利平と一緒に家を出、父を途中まで見送った。

水が張られた田は、ほんの十日前までは白っぽく見えていたのに、今は苗が伸び、緑一色に変わっていた。

「こんまま、よか日照りがあれば、苗は日毎に育ちます。豊作になるとよかですが」

利平が言うのに、紋助が口をはさむ。

「豊作になるかならんかは、おてんとさんの気持しだい。日照りが続き過ぎてもいかんし、大雨になってもいかん。人間にできるこつは、とにかく朝から晩まで働くこつ。そうすりゃ、多少の日照り、多少の大雨でん、何とかなる」

「ほんに、〈星をいただいて出、星をいただいて帰る〉じゃの」

父が詠み上げるように言った。父がよく読んでいる漢詩の一節かもしれなかった。

どの田にも百姓の男女が出て、腰を曲げている。見送った父は早足で、松崎に向かう。庄十郎はそのまま引き返してもよかった。しかし、まがりなりにも多少田植えを手伝った田がどうなっているのか見たい気がした。

握り飯を一緒に食べた場所まで来ると、もう日射しが強くなった。紋助と利平はさっそく菅笠をかぶり、裸足のまま田にはいる。

「ほう、こりゃ熱か」

紋助が声を上げる。庄十郎も手を田の水につけてみる。なるほど、ぬるい湯くらいには熱くなっていた。昼頃になれば、風呂以上の熱さになるかもしれなかった。

顔のすぐ脇を掠め過ぎた一羽の燕が、五、六間先の棒にとまった。燕はあたりをうかがいながら、尻から糞を垂らした。母が言ったとおりで、あの糞が蛭藻の広がりを防ぐのだ。

熱い田の水の底には、もう田螺が身をひそめ、稲の間をぬって源五郎が泳いでいる。かと思うと、水澄ましが水面を滑るように動き去った。

「庄十様も、田の草ば取りますか」

利平から言われて、庄十郎は草鞋を脱いで田の中にはいった。足首まで泥の中にはいると、妙に生ぬるい。

「草がなか所でも、稲の間ば、こうやって掻き回すとよかです」

利平が手本を示す。それなら簡単で、自分にもできそうだ。とはいえ泥の中は、進むにも骨が折れた。

「あいた」

痛みを感じて手首を見る。血がにじんでいた。稲の葉の縁で手が切れていた。これでは、あちこちに草の刃が待ち構えているのと同じだった。

〽土用の頃の三番草
日を背中に　焙(あぶ)るが如く
田の水沸いて　咽(しの)ぶが如く
稲葉のへりは　刃物の如く
ほんに　百姓は地獄に暮らす

突然、利平が歌い出し、紋助も向こうで応じた。

〽土用過ぎての四番草
おてんとさまが　火の矢を降らし
田の水熱く　足は火ぶくれ
鋸の葉で　血まみれの手
ほんに　百姓は生き死に地獄

庄十郎は、苗の列を跨いで、その両側の熱い水をかき混ぜる。むせ返るような稲葉の匂いが顔を覆う。時折顔を上げないと、息が詰まりそうだった。

ようやく反対側の畦道に辿り着いたときは、やっと地獄から抜け出せたと思った。

「庄十様、なかなか腰つきがよかです。百姓に向いとるかもしれんです」

利平から真顔で言われ、庄十郎は返事に詰まる。こんな仕事を一生やれと言われたら、やはり嫌だった。

くるぶしのあたりが痒（かゆ）いので、見ると両足首に蛭が二匹と三匹、それぞれくらいついていた。

「ひえっ」

庄十郎は声を上げる。取りたいものの、気味が悪くて指でつかめない。紋助がやって来て、引きはがす。

「蛭も、子供の血のほうがよかとじゃろ」

踵で踏みつぶしながら紋助が笑う。蛭が食いついていた痕には血がにじんでいた。

もう田の中にはいる気持は萎えていた。泣きそうになるのをこらえる。紋助が溝に連れていき、足を洗ってくれる。

「ひえっ」

また庄十郎が悲鳴を上げた。すぐ目の前の水面を蛇が泳ぎ去っていった。

「あれはひら口じゃなかけ、かみつきまっせん」

紋助から言われても、まだ胸が波打っていた。

「庄十様のおかげで、仕事がはかどりました。さあ、もう帰らにゃ、奥様が心配されます」

利平から言われ、草鞋をはく。帰る途中で振り向くと、二人はまた田の中で腰を曲げていた。百姓には金輪際なれない。庄十郎は唇をかみながら思った。

父が城下から帰って来たのは、翌日の昼頃だった。

「城島の大石殿も呼ばれておらっしゃった。また二人で宿に泊まって、話ばした」

夕餉の席で父が言った。「稲次様に呼ばれた大庄屋は、全部で十一人。各郡からひとりか二人呼ばれとった。いつか話した生葉郡の大庄屋田代殿も見えとらっしゃった」

「城島のほうでは、また騒ぎが始まっとるとでしょうか」

母が心配気に訊く。

「大石殿の話では、まだ何も起こっとらんらしか。ばってん、上三郡では、百姓たちが集まり出したらしか。田代殿が言われるには、百姓たちの間で、互いの相談のため、あちこち行くとしても、田の仕事は怠るな、ち申し合わせとるげな。道で会っても、二、三人集まって話をしちゃならん、集まるのはあくまで夜で、退出するときは、ひとりずつ出て行くようにしとるちいう話じゃった」

「そりゃ、賢かやり方じゃなかですか」

「あくまで表向きは穏便にということじゃろ」

父が静かに顎を引く。

「こん御原郡でも、やっぱりそげんしとるとでしょうか」

「庄屋たちの話では、そげな様子はなからしかばってん、気づいておらんだけかもしれん」

「恐かですね」

母が眉を寄せた。

「田畑の作業が一段落する頃が、山場じゃろ。七月には盆休みがあるけん、相談事ばできる。八月には取り入れが始まる。こんとき、年貢ばどげんするか決めてもらわんこつには、百姓も身動きできん。騒ぎが起こるとすれば、八月になるじゃろ」

父が黙り、母も口をつぐむ。庄十郎も胸塞がる思いで麦飯を嚙んだ。

「大庄屋がおのおの自分の組の様子ば申し上げたんで、稲次様も、事の重大さは分からっしゃったごたる。少なくとも、こんままじゃ大変なこつになると、肚ば括らっしゃったように見えた。そいで、稲次様直々に、主だった大庄屋の家ば訪れる心づもりのようじゃった」

「それはいつになりますか」

「さあ分からん。いつ来てもらってもよかごつ、庭も家もきれいにしとかにゃならん」

「酒席の用意は、せんでよかとでしょうか」

「まさか、酒席にはならんじゃろ」

父がかぶりを振った。

翌日から母と女の荒使子たちは、はたきがけに床拭きなど大忙しになった。

二騎の馬が庭先にはいって来たのは、四日後の昼前だった。稲次家老には、時々顔を見せていた郡役所の侍がひとり、つき添っていた。

二人を座敷に案内したあと、甚八と庄十郎は母に呼ばれ、着物を普段着から、よそ行きに着替えさせられた。

「今は大事な話ばしてござる。あとで呼ばるるかもしれん。外には出らんようにしときなさい」

母が念をおした。庭先で馬から降りた稲次家老の顔は、ほんの一瞬、庄十郎の眼にはいった。庭に植えられているのは梅や桜、桃、杏に夏蜜柑、金柑、いちじく、柚、柘榴と、実のなる木ばかりだった。それが珍しいのか、編笠をはずし、咲いている花を確かめるようにして、しばし眺めた。整えられた月代が美しかった。

稲次家老と父の話は、半時ばかり続いた。息を詰めるようにして待機していた、甚八と庄十郎を呼びに来たのは母だった。

「おとっつぁんが呼ばれとる。御家老様にご挨拶申し上げなさい」

母がおごそかな顔で言ったので、庄十郎は思わず唾をのみこむ。母が開けてくれた襖から、甚八に続いて、庄十郎も中にはいった。

床の間を背にして稲次様が坐り、その前に父がいた。郡役所の侍は、少し離れて坐っている。

「立派な倅じゃのう。そなたも心安らかじゃろ」

家老が父に言った。澄んで張りのある声だ。甚八に続いて、庄十郎も自分の名を口にした。顔を上げると眼が合い、思わず庄十郎は笑顔になる。緊張で体を強張らせている甚八とは逆に、庄十郎は嬉しさをかみしめた。

「これまで何度もお前たちに言って聞かせた御家老様だ。何か訊きたい事ばあれば、伺うとよか」

父が甚八と庄十郎の顔を交互に見た。甚八は気圧されたように口をつぐむ。父が庄十郎に眼を移す。

「庄十、お前はもう、一生、御家老様に面晤を得るこつはなかろう。何か訊きたかこつはなかか」

確かに、家督を継ぐ甚八は、御家老に会う機会はこれから先、一度か二度くらいはあるかもしれない。しかし次男である自分は別だ。そう思うと、言葉が口をついて出た。

「御家老様の座敷にある掛軸には、〈天に星、地に花、人に慈愛〉と書かれとると、父から聞いたこつがありました」

声が震えているのが分かったものの、もう途中ではやめられない。息を継いで続ける。

「どこの誰が言った言葉でっしょか」

じっと庄十郎に視線をそそいでいた稲次家老の眼が、柔和な光を帯びた。

「そなた、出典を知りたいのだな」

父と顔を見合わせた家老が微笑んだ。「出典は、それがしも知らんのじゃよ。しかし、揮毫したお方は、知っとる。三瀦郡に住んでおられる医師で、小林鎮水というお方だ。鎮水殿は、若い頃、医業をよくする長崎通詞の許で阿蘭陀医学を学ばれた。その方の筆になる掛軸だ」

お城には特別な医師がいるはずなのに、どうして地方に住む医師の書が、御家老の家にあるのか、庄十郎はまだ合点がいかない。

首をかしげたのを稲次家老は見てとり、続けた。

「実はな、死んだそれがしの父は、長いこと痔疾に苦しんどった。御典医の勧めで、馬糞療法ちいうものをしとった」

「馬糞療法でございますか」

父が驚いて訊き返す。

「汚なか話になってすまん。湯気の立っている新しか馬の糞を藁に包んで、小便に三日間つける。その小便は、自分の小便じゃ。そのあと、その汁を焙烙に入れ、木綿で覆って、炭火で熱する。それば、丸い穴を開けた箱の底に置いて跨がり、湯気で尻ば温めちいう療法じゃ。それば日中に五度、夜に二度、せにゃならん」

「それはまた大そうな治療法でございますな」

父がのけぞるようにして言った。庄十郎もその大変さは想像できる。気の遠くなりそうな手間に加えて、尻を広げて箱に跨がるお侍の姿が気の毒だ。

「御典医によると、その療法しかないと言うので、父は励行した。子供ながらに、家中が大騒動だったのは覚えとる。しかし効いたのは、初めのほうだけじゃった。しまいには大便するのも、死ぬ思いをするくらいに痛く、下帯にはいつも血がつくようになった。痛くて、夜寝るのにも難渋する。それで、名医ちいう評判じゃった城島町の医師に、屋敷まで来てもろうたんじゃ。そしたら、話ば聞いて、ちょっと尻ば診ただけで、療法はこれしかないと言われてのう」

稲次家老は、母が運んだ新たな茶に口をつける。庄十郎は、話し上手な人だと思った。

「治療法があったとでございますか」

父が身を乗り出して訊いた。吹上村の老庄屋が痔疾に悩んでいるのは、庄十郎も聞いていた。耳よりな話だと思ったのに違いない。

「それが意外にも簡単じゃった。大便後と寝る前に、どくだみを煎じた湯で、尻ばようく洗わにゃならん。それと、もうひとつ、熱い葛湯に生姜の汁ば垂らし込んで、日に三度飲む」

「たったそれだけでございますか」

父が安堵の声を出した。

「十日もせんうちに、これが効いてのう。便も柔くなって、痛みも消えた。何より安眠ができるようになった」

「そうでございますか」

父が頷く。さっそく明日にでも、吹上村の庄屋に教えてやるつもりなのだ。

「それ以来だ。ひと月に一度は、鎮水殿に来てもろうて、父も年に二度くらい、鎮水殿のいる城島町に泊まりがけで治療に行くようになった。あるとき、父が鎮水殿に所望して書いてもろうたのが、あの掛軸じゃ」

稲次家老が庄十郎を見る。「じゃから、出典は知らん。鎮水殿が心に思い定めた志を表わしたものかもしれんし、あるいは阿蘭陀の書物から引いたのかもしれん。父が死去したあとも、鎮水殿とは時々行き来はしとる。今度会うた際に、出典ば確かめとこう、それでよかかな」

家老が微笑んだ。庄十郎にはまだ訊きたい事があった。今ここで、御家老自身に訊いておかねば、一生訊けない気がした。いやそれよりも、御家老自身の考えを訊いておきたかった。

「〈天に星、地に花、人に慈愛〉という〈人〉には、百姓も含まれとるとでっしょか」

「何と」

家老の顔が一瞬引き締まる。横にいた父も驚いたように顔を向けた。

「それは、含まれるじゃろう」

間を置いて稲次家老が答える。「天はどこでも変わらん。ここ日の本でも、漢の国でも、阿蘭陀でも、天は一緒で、星が出ない天はなかじゃろ。地も、それぞれの国に分かれてはいようが、どこにでも花は一様に咲く。人にも、百姓、侍、町人といろいろあるが、慈愛に差があるとは思われん。ならば、この〈人〉には百姓も当然含まれとる。少なくとも、それがしは、そう考えとる。これでよかか」

家老が柔和な表情を庄十郎に向けた。

「ありがとうございました」

庄十郎は深々と頭を下げる。

「ほんに、年はのいかん子供にまで諭していただき、ありがとうございます」

父までがかしこまって頭を下げていた。

「いや、今日は、大庄屋殿の倅のおかげで、死んだおやじ殿のこつば思い出せた。そのうえ、よかこつば、教えられたような気がする」

稲次家老が郡方役人に目配せをして立ち上がる。手にした刀を帯にさした。

「邪魔をしたな。先程の一件は、くれぐれも頼んでおく」

父が何か菓子でもと勧めるのを断り、家老と役人は、座敷を出、玄関口に立つ。

「内儀殿、お邪魔した」

式台の所で平身している母にも、家老は声をかけた。

「何もできませんで」

母が言いながら床に頭をつけた。

「そなた、よか倅ば育てられたな。感心した」

家老が編笠をかぶりながら、母に言った。敷居を跨いで外に出た二人を、庄十郎は父と甚八と一緒に見送る。馬はいななきと蹄(ひづめ)の音を残して、門から出て行った。

その日の夕餉の席で、母が父に尋ねた。

「御家老様は、どげな用向きで、わざわざ在方まで来られたとですか」

「いや、わしも驚いた。大庄屋も、庄屋たちの意見ばまとめて、郡役所に嘆願書ば出せと言われた」

「どげな嘆願書ばですか」

「百姓たちと同じ内容の嘆願書たい」

「同じ内容ですか」

　母が驚く。

「そげん。百姓たちの言い分ば、庄屋と大庄屋も認めて支持するちいう内容」

　父が箸の動きをとめ、母の顔を凝視した。

「そん上で、百姓たちの願いが聞き入れられんときは、庄屋と大庄屋も、百姓たちの勢いばとめられんと、書き添えてもよかち言われた」

「そげなことまで書いてよかとですか」

　母が蒼ざめた顔で訊き直す。

「大庄屋と庄屋がそう書かんことには、在府のお殿様は考えば改められんらしか」

「しかし、それで、稲次様の立場はどげんなるですか」

「あのお方は、今回の騒動ば平定するためには、命を投げ出してもよかと思っておられる。口には出さっしゃれんばってん、わしはそう睨んだ。不退転の決意じゃ」

　母は身をすくめるようにして口をつぐむ。父が、念をおすように子供たちを見た。

「よかか。こんこつは、絶対、口に出してはいかん。口に出したら、あの御家老様の首がとぶ。今日のこつはなかったち思うて、忘れるがよか。よかな」

　甚八と庄十郎、千代の三人は黙って頷く。

　とはいえ、庄十郎はあの御家老が口にした〈人には百姓も当然含まれる〉という言葉は、一生忘れられない気がした。

七月に百姓たちが郡役所に提出した嘆願書は、春に出したそれとは内容を異にしていた。

春の嘆願書では、夏物成の十分の一から三分の一への増徴を撤回するのが第一にされていた。今回は、年貢の根幹ともいえる秋物成の撫斗代（ならしとだい）、すなわち年貢量を、正徳二年以前の土免制に復帰させることを要求していた。その他の要求は加えていない点に、百姓たちの決意のほどがうかがわれた。二月と三月の要求が、あれもこれもと大風呂敷を広げての嘆願だったのに対して、今度はいわば一点突破を目ざしたのだ。

しかし正徳の検見改めを反故にするという決定は、領主である有馬則維（のりふさ）の最大の施策を否定する行為に他ならない。

もともと宝永四年（一七〇七）に久留米入りした第六代領主の則維は、有馬家の血筋ではなかった。実父である石野八太夫則員（のりかず）は、四代将軍徳川家綱に仕えた御書院番であり、領地は相模国足柄郡（さがみのくにあしがらごおり）にあって三百石の家柄でしかなかったのだ。その庶子として生まれた次男の則維は、元和六年（一六二〇）に丹波国福知山（たんばのくにふくちやま）八万石から久留米二十一万石に加増転封（かぞうてんぽう）になった有馬豊氏（とようじ）の弟である豊長の子、則故（のりふる）の養子になった。有馬則故は、近江と武蔵国内に、合わせて三千石の領地を有していた。

筑後国領主となった有馬家初代豊氏以降、二代は息子忠頼（ただより）が継ぎ、三代目はその息子頼利（よりとし）、四代目は頼利の弟である頼元（よりもと）、五代目は頼元の息子頼旨（よりむね）と、有馬家の血筋は絶えなかった。ところがこの頼旨が若くして死去し、子供もいなかったため、有馬則維が他家から初めて第六代領主としての襲封（しゅうほう）になった。

宝永四年六月の久留米領内初入りの際、領内すべての大庄屋たちは御原郡乙隈（おとぐま）村に集まって出迎えた。下級の家来たちは、筑後川の宮地渡しまで行って迎え、主だった役掛りの家臣たちは、亀屋町口門から三の丸門外に集って出迎えた。

他家より領主になっただけに、則維は初政として領内の人心一新をまず心がけた。その意気込みの表われが、困窮していた領内財政の立て直しだった。窮迫した財政の再建には、年貢増徴が欠かせない。

まず正徳元年（一七一一）、家中と在町所持の屋敷地と山林の面積を調べ、二年には本田畑の調査と、隠し田畑の探査を始めた。この年から翌三年にかけて大がかりな検見改めを断行した。

従来、有馬豊氏が入国したときの年貢は、村高に応じて三割七分五厘を上納するという純然たる定免制（じょうめんせい）であった。

二代忠頼治政下の承応二年（一六五三）に、太閤検地以来固定されていた村高を吟味するために、検地をし直した。これが承応の検地であり、水帳の田地の位づけに応じて、一反あたりの取米も決めた。

位づけは上・中・下と大まかに分けて三種あり、凶作の年にはこれに加えて検見を行い、不作の田畑の畝引きをした。従ってこれは、定免と検見を併用した土免制であり、六十年間にわたって、有馬領の年貢の根幹となった。

しかしこの土免制をとっている限り、年貢高の増加は見込めない。それどころか、凶作による小検見の目減りが加わって、収納減になる。隠し田畑を摘発してそこに新たに反取りを適用するのも容易ではない。百姓たちにとって隠し田畑は、いわばへそくりの虎の子で、これによって何とか糊口をしのいでいた。庄屋も大庄屋もそれを理解しており、検見のために郡方役人が村々を訪れたところで、容易には発覚しない。

このにっちもさっちもいかない硬直した土免制を打破するには、毎年検見を行って、その年の年貢を査定する春法の採用しかない。

こうして正徳二年と三年、新たに春法を開始、立毛を逐一検見し、立毛の高に応じて、毛実の三分の一を上納、三分の二を作徳と決めた。この検地が正徳検地であり、純然たる検見に基づく春法といえた。

しかし毎年の検見は費用もかかり、日数を要し、煩雑この上ない。そのために二年後の正徳四年には、春免法に変更する。すなわち毎春にその秋の収穫高を予想し、三分の一を租高にした。秋になって、稲の出来が悪く、損毛があれば検見をして減免する措置がとられた。

これはいわば定免と検見の併用であって、一見すると、承応の検地以来の土免制と瓜二つである。しかし内実が異なる。まだ稲の出来具合いも判然としない春に、それも田植え前に年貢の率を決められるのは、百姓にとっては迷惑至極である。他方お上にとっては逆で、その年予想される出費額に応じて、任意に年貢を課せる。多少なりとも上納率を高くしておけば、それだけ百姓に精を出させる鞭の役目もする。
秋に少なからず不作で損毛があっても、検見は煩雑で実施する余裕がないとうそぶけば、知らぬ顔の半兵衛も決められた。

しかも、この正徳四年に作成された田畑春免御定帳による撫斗代は、正徳二、三年の検見改めの際に設定された年貢量より、領内全体で三万俵多くなった。そのうえ将来、農具や肥料の改良による収穫高の増収も見込めるとして、さらに一万俵が加算された。

さらに二年後の正徳六年には、小規模の検地を行い、まだ水帳に記されていないいわゆる隠し田をこと細かに調べ上げ、田畑畝改帳が作成された。

他家から入って領主となった有馬則維が、年貢増収に固執した裏には、久留米領内に、米以外の作物がさして多くなかった事情があった。大麦と小麦、菜種の三種からなる夏物成も、総じて微々たる量だった。

他には紅花、大根、牛蒡、煙草、藍、茶、綿があるものの、百姓たちが、換金してようやく暮らしを底支えする程度の収穫しかなかった。

正徳四年に設定された年貢高四十四万六千四百俵を振り返ってみると、それ以降、これを凌ぐ年貢高の年はない。その意味で、年貢に公平を期すという表向きの目標とは裏腹に、その実は増徴そのものだったのだ。

それだけに、この新たに手にした春免法は、公儀としては決して放棄できない宝物だった。逆に百姓にしてみれば、この春免法が続く限り、困窮は免れない。百姓たちが、正徳以前の土免制に戻してくれるように嘆願した背景には、以上の事情が横たわっていた。

夏物成に三分の一の上納を課すという本庄主計の増徴策を撤回させる勢いで、秋物成も昔の多少なりともゆるやかな年貢に戻すという要求は、当然の成り行きだったといえる。

かといって、お上としては、ここで譲歩し正徳以前の土免制に戻しては、苦心して築いた増徴策が水泡に帰す。

窮乏の一途を辿る家中の台所事情を知った新領主の則維は、家臣にも倹約を強いた。家臣団に対して行った最初の通達は、領主が家臣に対して貸与する拝借銀の不許可だった。初代春林院豊氏公の時代から、拝借銀は増加するばかりで、他方、返済は滞っていた。家臣のなかには、町方の商人から高利で借銀する者もいた。これを放置すれば、武家と町人の上下関係に、ほころびが生じる。いきおい領主としては、まず町方からの高利子の借銀を解消させるため、拝借銀を出さざるを得ない。この拝借銀の悪循環を、則維は断とうとしたのだ。

さらに則維が危機感をいだいたのは、家中の人数の多さだった。初代豊氏公が最初に知行を得たのは三万石の遠江国（とおとうみのくに）横須賀であり、ここで家老の稲次家に代表される横須賀衆と称される家臣団が形成された。ついで関ヶ原の合戦ののち家康から三万石の加増を得て、丹波国福知山に転封した。ここで新たに家臣団が増え、元和六年、今度は継子がいないためにお家断絶となった田中忠政の旧領だった筑後国久留米に転封を命じられる。

田中忠政の治政下にあった筑後国三十三万石は、柳川を領域とする立花宗茂の十二万石と、久留米を領域とする二十一万石に分割された。ここでも、豊氏は、旧田中家の家臣団の一部を吸収しなければならなかった。つまり、横須賀、福知山、久留米と加増転封のたびに家臣団の数は膨張していった。石高（こくだか）の加増分と家臣団の大きさは、往々にして釣り合わない。六代領主則維が久留米入りした頃には、家臣団に下す知行と俸禄（ほうろく）の総給知高は、領内の総石高の半分近くまで達していた。

家臣団が膨らめば膨らむほど、士風にはたるみが生じやすい。出費のかさむ江戸勤番を、病弱を理由に回避しようとしたり、仮病を使って役儀を断る者も出はじめた。かと思えば、裕福な町人や大百姓と養子縁組をしたり、町人の娘を召使いとしてかかえ、挙句に本妻にしたりする家臣も見られるようになった。さらには、知行地を有する重臣が、その地の百姓から借銀をしたり、知行地の田畑そのものを質入れしたりする例も出た。

則維は、こうした士風と秩序の紊乱(びんらん)に、まず歯止めをかけるため、領主親裁を家中に申し渡した。いうなれば、上意下達という直裁の簡素化と強化であり、その流れも一本化し、領主の直下に惣裁判、その下に惣奉行、諸事吟味役、御用取次を順次置いた。

奉行の本庄主計が在方惣裁判を任されたのは、こうした人心一新の施策の一端でもあった。本庄主計が、則維の意図を感じとっていち早く打ち出したのが、夏物成の増徴だったのだ。

しかし今や、この夏物成の増徴の撤回を迫られ、さらには秋物成の新たな春免までをも否定され、正徳以前の土免に戻せと、百姓たちが騒ぎ立てている。則維にしてみれば、久留米入りしたとき以来、並々ならぬ決意で推し進めてきた領内改革が、すべてひっくり返されようとしていた。しかもその嘆願には、百姓を統べているはずの庄屋や大庄屋までもが加担しはじめている。

腸(はらわた)の煮えくり返る思いで百姓の言い分を聞いて、ここはいったん引き下がるか、それとも、ここで踏んばり、百姓たちの身勝手な要求を踏みつぶすのか。どこから見ても、公儀は瀬戸際に立たされていた。


七月七日の朝早く、庄十郎は母の菊から起こされた。

「里芋の葉っぱに宿っとる露ば、集めて来んね」

母から手渡されたのは、丼のような大茶碗だった。寝巻のまま外に出る。

毎年、七月七日の七夕の朝は、墨をすらされ、何か書かされた。硯の中に入れる水が、里芋の葉に宿る露だとは聞かされていたものの、採りにやらされるのは初めてだ。

里芋畑の縁では、もう紋助が草を刈っていた。

「露取りですか。今朝はちょっと冷えたけんで、よか露ができとります。ほら、露がかかっとるけ、草もよう切れる」

紋助が笑ってからまた腰を落とし、鎌をふるう。草が気持よいくらいに切り倒され、草の香が匂い立つ。

足元をしとどに濡らしながら里芋畑にはいる。葉はもう胸の高さまで伸びている。進むと、よく伸びた葉がそり返り、葉の芯のあたりにたまっている露が首筋にかかる。

「ひえっ」

悲鳴を上げたので、紋助が笑う。

「里芋畑には、そっとはいらんといかん。あっという間に、頭から足先までずぶ濡れになりますばい」

そう言われても、里芋の葉はあちこちに向いている。畝に沿って間をすり抜けようにも、葉に触れないわけにはいかない。

「ひえっ」

今度は、庄十郎の背より伸びた葉の露が襟元からはいり、背中を下った。

こうなればもう肚を決めるしかない。濡れても、露なら汚くもなかろう。そう思い定め、あたりの葉をひとつずつ傾ける。

ところが、これも容易ではない。茶碗にはいるよう按配（あんばい）しながら葉を傾けても、丸くなった露は、ひょいと別なところから葉の縁までころげ、地面に落ちてしまう。

露はまるで丸い光の玉だった。葉のいたる所に小さな露が光っている。葉をそっと動かすと、ちらばっていた二、三十の玉露が融合する。さらに揺らすと、大きさを増し、四、五個の玉になる。また揺すると玉が融け合って、最後には見事なひとつの玉になり、傾けた葉の上をころがって茶碗におさまる。

「採れたでっしょか」

里芋畑から出たとき紋助が訊いた。

「採れた採れた。風呂ば沸かせらるるごつ採れた」

庄十郎が冗談を言うと、紋助が本気で笑い出す。

「芋の露で風呂沸かす。こりゃ面白か。さぞかし、よか風呂が立つでっしょな。そげなもんがありゃ、一生に一度でよかけん、はいってみたかです」

なるほど、〈里芋の露で風呂を沸かす〉。何とも気宇壮大な話だ。これを七夕の揮毫に書いてもよいと瞬時思ったものの、考え直した。他に書きつけたい言葉があったからだ。

茶碗を渡された母は、しとどに濡れた庄十郎の寝巻を見て驚く。

「あらら、こりゃ夕立にあったごたるね。はよ顔ば洗って着替えんね。座敷で父上と甚八が硯と筆の用意ばしとる」

井戸端で顔を洗っているとき、厨からは朝餉の匂いが漂ってくる。里芋畑にはいったせいで、いつもより腹が減っていた。ひょっとしたら、里芋の芽の味噌汁かもしれなかった。なんとも柔らかで口当たりがよく、庄十郎の好物だった。

座敷に行くと、庄十郎が採って来た露を使い、甚八が墨をすりはじめていた。父は、五色の短冊を用意している。

物心ついたときから、七夕には文字を書かされた。しかし、何と書いたかは、思い出せない。去年書いた言葉さえも忘れていた。

「墨がすり上がったごたる。母上と千代も用意ができとろう。庄十、呼んで来なさい」

千代は母の部屋にいた。布でつくった小さな衣裳が五種でき上がっていた。昨年のよりは形がいびつで、どうやら今年は、本当に千代が自分で縫ったのかもしれなかった。

白の短冊を前にして、まず父が小筆を手にした。

父が動かす筆先を、庄十郎は凝視する。〈民無信不立〉の五文字だった。〈民、信なければ立たず〉と読み下すのだろうか。人として最も大切なのは信であり、この信がなければ、人と人のつながりは消え失せてしまう。そのくらいの意味だろう。

ついで母が父から筆を手渡される。日頃は仮名で書くのを常とする母も、この日だけは漢字を書きつけた。〈人生在勤〉の四文字が並び、母は少し恥じ入るような顔をした。

「〈人生は勤に在り〉か。いかにも、そなたらしいの。たまには骨休めもしてよかぞ」

父が母をいたわるように言う。〈人の一生は勤め働くもの〉という意味に違いない。そう言えば、庄十郎は小さい頃から、母が骨休めをする姿を知らない。朝起きてから夜寝るまで、忙しく立ち働いていた。

「さあ甚八」

父が甚八に筆を渡す。甚八は前々から文句を考えていたのだろう。〈豊年穣穣〉と達筆でひと息に書きつける。子供とは思えない見事な字だった。

「甚八は、ほんによか手になった。わしの跡を継ぐ頃には、この近在でも、能筆の大庄屋と言われるようになるじゃろ」

父が甚八の書を誉めるたび、庄十郎はみじめになる。兄弟とはいいながら、二人の書の差はいつも歴然としていた。何度書きつけても上達しないので、この頃は書の美しさを目ざすのは諦め、読めればいいのだと思うようにしていた。

「ほんに、今年も五穀豊穣になるとよかですね」

母が言う。

「今のところ、作柄は良かごたる。ばってん油断はできん。収穫時に、蝗でも湧けば、いっぺんで田はだめになる」

父が気持を引き締めるように言った。

いよいよ庄十郎の番だった。文字数が多いので、小さく書かねばならない。〈星天花地慈愛人〉と、用心深く書きつけた。

「ほう、稲次様の座敷にかかった掛軸の文句じゃなかかね。字は下手ばってん、〈天に星、地に花、人に慈愛〉じゃな。よう覚えとった」

父が感心する。

「改めて字ば見ると、ほんに良か言葉ですね」

母は言い、〈天に星、地に花、人に慈愛〉と朗唱するように声を出した。

「今度は、あたしの番じゃけ」

待ちあぐねていたように千代が筆を持つ。短冊からはみ出すような字で、書きつけたのは〈雀の子〉だった。

「ほう、千代が雀の字ば書けるようになったか」

父が目を細めた。

「すずめの漢字ば教えてくれと言うので、教えてやったとです。百回くらいは書いたとではなかですか」

母が答え、父が首をかしげる。

「しかし、何でまた〈雀の子〉じゃろか」

「利平が、軒から落ちた雀の子ば、育てよったとです。御飯粒や、里芋のすったとば餌にして、最後には元気に飛び立ちました。千代はそればずっと見ていて、大きくなれ、大きくなれ、と言いよりましたから」

「そげなこつか」

父が納得する。「さあ、短冊ば笹に結びつけて、床の間に飾っとこ」

笹は、今朝、利平が切りに行っていた。子供たちだけで、短冊を結びつける。終わる頃にはさらに腹が減って、早く里芋汁を口に入れたかった。

父や庄屋たちが、百姓たちの嘆願書に添える文書を、郡役所に提出したのは七月中旬だった。

嘆願書は、上五郡、下三郡のいずれの百姓からも役所に出され、同様の主旨の嘆願書が、大庄屋と庄屋によっても届けられた。

父が書きつけた嘆願書は、庄十郎も甚八と一緒に呼ばれ、実見できた。

「甚八、読んでみなさい」

父が言う。文は片仮名混じりの漢文になっていて、庄十郎にはすぐには読み下せない。

しかし甚八は違った。


この度の御原郡の百姓たちが、こぞって訴訟に至らざるを得なかった件につき、私ども大庄屋と庄屋も、申し添えなければならない儀がございます。

そもそもこの度の惣百姓訴訟の儀は、今春、御家老中様より書き出された夏物成十分の一上納を、秋物成同様、三分の一上納に定める旨の御申し付けに、端を発しております。

書き付けには、従来の上納額は他国と比べても軽微に過ぎ、米飯を食んでいる百姓が多くいる、これは極めて不埒千万であり、米が余りたる節は、麦や豆の雑穀に代えて食うべきとの叱責が声高に記されておりました。

しかし恐れながら、この数年来の度重なる凶作のため、田畑に五穀は実らず、百姓たちは粟や蕎麦、大根、芋、青菜ばかりを常食とし、爪に火を灯すようにしてやっとの思いで命をつないでおります。

幸い、お殿様の御配慮により、夏物成三分の一の上納の儀は撤回するとの御家老様たちによる裁可が下され、百姓たちは、ひと息つきながら、日々の田作り畑作りに精を出しておりました。

しかしながら、ここに至って前の裁可が宙に浮く事態に立ち至り、百姓たちのみならず、私ども庄屋、大庄屋も煮え湯を呑まされる思いで成り行きを見守っております。そして今や百姓たちの嘆願と訴訟は、秋物成にも及び、春免を正徳以前の土免の施策に戻すように要求しております。その理由は、正徳二年の検見が、朝露を含む稲穂で升目が決められ、ましてや、収穫の高い良田における検見だったので、極めて余分に決められたというものでございます。

この百姓たちの言い分は、私ども古庄屋、古大庄屋が回顧しても首肯でき、正徳以来の年貢は、それ以前とは比べようのない重さであり、百姓の取り分が三分の二というのは名ばかりで、実際は百姓に残る米は僅少そのもので、百姓たちが口にするのはおしなべて粟と稗、大根と決まっております。丹精込めて作った米を食することができず、雑穀しか食べられない百姓たちの情なさは、ここで恨みに変われば、枯野に火をつける如く、たちまちにして燃え上がるものと懸念されます。

振り返りますと、今年の正月二十五日、お殿様の上府出発の朝、城門の前に築かれた大門松が抜き取られ、蹴散らされており、お立ちが半月後の二月十日に延期されておりますが、これも恨みをいだいた百姓数人が、闇に紛れて城下に忍び込み、狼藉に及んだものと推察されます。私どもが恐れますのは、同様の狼藉が一斉に上五郡、下三郡の惣八郡に及ぶ事態でございます。

仮にそういう騒動に立ち至れば、惣八郡から押し寄せる百姓たちが城下にはいり込み、商家や家中の屋敷に火を放ち、城下町が火の海に化す大惨事も免れ得ないのでございます。

私ども庄屋、大庄屋は、お上の決め事ゆえ、徴された年貢を百姓たちに納めさせる責務を担わされており、これまでも誠心誠意、務めを果たすべく、この身に鞭打って参りました。しかしこの度の百姓たちの怒りは、私どもの力ではなだめるすべがなく、従来どおりの役目を果たせるかについては心もとなきものがあります。庄屋のなかには、庄屋を返上したいと言い出す者も散見されるのでございます。

百姓たちの恨みが最初に向けられるのは、お上の用を務めます私ども庄屋、大庄屋であり、矢面に立って家屋打ち壊し、放火の憂き目に遭えば、もはや村々を統べる方策は灰燼（かいじん）に帰すものと思量されます。村こそは、有馬御領のかけがえのない礎でございます。村が立ち行かなくなれば、これまで百年余に渡って続いた御領も、瓦解の危機に瀕するものと思量されます。

どうかこの度の惣百姓の訴訟をお聞き下さいますよう、大庄屋、庄屋ともども地に伏して嘆願奉ります。

さすが書に長けている甚八は、長々しい文章を途中でひっかかりもしないで読み下した。

庄十郎も書面を覗き込む。嘆願書の宛先は〈上様〉になっており、最後に十人ほどの庄屋の名が並んでいる。その中には吹上村や干潟村の庄屋の名もあり、最後に〈井上組大庄屋　高松孫市〉と記されていた。

「これでお殿様が、反対にご立腹に及んだ場合は、どげんなるとでしょうか」

甚八が暗い顔で訊く。

「立腹されたときは、首が飛ぶじゃろな。まさか庄屋の全部を斬首にするこつはできんので、大庄屋ひとりの首が飛ぶだけじゃろ。この書面を書きつけ、郡役所を通じて稲次因幡様に届けてもらう算段をしたときから、わしの肚は決まっとる」

「もしそげんなったら、高松の家はどげんなるとでっしょか」

甚八が蒼白な顔になって尋ねる。

「わしの首が飛んだからといって、先祖代々の大庄屋をつぶすようなこつは、せらっしゃれんじゃろ。お前が継いでいかにゃならん。大庄屋ちいうのは、そういうもんじゃ。命ば惜しんでは、庄屋衆をまとめていけんし、百姓たちもついて来ん」

甚八が黙り、父も何か考えるようにして口をつぐんだ。

「この嘆願書は、村々の百姓たちの訴訟書と一緒に、稲次家老様の手に渡るとですね」

庄十郎が恐る恐る訊く。

「その手はずになっとる」

「お殿様が立腹されたとき、あの稲次様の首が飛ぶようにはなりまっせんか」

〈首〉のところで庄十郎は息が詰まり、掠れ声になった。

「稲次様が殿様の立腹の矢面に立たされたときは、当然そげんなるじゃろ。ばってん、首が刎ねらるるとは、大庄屋以下の百姓だけで、御家老なら切腹になる」

また父が黙る。

庄十郎は、あのまだ若い家老が白装束で坐り、眼前に刀を置かれた光景を思い浮かべ、頭から血がひくのを覚えた。

「しかし、そげなこつになったら、百姓たちは黙っちゃおらん。庄屋も大庄屋もこぞって城下にはいり、城のまわりは火の海になるじゃろ。嘆願書には、書きつけるのば思いとどまったばってん、城下が百姓の手で焼かれたら、すぐ大公儀の耳に届く。先例のなか大失態じゃけ、即刻、有馬家は取りつぶしになるじゃろ」

父の声がかすかに震えていた。甚八も庄十郎も息を詰めて、父の口元を凝視する。

「その道理は、在府の殿様もようくわきまえておられるはず。これから先は、筑後国、有馬御領における殿様と百姓の関ヶ原といってよか」

父はそこまで言うと、腕組みを解いて、甚八と庄十郎に、もう下がれという仕草をした。

普通なら、七月十四日から十六日にかけて、庄屋の庭先か寺社の境内に櫓を建てて催される盆踊りは、誰が言い出すともなく沙汰やみになった。

吹上村の老庄屋が大庄屋宅を訪れたのは、盆流れの十七日だった。老庄屋は父に書き付けを広げてみせた。

「百姓たちが盆踊りの話を持ち込んで来なかったのには、わけがありました。こげな書き付けば、村々にまわしとるとです。干潟村の三郎右衛門殿が今朝、持って来らっしゃったとです。百姓たちの並々ならん決心が込められとります。わしの村でも、同じような書き付けがまわっとるはずで、知らんのは庄屋だけになっとるごたるです。甚八どんも庄十郎どんもおらっしゃるけ、ちょっと長かばってん、読み上げてみまっしょか」

老庄屋は居住いを正して、声を出した。

一、相談のため、所々へまかり出候節、田畑耕作損じ申さざるべく候事

一、諸商売、諸勧進堅く村中に入れ申すまじく候事

一、村々にて大勢集まり、盤将棋・囲碁・双六・相撲・空笑・高咄・小唄の類、遊

山（さん）がましき体（てい）、仕（つかまつ）るまじき事

一、往還筋に二、三人と集まり申すまじく候、また酒など給し、騒がしくこれ無き様、相慎み申すべき事

一、絹物、下がり帷子（かたびら）、模様の類、目立ち候衣類、決して着用仕るまじき事

一、一人のほか、決してまかり出申すまじく候、二、三人と連れ立ち参り候わば、追い返し申すべき候、親子・兄弟見舞いに参り候とも、振る舞いらしき事、仕るまじく候事

一、祝儀の儀は勿論、不仕合わせの儀これある節、慎しみひそかに取り仕舞い申すべき事

一、隣国にて見せ物これ有り候節、老若男女（ろうにゃくなんにょ）ともに堅く参り申すまじく候事

一、村内の寄合いの節、粗末なる申し分、決して仕らず、他村の者理不尽なる儀申し越し候節は、即答仕らず、仲間うちへ相談仕り、返答仕るべき事

一、参会の節、相談場へ酒など給（たまわり）し参るまじく候事

一、寄合い・相談の節、口々に騒がしく申し分仕らず、一両人ずつまかり出仕るべく候

一、雨具の儀、蓑・竹の皮笠のほか、雨羽織・雨合羽（あまがっぱ）の類、着用仕るまじき事

一、松明（たいまつ）の事、決して提灯（ちょうちん）など用いまじき事

一、火の元の儀は申すに及ばず、喧嘩・口論・盗人などの用心、相心掛け申すべき事
一、願い書付け、連判のうち、お上より糾明仰せつけられ候とも、一人難儀に及ばず候様に、連判中の一同に迷惑仕るべく候事
一、今度申し上げ候儀に付き、不時なる儀出来仕り候とも、連判中一人も残らず申し合わせの通りに仕るべく候事
一、御訴訟にまかり出候節、詐病仕り、名代差し出し候者、これ有り候わば、連判中残らずまかり出申すべく候事
一、御目付衆、そのほか御奉公人衆と相見え候方出で、いか様の儀にて寄合い申し候哉と、お尋ねなされ候わば、願い事かなわぬ候の段、いかが仕るべく候哉と相談仕るため、寄合い申し候と申し上ぐべく候、その外重々お尋ね候とも、存じ申さざる由、申し上ぐべく候
一、右御訴訟書付け差し上げ申し候上は、御裁許、間延びに御座候わば、連判中残らず御城下へ様子承るべくため、まかり下り申す筈に相極まり申し候事

享保十三申年七月

「全部で十九か条、最後に村民の誓詞名書きが連判されとります」

老庄屋が書き付けを父に見せた。

「なるほど丸座の連判じゃな」

「はい、ちゃんと傘ば上から見たときのごつ、名前ば散らしとりますけん、誰が主謀者かは分かりまっせん」

老庄屋が神妙な顔で答えた。

「しかし、よくできた文章になっとる。しかも能筆じゃしな。干潟村の百姓にも、文をよくする者がおるとじゃろな」

父が感心した。

「私の村にも、同じような文がまわっとるとは思いますが、これほどのものとは考えられまっせん」

「しかも、お互い自制しつつ、誰かひとりでも抜け駆けしたり、脱落できんようになっとる。こういう振る舞いばされると、郡役所でも手が出せんじゃろ」

「そげんです。うまくできとります」

「ひょっとしたら」

父が腕を組んで思案顔になる。「この文案は、案外、干潟村の庄屋、小松殿が作成したとじゃなかろうか」

「三郎右衛門殿がですか」

老庄屋がまさかという表情になる。

「百姓たちに妙な騒ぎはさせん。それでいて、自分たちの言い分が通らんなら、一気に城下に攻め上るぞという気迫が込められとる。百姓たちにとっても、庄屋にとっても、申し分のなか文章になっとる。下書きは、小松殿がしたとじゃなかろうか。それでこれが簡単に手にはいり、大谷殿のところに持って来られたのじゃなかですか」

「なるほど」

老庄屋が感心したように頷く。

「小松殿、村民の気持ば掌握するのはむずかしかと、気の弱かこつば言われとったが、どうしてどうして、これは実に巧妙な振る舞いじゃ。見直さんといかん」

「ほんなこつですね」

老庄屋は、干潟村の庄屋のやり方に感心する以上に、父の判断に感服していた。

「こげな書き付けが村々に回っとるとなれば、お上が知らぬ顔の半兵衛を決め込んでも、ただじゃすまんじゃろ。稲刈りが終わった頃、取り入れた米は、一粒たりともお上には渡さんという意気込みで、戦が始まると見てよか」

父が一語一語かみしめるように言った。

「となると、あとひと月じゃなかですか」

老庄屋が溜息をつく。

「ひと月で、有馬御領の運命が決まる。百姓が勝つか。お上が勝つか」

父は自分に言いきかせるように言葉を継ぐ。

「ここで稲次様がどうされるか。城下が火の海になるかどうかは、もうあの方、おひとりの力にかかっとる。わしたちの力では、どうにもできん」

父は、横で聞いていた甚八と庄十郎にも暗い眼を向けた。

郡役所からの下役が父のところに駆けつけたのは、三日後だった。

座敷で父と話をすませたあと、下役人は見送りも断って、馬に飛び乗るや、逃げるように帰って行った。

夕餉の席で、顔色の冴えない父に、母が遠回しに訊いていた。

「ほんに、あのお役人、あっという間に帰らっしゃったですね」

「城下じゃ、お侍が二人、何者かに襲われて袋叩きにされたらしか。触れ書きを張り出す高札場も、五、六か所、いつの間にか壊されたらしか。今、城下では馬廻り役をあちこちに出して、見張りが厳重になっとると、言われとった。あのお侍も、村中で百姓に襲われてはならんと、一目散で帰らっしゃったとじゃろ」

「それで、どげな話でしたか」

母は、ここが本題という顔で父に訊く。

「江戸屋敷におられるお殿様に、御家老たちは二度、早打ちの馬を立てられた。ばってん、殿様の返事は、二度とも、〈百姓如きの威嚇に恐れをなすとは腰抜け千万、正徳以前の土免に戻すことなど天地がひっくり返ってもできん〉ち、いうことじゃった」

「そんなら、どげんなりますか」

母が蒼ざめた顔で確かめる。

「戦が始まるじゃろ。稲刈りば終えた村から順々に、府中に向けて、鍬や鎌ば手にした百姓たちが八方から押し寄せるじゃろ。そげんなってしもうたら、もう誰も手はつけられん」

父は言い、箸を置いて茶を飲む。

庄十郎は汁を吸いながら、今年の三月、善導寺に行く途中で出会った百姓の群を思い浮かべた。〈よっしゃ、よっしゃ〉という百姓たちの声も、耳の底でよみがえった。

七月の下旬から、家の荒使子たちは大忙しになった。畑で根引いて来た小豆を納屋でもぎ、大豆は庭に立てて日に干す。乾いてから、莚の上で棒で叩くと面白いように粒が出てくる。それが女たちの仕事で、紋助や利平たち男の荒使子は、田の水をおとして、田干しをはじめる。

「今年は、ほどほどの出来です」

紋助が父に告げた。「こげん世の中がささくれだっとるときに、稲だけはちゃんと育っとるから、ありがたかです。おてんとさんに、手を合わせとります。あと十日ばかり、よか天気ば恵んでくださいち」

紋助は庭先で、実際に日を拝んでみせる。

「ここでまた大雨続きになったり、大風が吹けば、苦労が水の泡じゃけな。今年は夏祭もせんじゃったけ、罰が当たらんとよかが」

「祭は、来年、今年の分まで盛大にやればよかです」

「そげんじゃな」

父が言った。「来年こそはな」

紋助は、案外、この有馬の御領が、さし迫った危機に立たされているのを知らないのかもしれない。庄十郎は、あっけらかんとしている紋助を見てそう思う。

八月にはいってすぐ、また郡役所の下役人が父の許にやって来て、そそくさと帰って行った。

「稲次因幡様が表方御用番になられたげな」

厨にいた母に父が告げる。

「表方御用番ちいうと、どげなことをなさるとでしょうか」

母が訊く。

「お殿様の意向ば聞いて、諸事万端ば仕切る役目たい。これで他の古参の御家老も口出しができんじゃろ。その分、責任は重くなる」

「そうすると百姓たちの訴え事も、真っ直ぐ稲次様の耳にはいり、そんまま江戸のお殿様に届くちいうわけですね」

「そげなこつになる。ばってん、いちいち江戸表にお伺いをたてるちなると、日数がかかり過ぎて、埒が明かん。殿様の代わりに、諸事を仕切ってよか、という役目も担っとる」

「そげんなら、城下が火の海になる心配もなかですね」

母が胸をなでおろす。

「この前の田代火事じゃろ。城内の田代様のお屋敷から火が出て、お濠ば越えて両替町の商家に燃え移って、呉服町、三本松町、築島町、紺屋町ば焼き尽くして、原古賀町(はらんこがまち)や庄島(しょうじま)のあたりまで類焼した。家中のお侍方は、城下が火の海になる事態は、何があっても避けなきゃならんと思うてあるはず。お殿様も同じじゃろ」

稲次家老の話が出るたび、庄十郎は長身で青白い顔をした姿を思い出す。あの体で単騎に跨がり、領内のあちこちで燃え出した小さな火を、ひとつひとつ消して回っている光景まで想像した。

八月の十日過ぎから、父は紋助を伴って毎日のように出かけた。夕刻に帰宅して、見聞した百姓たちの動きを話してくれる。

まだこの御原郡での百姓の動きは目立たないものの、これが平方（ひらかた）や光行（みつゆき）まで行って、八丁島（はっちょうじま）、古賀に至ると、五十人、六十人と寺社の境内に集まっている百姓の姿が見られるという。

それら御井郡の百姓たちの動きは、筑後川の対岸、上三郡の百姓たちの動静に呼応して、いつでも動ける用意をしているらしかった。

「今度の訴訟の勢いが強かとは、何といっても、生葉、竹野、山本の三郡たい」

父は日焼けした顔を曇らせた。「あのあたりの百姓は、昔から辛酸続きじゃった。苦しさは、こっち側の御原と御井二郡の比じゃなか。こっちには筑後川に注ぐ川がいくつもあって、水はそこそこに来る。ばってん、あっち側には、碌（ろく）な川がなく、水枯れの土地じゃった。筑後川ば堰き止めて、溝ば造って水を流してから、少しは他の郡に近づいた。とはいっても、まだまだ苦しかはず。百姓と庄屋が力を合わせて溝と堰ば造ったくらいじゃから、気骨はある。ここで立ち上がらんこつには、塗炭の苦しみば、子孫代々にも伝えてしまうち、思い定めておるとじゃろ」

「下三郡の動きは、どげなふうですか」

母が心配気に訊いた。

「上妻、下妻（しもつま）、三潴の三郡のうち、一番激しかとは、やっぱし三潴のごたる。あそこは大風と大雨のたび筑後川が氾濫して、あっという間に田が水に浸ってしまう。それは菊がよう知っとろ」

父が母に確かめる。

「あのあたりは海が近いし、筑後川もゆったり流れとるですけん、日頃は温和な土地柄です。ばってん、いったん事が起こると、とことん力を合わせる気風があります。何度も大水に遭っとるけん、そげんせざるをえんとです」

「大石殿も、今頃は百姓たちの動きを掌握する努力ば、しござっしゃるじゃろな」

父が腕を組む。

「大庄屋として、兄も百姓の後押しをする嘆願書ば出しとるとでしょうか」

「そりゃそうじゃろ」

父が頷く。「三潴郡は、何といっても、府中とは地続きじゃけ、城下にはいることも難しくなか。それに比して、こん御原郡の百姓は、城下に行くまでに宮地の渡しを越えにゃならん。まだ悠々と構えとるごつある」

「その裏で、もう舟ば用意しとるとじゃなかでしょうね」

「そげな話はきかんが、わしゃ庄屋が知らんだけかもしれん。御井郡の川沿いの村と話をつければ、どっからでも舟で渡れる。泳ぎの達者な者は、今は水も少なか時期だし、泳いででん渡れる」

父が大きく息を吸う。「しかしそげんなると、見ものじゃろ。背中に鍬や鎌ば結いつけた男たちが水にはいり、ぞろぞろ泳ぎ出すとじゃけな。警固のお侍たちも、手が出せんじゃろ」

父と母の話を聞きながら、庄十郎は善導寺に集まった百姓たちの声を思い出す。

——よっしゃ、よっしゃ、よっしゃ。

あの何倍もの百姓の群が城に向けて動き出せば、郡役所からよく来る侍衆が何百人集まったところで、太刀打ちできない。袋叩きにされ、背中に鍬を打ち込まれ、鎌で首をかっ切られるだけだ。

「これから、どげんされますか」

母が改めて父に尋ねる。

「明日から、善導寺に長逗留ばさせてもらおうかと思っとる。今度の訴訟で一番先に城下に押し寄せるとすれば、生葉、竹野、山本の上三郡じゃろ。それに他の御井、御原の二郡、そして三潴、上妻、下妻の下三郡が呼応するこつになるち思う。そんなら、早いとこ上三郡の動向ば知るに越したこつはなか。紋助ば連れて行こうと思っとる」

「こっちば留守にして、大丈夫でっしょか」

母が不安気に父の顔をうかがう。

「こっちは、吹上村の大谷殿に頼んどる。干潟村の小松殿が大谷殿のよか手助けになるじゃろ。わしとしても、ここで坐して待つより、よっぽど心安らか。御原郡の百姓たちを、川向こうで待ち受けるこつもできる。心配なこつがあれば、紋助ば吹上村に走らせて、大谷殿に知らせらるる」

父は、母を頼んだぞという表情で、甚八と庄十郎を見た。

翌朝、父と紋助は脚絆姿で家を出て行った。

村の中はまだ静かだった。田畑にも平常どおり百姓たちの姿があった。

父の出立の四日後、生葉郡吉井町の大庄屋田代直左衛門の使いが、母の許に伝言をもたらした。

「高松様は、うちの大庄屋様と、時々顔を合わせてあります」

使いの荒使子は腰をかがめて母に報告する。

「それはそれは、お世話をかけとります。生葉郡の按配はどげんなっとりますか」

母が駄賃を手渡しながら訊く。

「へっ、もうそれは、百姓が旅仕度を始めとります」

「旅仕度ちいうと」

「城下に向かうつもりのごたるです。一日二日では帰って来れんので、四、五日分の食い物は、めいめいで用意しとるごたるです」

「そうなると、大庄屋の田代様や他の庄屋殿は、どげんなさるおつもりですか」

「百姓と全く一緒ではしめしがつかんので、あとになり先になりして、ついて行かれると思います。ばってん、ご安心下さい。高松様は、うちの旦那様と一緒ですけん、心配無用です」

荒使子はそう言い残して帰った。

生葉郡といえば、城下には最も遠い郡で、竹野郡、山本郡を経て、城下のある御井郡にはいる。まず生葉郡の百姓たちが立ち上がり、日田(ひた)街道の往還をゆっくり城下に向かって進むうち、途中の村々で人数を増やしていく算段をしているのに違いない。となれば、この三、四日のうちに、この近辺の村々にも動きが見られるのかもしれなかった。

「上五郡が動き出すとなれば、下三郡の上妻や下妻、三潴でも、百姓たちが旅仕度を始めとるはず。ほんに、心配したとおりになりよる」

母が眉をひそめた。

「どげんなるとでっしょか」

甚八が肩をすぼめるようにして訊いた。

「どげんもこげんも、これからが、久留米御領の一大事であるとは間違いなか。御家の運命は、こんひと月で決まるじゃろ。ともかく、おとっつぁんの留守の間、家はちゃんと守っとかんといかん」

母がいつになく厳しい口調で言った。

翌日、朝早く母を訪ねて来たのは、吹上村の老庄屋だった。

生葉郡の大庄屋の使いがもたらした知らせを母から聞いて、老庄屋は納得する。

「やっぱし、そげんでしたか。こっちの百姓たちの動きも、川向こうに呼応しとります。あっしたち庄屋も、五、六人連れ立って、百姓たちに同行しようち思っとります。むこうで大庄屋殿と会うこつもできるでっしょ」

老庄屋は皺の多い顔を紅潮させた。

「百姓たちが大挙して城下に向かうとしても、筑後川はどげんやって渡るとですか。まさか、舟渡しは通れんでっしょ」

母が訊く。

「そこは、宮地あたりの百姓と話ばつけとるごたるです。二十艘もあれば、半日で二千か三千は渡せるでっしょ」

「二千人も」

母がのけぞる。

「そんくらいの人数にはなります。一戸に男ばひとり出すごつ、申し合わせばしとるごたるです。年寄りや病人しかおらん家は例外ですが、その他は、掟(おきて)ば破ると、家に火をつけられても文句が言えんようになっとります」

老庄屋は最後には蒼ざめた顔になった。

次の日から、田畑に出ているのは心なしか、女子供、あるいは年寄りの姿が目立つようになった。百姓たちが五人十人連れ立って松崎町の方に向かって行く。手ぶらの百姓はおらず、菅笠をかぶるか手ぬぐいで頰かぶりをするかして、鍬や棒を担いでいる。かと思うと、腰縄に鎌を差し、蓑を背中につけている男もいた。

さらに翌日、家の前に百人ほどの百姓が集まった。母が出迎えると、吹上村の老庄屋と干潟村の庄屋が前に進み出た。その他、顔を知っている庄屋たちも何人か後ろに控えている。

「あっしたちも、出立する運びになりました。村はもぬけの殻になっとりますけん、よろしくお頼み申します」

老庄屋が母に告げた。

「ちょっと待っといてつかあさい」

母が慌てて家の中に引っ込み、火打ち石を持って来た。二人の庄屋の肩あたりで石を打ち、後ろの方に集まっている庄屋と百姓たちに向かっても、石を打つ。百姓たちはかしこまって頭を下げた。

男たちが動き出し、庄屋たちもその後ろに従う。庄十郎は、母や利平と一緒に、姿が見えなくなるまで見送った。

翌朝、じっとしていられなくなった庄十郎は、思い切って母にうかがいをたてた。

「宮地の渡しまで行ってよかでっしょか」

前夜、甚八に一緒に行ってみないかともちかけたが、にべもなく断られていた。こういう事態のとき、家を守るのが大庄屋の息子としての務めだと言われると、庄十郎も二の句が継げなかった。

「何ばしに」

母が驚いて訊き返す。

「百姓たちがどげんしよるか、見に行きたかとです」

「見て、どげんするとね」

「どげんもしまっせん。ただ見たかとです」

格別の理由が思い浮かばず、庄十郎は口ごもり、下を向く。こんな折、物見遊山気分で出かけていくのは、大庄屋の息子にあるまじき、不謹慎な行いかもしれなかった。

「そげん見たかなら、庄十ひとりじゃ心もとなか。のぶと一緒に行くとよかろ」

思いがけず母が答えた。「甚八が家ば守り、庄十が百姓たちの有様ば見に行くちいうのも、それはそれでよかこつ」

昼過ぎ、庄十郎はのぶに連れられて家を出た。日照りが強かった。のぶは手ぬぐいをかぶり、野良着のままで、足は裸足だ。庄十郎は単衣の着古しに草鞋をつけていた。

「坊ちゃま、往還を行くのは避けて、田んぼ道を行きますけんで。ちょっとばかり遠道にはなりますが、目立たんでよかです」

のぶから坊ちゃまと呼ばれるのは、もう慣れていた。他の荒使子たちはみんな〈庄十様〉と言うのに、のぶだけは、庄十郎が物心ついてから〈坊ちゃま〉だ。それでいて、兄に対してはいつも「甚八様」だった。あと十年しても、坊ちゃまのままだろうかと、庄十郎はおかしくなる。もっとも、あと十年もすれば、のぶもこの世にいないかもしれない。夫の紋助よりは、二つか三つ年上だと聞いていた。

しかし今のところ、少し腰は曲がっているものの、誰よりもよく働く。田植えも稲刈りも、大豆や小豆の豆しごきも、他の荒使子たちに負けない。料理の腕も確かで、母の信望も厚かった。

その上健脚で、庄十郎は時々小走りになる。草鞋で歩きやすいはずなのに、のぶの裸足を見ていると、裸足のほうがいかにも身軽だ。ちょっとしたぬかるみも、裸足のままはいるし、溝にも足をつけられる。庄十郎のほうは、ぬかるみや溝は飛び越えなければならない。それだけ気をつかい、くたびれる。

刈りとられた田には人はおらず、畑にだけ数少ない老人や女たちの姿があった。道端の粟畑では、老女が鎌を振るっている。

粟飯は、一度食べたことがある。ほんの申し訳程度に米がはいっているだけで、いくら嚙んでも、口の中はざらざらしたままだ。思い切ってのみ込もうとしても、喉が嫌がるのか、なかなか受けつけない。目をつぶってのみ込むしかない。ひと口ひと口が難儀だった。

粟飯と違って、粟餅は黄色い色が美しく、粒々した口あたりが好きだった。

「精が出ますのう」

のぶが呼びかけ、相手も顔を上げて会釈をする。庄十郎もちょこんと頭を下げる。孫を連れた老婆と思われたのに違いなかった。

鰺坂(あじさか)村にはいった。ここから先は、御井郡になる。

「坊ちゃま、足はどげんですか」

のぶが曲がった腰を伸ばすようにして、振り返る。

足はもう棒のようになっていた。父に連れられて善導寺まで行ったときは、時々休み、歩き方もゆっくりだった。そのうえ往還だったので疲れも少なかった。初めは地面が柔らかいので歩きやすいと思った畦道も、疲れてくると一歩一歩が重くなる。

かといって、言い出しっぺは自分だった。音をあげて休むと言えば、帰ってから話の種にされかねない。もう御井郡にはいったのなら、道のりの半分は来ているはずだった。休むのは宮地渡しに着いてからでもいいのだ。

「どうもなか」

庄十郎は空元気（からげんき）を出して答える。

「坊ちゃま、強かですね。感心しました」

のぶから誉められて、急に元気づく。

橋を渡ると、宮地から松崎の方に延びる筑前街道の往還が見えた。近くの村から出たのだろう、四、五十人の百姓が宮地渡しの方に向かっていた。

「坊ちゃま、よく見ときなっせ」

のぶが振り返って言う。「たったあれだけの人数ばってん、あれが百、二百、千と集まると、えらい力になります。ひとりひとりの百姓の力は、たいしたこつはなか。ばってん集まると、大きな力になる。来るとき、宝満川の稲吉堰の近くば通ったでっしょ」

井上村を出て稲吉村のはずれで、宝満川の土手上をしばらく歩き、また土手を下ったのは覚えている。そのとき見えたのが稲吉堰だ。

「あの稲吉堰ができたのは、八十年も前のこつで、婆やが生まれる前。あの堰ば造って、宝満川の水ばかさ上げしたのも、百姓たち。あのおかげで、宝満川の両岸に水が来るようになりました。百姓が力を合わせれば、川も堰き止めらるるとです」

のぶがじっと庄十郎を見つめた。

稲吉堰には、紋助に連れられて三、四回行ったことがあった。

紋助は、竹ひごで作った塵取りのような道具を背負っていた。二尺（一尺は約三〇・

とりつけられている。

三センチメートル）幅はある大きさで、しかも塵取りの背には六尺の長さの頑丈な棹がとりつけられている。

「庄十郎様、ここから見ているんですぞ。動いてはいかんです」

紋助は言い置いて、道具を担ぎ、堰の下の浅瀬にざぶざぶとはいって行く。腰をかがめ、棹を肩に押し当て、塵取りの笊を手前にかき寄せた。川底にいる魚を、小石もろとも笊の中に追い込んだのか、塵取りの中ではねる魚を手でつかみ、腰に吊るしたびくに入れた。

小一時の間に、びくの中が一杯になり、紋助は川から上がって来た。

「これが、かまつこですぞ。旦那様の好物です。きれいか水の底におるので、川魚とは思えん上品な味がします」

紋助がまだ跳ねる魚を見ながら言ったのを覚えている。「この宝満川があるけ、御原郡の百姓たちは、何とか食いつないでいけるとです。ときには土手が切れて大水も出しますが、それはそれで、大目に見とかにゃなりまっせん。ほんに、宝に満ちた川とは、よく言ったもんです」

宮地の渡しが近づいたのか、のぶの足取りが速くなった。田んぼの向こうに、長い土手が見え風のような音が聞こえてきた。膝に力がはいらない。かといって、のぶに待ってくれとは言いにくい。あの土手までだと、自分に言いきかせ、前を睨みつける。

土手を、のぶはひょいひょいと登る。庄十郎は四つん這いになりながら、あとに続いた。

土手の上に出て、耳に響く音の正体がつかめた。土手の上を吹きすさぶ風の音と思い込んでいたのは、筑後川の両岸に集まっている百姓たちのざわめきだった。

それにしても、父に連れられて善導寺に行った際に渡った筑後川の幅とは大違いだ。いくら上流と下流の差だとはいえ、幅は二倍近い。こちらの岸から対岸まで、二十艘近くの小舟がせわしく行き交っていた。

対岸に向かう舟に乗り込むのは二十人ほどで、全員がしゃがみ込み、百姓姿の船頭がゆっくり棹を操っている。対岸の河原で人をおろすと、矢のような速さで戻って来る。こちらの河原に残っている百姓の数は千人ではきかない。何十組にも分かれて話し込んだり、気勢をあげたりしていた。

対岸には既に倍の数の百姓が集結し、その一部は列を成して土手を登りはじめていた。

「坊ちゃま、ようく見ときなっせ。あれが百姓の力ちいうもんです」

のぶが額に手をかざして言った。「川上にある舟渡しには、警固のお侍たちがいるはず。ばってん今頃は、恐れば成して逃げ出しとるじゃろ」

百姓たちのざわめきは、風の音とははっきり区別できた。対岸の土手に登った百姓たちが、掛け声とともに一斉に鍬や鎌、棒を突き上げていた。呼応するように、こちら側で舟待ちをしている男たちも、手にした物を突き上げる。

「坊ちゃま」

のぶが庄十郎を振り返る。「百姓たちが、こん力を火つけや家壊しに使ったらいかんです。百姓たちの鍬は、土ば耕やす物。鎌は草ば刈る物。地面に向けて使うもんで、上に向けて人をあやめたり、家ば壊す物じゃござっせん」

のぶが睨みつけるようにして言った。庄十郎は気圧されて頷く。

「何百何千と百姓たちが集まった力は、川に堰ば造ったり、溝を掘ったり、破れた土手ば塞いだりするときに、使わにゃいかんです。あの鍬で城下の家ば壊したり、鎌で人に傷ばつけたりすれば、必ずお天道様が仕返しばしやっしゃる。お天道様の仕返しは、そりゃ恐ろしかですよ。災禍ば一番最初に負わなきゃならんのは、百姓ですけんね」

言い置いて、のぶは河原の百姓たちの動きをじっと眺めた。小舟のせわしない行き来で、手前の岸で待つ百姓の数が半分くらいになっていた。土手を登る対岸の百姓たちの列は、途切れなく続く。

「背に荷をしょったり、腰に袋ばぶら下げているのが見えるでっしょ。二、三日、あるいは五、六日、あの中の焼き米ば食って、御井郡の府中近くに留(とど)まるつもりでっしょね。大事に至らんとよかですが」

のぶが心配気に呟(つぶや)いた。「おととし、城下で大火があったとき、ここから煙が黒々と上がるのが見えたらしか。あんときの田代火事と同じことが起こらんとよかが。十か所ぐらいに百姓が火をつければ、城下は風に煽られて、焼け野が原たい。恐ろしかのう」

のぶは、不吉な思いを振り払うように、手で顔を撫でた。

相も変わらず、百姓たちは対岸に移動し、土手を登っていく。まるで蟻の行列だ。

「のぶ。もうよか、帰ろう」

黙っていれば、いつまでも眺めていそうな様子だった。庄十郎は先に立って土手を駆け下る。休んだのが幸いして、足に力が戻っていた。小走りしてでも、井上村まで帰れそうだった。

復路は、往還を通った。

「こん道は、新しか道じゃけ、歩きやすか。お殿様の参府も、ここば通らっしゃるが、松崎宿ができる前は、別に天下道があったとよ」

のぶが言う。今はのぶと並んで歩いていた。

「天下道は、昔から殿様が通っとった道で、宮地渡しの下流に大久保渡しちいうのがある。そこから、宝満川の西側ば通って、大保村や力武村ば通って横隈宿に至るけん、横隈往還ち呼ばれた。今はその道はさびれとる」

のぶは立ち止まる。行きがけの畦道では小走りだったのに、往還に出てからは、時々、足をとめた。

「松崎宿ができてから、秋月に出る大里道も松崎ば通るようになった。秋月の御領ば越えると福岡黒田様の御領になって、その先は小倉小笠原様の御領になる」

「そっから先は、どげんなるとね」

　庄十郎が訊く。

「そりゃ知らん。旦那様に聞かれるとよか。行き着いた先の大里ちいう所に、有馬の殿様の舟着き場があるらしか。そっから先は、船で大坂に向かわれたり、道づたいに江戸まで行かれるとじゃろ。

　秋月街道は途中の八丁峠の道が険しかけん、だいぶ前から大里に行くには、別の道が選ばれるようになった。松崎宿から吹上村、干潟村ば通って、北に進むと田代宿に出る。そこには長崎道が通っとる」

「長崎から来る道じゃね」

「そげん。坊ちゃまも知っとらっしゃるですね。田代宿に出れば、そっから先は冷水峠ば通って、大里まで出らるる。八丁峠より冷水峠のほうが、越えやすかとじゃろ。ともかく、有馬の殿様の他にも、肥後や人吉、薩摩の殿様は、参府の折には、松崎宿にいったん泊まられて、そん次が田代宿になる。この田代宿は、そこだけ対馬のお殿様の飛び地になっとる。坊ちゃまは対馬は知っとりなさるか」

　のぶから訊かれて庄十郎は首を振る。

「対馬ちいうのは海の向こう朝鮮の近くにある大きな島で、そこのお殿様が、どうしてそげな所に領地ば持ってあるかは、婆やも知らん。不思議なこつ。ともかく、田代宿から西は肥前の御領で、西に行くと長崎、東に行くと、大里。そこに行きつくまでに、筑前黒田の御領内に六つの宿がある。それが筑前六宿」

のぶは、少しばかり得意気に言った。「坊ちゃまも、大きくなったら、小倉や長崎に行かれるこつがあるかもしれまっせん。そげんなったら、長崎道にどげな宿があるか、自分の眼で確かめられまっしょ。婆やは、こん齢まで生きてきて、わが眼で見たのは、松崎宿と、川向こうの横隈宿だけですけんね」

往還だけに、背に荷を積まれた馬や牛も行き交う。それでも以前通ったときに比べて、ひっそりとしているように思われた。風呂敷包みを担った男が、足早に庄十郎とのぶを追い越して行く。不思議に百姓たちの姿は少ない。主だった男たちは出払い、村々には女子供と年寄りしか残っていないのかもしれなかった。

やがて松崎宿の入口にある構口が見えた。

「松崎宿ば作るときも、松崎街道ば造るときも、近在の百姓たちが駆り出されたち聞いとります」

のぶが言った。「お上が何か造るとき、必ず百姓の力がいる。汗水たらして、血を吐く辛さはあるばってん、百姓がこしらえたもんは、長く残る。誰がこしらえたかは、もうみんな忘れらるる。それでよかとよ」

道の両側には、大小の宿屋が並び、少し進むと、菓子屋や傘屋、うどん屋にそうめん屋、蕎麦屋、餅屋があり、馬寄せ場も見えた。

道は途中で右に折れ、また左に折れる。これが枡形道(ますがたみち)と呼ばれているのは、庄十郎も父から教えられていた。道をわざわざ鉤の形に曲げて、外敵の侵入と通過を困難にするためらしかった。

松崎宿を過ぎた所で、左に折れれば、もう井上村が遠望できた。

「坊ちゃま、おかげで、よか見物ができました」

屋敷の門にはいる前で、のぶが言った。「ほんにありがとさんです。坊ちゃまが、途中で引き返すこつにならんかと心配しとりましたが、どうしてどうして、百姓の婆やよりも、強か脚ば持っとらっしゃる」

庄十郎も礼を言う。二人の声を聞きつけて納屋から出て来たのは、利平だった。

「どげんでしたか、庄十様」

利平が訊いた。

「宮地渡しのところで、百姓たちが向こう岸に渡っとった。四方から集まった百姓たちは、そんまま城下に押し寄せるつもりじゃろ」

庄十郎は見たとおりを答える。利平が驚き、のぶの顔を見る。のぶは間違いないというように、暗い顔で頷いた。

善導寺に身を寄せた父については、その後もう一度、吉井の大庄屋の使いが様子を知らせに来た。

「高松様は、田代の旦那様と一緒に御井郡に向かわれました」

使いは、三和土に膝をついて母に告げた。「荒使子の紋助どんとともに、つつがなくされとりますけん、ご安心されて下さい」

「そりゃ、よかった。そいで、上三郡の百姓たちは、どげんしとるな」

母はまだ心配気だ。

「初めは善導寺に集まっとりましたが、今はこぞって、御井郡に向かっとります。そこで御井郡と御原郡の百姓たちと合流して、城下に押し寄せる心づもりのごたるです。上三郡の大庄屋様や庄屋様たちは、その動きば抑えようとして腐心されとります」

「そりゃまたどうしてかの」

「城下に早くはいるのが目的ではござっせん。あくまで、公儀に譲歩ば迫るためですけん、じっくり構えとくほうがよか。そげな考えです」

利平と大して年の違わないその男は答えた。庄十郎もなるほどと思う。

「城下が火の海になっては、元も子もなくなりますけん」

使いの荒使子が声を震わせて言い継いだ。

「下三郡の百姓たちも、上五郡と同じごつ城下に向けて上っとるのじゃろ」

母が確かめる。

「そげん聞いとります。吉井から府中に至る日田道も、柳川から府中に至る薩摩道も、ともに百姓たちで溢れ返っとるごたるです。府中宿を突き抜ければもう城下は目と鼻の先ですけん、今から四、五日が山場ち、旦那様は言っとられました」

荒使子は気が高ぶったのか、最後のところでまた声が震えた。

「ともかく長か道中、ご苦労じゃった。気をつけて帰んなさい」

母は男に一朱銀を包んだ。

「こん四、五日が山場じゃね」

使いを帰らせて母が溜息をつく。

庄十郎は、宮地の渡しで見た百姓たちの数を思い浮かべる。その数の何倍もの百姓たちが、今、北から南から東から府中を目ざしている。さしもの広い往還も百姓たちで溢れ返っているのだ。

それ以後の数日間、庄十郎たちは息を詰めるようにして過ごした。

村の中は静かで、田にも畑にも人影はない。村人は家の中で、ひっそりと事の成り行きを見守っているのに違いなかった。

庄十郎は毎日外に出るたび南の方を眺めた。もし城下が大火事になれば、立ち昇る煙が見られると思ったからだ。今のところその気配はなかった。

代わりに二十四日から、百姓たちが三々五々、連れ立って村に帰る姿が見られるようになった。

二十五日の朝には、その数が増えた。

父が紋助を伴って帰宅したのは、八月二十五日の昼過ぎだった。

「やっと帰り着きました」

月代も髭も伸び放題の紋助が、母の前で腰をかがめる。父は月代と髭に剃刀(かみそり)を当てたのか、頭髪は乱れていない。

「長旅じゃったが、その甲斐はあった」

父が日焼けした顔をほころばせた。

「城下が火の海になる事態は、避けられたとですね」

母が確かめる。

「回避できた。百姓たちは府中にとどまり、先には進まんじゃった」

父は答え、湯殿で汗を流した。

父の無事の帰宅を祝って、その日の夕餉は品数が多かった。父の前には白酒と、好物の小鮒の煮つけ、塩鴨が供された。

「騒ぎ立てる百姓たちば鎮めたのは、家老の稲次様じゃった。たったひとりで、勢いづく百姓たちの前に立ちはだからっしゃったとじゃ」

父は、湯浴みあとのさっぱりした顔を、母に向け、よく聞けというように子供三人も見やった。

「あのお方がおられんじゃったら、百姓たちは、府中を抜けて、そんまま城下にはいっとったろ」

父の盃に母が白酒を注ぐ。父は箸をのばして塩鴨の切り身を口に入れる。

「そりゃ、よございました」

母が安堵の声を出した。「吹上村の大谷殿や干潟村の小松殿とも、むこうで会われましたか」

「会うた。大庄屋と庄屋は、百姓たちとは別々に動いて、泊まる場所も違った。百姓たちが寝るのは、神社や寺の境内じゃった。わしたちは、山本郡や御井郡の庄屋の家にやっかいになった」

父はひとしきり食べ、また言葉を継ぐ。庄十郎はひと言も聞きのがすまいとして、耳を澄ました。

「生葉郡と竹野郡の百姓たちがまず集まったとは、善導寺の境内じゃった。ほら、三月に甚八と庄十を連れて善導寺に行ったろ。あんときの倍くらいの百姓たちが集まって、気勢ば上げとった。わしと紋助は、住職と会い宿坊に泊めてもろうて、様子ば見た。十八日、十九日、二十日と、善導寺付近に集まる百姓の数は、日に日に増えて行った。近在の庄屋や大庄屋も、善導寺に来て集うようになった。吉井の大庄屋、田代殿と会うたのは十九日の夜じゃった。田代殿以下、あのあたりの庄屋は、一気に城下に攻め上がろうとする百姓たちを、引きとめようとして苦労されたらしか。

生葉と竹野二郡の百姓たちば、山本郡にはいった所にある常持村で、引きとめられた。ところが百姓たちの勢いは、大庄屋と庄屋の制止じゃどうにもならん。膨れ上がった百姓の群は、常持村ば通過して飯田村で止まった。飯田村の神社や百姓たちの家々で夜ば明かすことに決めて、その一部が善導寺の境内にはいった。大庄屋と庄屋は善導寺の宿坊に来て、そこでわしと一緒になった。

八月二十日になると、飯田村に泊まった百姓たちも、全員が善導寺にはいって来た。何しろ、上三郡の百姓が全部、寺の中にはいって来たのじゃから、立錐の余地もなかくらいになった。そいで百姓たちは境内を出て、筑後川の河原で寝た」

父は言いやみ、母に訊く。「そん頃は、このあたりの百姓も集まって、筑後川に向けて進んどったのじゃなかか」

「村々が集まって宮地の渡しに向かっとりました。庄十がのぶと、渡しまで行ったので、見とるはずです」

「ほう、庄十は渡しまで行ったとか。そりゃまたどうして」

父が驚いて庄十郎を見た。なぜと訊かれても答えようがない。

「ただ行ってみたかったとです」

「そいで、どげんじゃった」

「二十艘ばかりの舟で、どんどん向こう岸に渡っとりました。四千人か五千人はいたかもしれまっせん。渡り切るにも、一日がかりだったとじゃなかでっしょか」

「そうか。よう見とったな」

父は話を元に戻した。「同じような勢いで、下三郡の百姓たちも、府中めがけて突き進んどったのじゃろ。二十一日の朝、百姓たちは、ぞろぞろと善導寺ば出始めた。誰が先導するともなく、進む先は、城下の方向じゃった。わしたちは、府中で、上五郡と下三郡の百姓たちが合流すれば、もう手はつけられなくなると考えた。それで、何とか山川村の追分あたりでとどめようとした。わしたちが訴訟をとりもつので、府中まで行くのはやめてくれんかと、百姓たちに伝えた。百姓たちは鍬や鎌ば手にしとる。わしたち大庄屋は帯刀、庄屋たちは脇差ば腰に差しとるけ、百姓たちも無謀なこつはできん。それに、大庄屋と庄屋が、百姓たちの後押しをしてくれとるのは知っとるけ、聞く耳はもっとる。

こんときも、吉井の大庄屋、田代殿が一番前に立たっしゃった。年とったあの小さか体で、大声ば張り上げらっしゃった。百姓たちに向かって、どげん言わっしゃったと思うか」

父は、甚八と庄十郎の顔を順に見た。甚八は表情をくずさない。庄十郎は、老大庄屋の様子を思い浮かべたのみで、かぶりを振る。

「田代殿は、こう言われた。お前たちの目的は、城下の侍屋敷や商家を叩き壊して、火ばつけ、火の海にするこつか。それとも、年貢を、正徳以前の土免に戻させるこつか。ようく考えてみなっせ。もし、城下の家々ば叩き壊して火ばつけるとが目的なら、ここにおる大庄屋や庄屋たちば、殴り殺してからにしなっせ。まず手始めに、この老いぼれを殺してからにしなっせ。そげん、田代殿は言われた」

いつしか父の息がせわしくなっていた。そのときの緊迫した状況が思い出されたのに違いない。

「百姓たちは虚をつかれて、一瞬黙り込んだ。田代殿はまた言葉を継がっしゃった。年貢を減らしてもらうのが目的なら、この追分で待つがよか。わしたち大庄屋と庄屋が、口上書ば御家老に届ける。わしたちの口上書の後楯（うしろだて）こそがお前たち百姓。口上書が握りつぶされれば、百姓たちは黙っておりませんぞ、という脅しがきく。こんまま、城下になだれ込むのと、どっちがよかと思うか。そげん田代殿は言われた。全くの道理で、百姓たちは大人しくなった。

思いとどまった百姓たちは、追分の神社や百姓家に分散して泊まった。夕方、御井郡の百姓たちの一部も、追分に集まって来た。

その夜、追分の庄屋宅にやっかいになったわしたちは、知恵を絞って口上書を書いた。わしを含めて大庄屋が七人いた。七人の署名をして一通、庄屋たちは庄屋たちで連署をして、一通したためた。内容は同じだった。百姓たちの願いを聞き届けられたし、もしそれがかなわなければ、大庄屋、庄屋としても、百姓たちの力を制止できかねる、という内容じゃった。

大庄屋の田代殿と、もうひとり山本郡石浦組の大庄屋が連れ立って、府中の郡役所に口上書を届けたのが、二十二日じゃった。

その間にも、追分に集まる御井郡の百姓たちの数は増え続けた。御原郡の百姓と御井郡の一部の百姓は、下流の宮地渡しで待ち受けとるちいう話じゃった。のぶと庄十が見たのは、そげんやって筑後川ば渡る百姓たちじゃったろ」

話を聞いていた庄十郎は、父と顔を見合わす。父たち大庄屋が書いた口上書は、無事にお上に手渡されたのだろうか。

「口上書は、ちゃんとお上に届いたとでっしょか」

訊いたのは母だった。

「すぐに御城へ届けられた。わしたちはそんまま、追分で、お上の返事ば待つつもりじゃった。ところが、翌二十三日、百姓たちは、しびれをきらしたとじゃろ、府中に向かって動き出した。

追分の西口で、わしたちは再度百姓たちを押しとどめた。押し問答は、小一時ばかり続いたじゃろか。一万人近くに増えた百姓たちの勢いは、もうわしたちの力でとめられるもんじゃなか。百姓たちは府中に向かって進み出した。川の土手ば突き破った大水と同じで、どうにもできん。わしたち大庄屋と庄屋は、百姓たちの先頭に並んで、なるべくゆっくり歩くしかなかった。先頭を行く百姓たちも、内心はびくびくしとるとじゃろ。様子ば見ながら、ゆっくり歩いとる。近在の村の衆も道端に出て、どげんなるのか、おずおずと見ていた。

ちょうど、追分と府中の間に来たときじゃった。十騎の馬に乗ったお侍たちが、百姓たちの前に立ちはだかった。馬上のうちの二人は、すぐに大声で名乗らっしゃった。わしも見覚えがある方で、郡奉行の安藤和久之丞様と粟生左太夫様じゃった。お二人はえらく立腹の様子で、百姓たちを叱責された。昨日、大庄屋たちの口上書を確かに受け取った。それによると、おぬしたちは追分で待つという話だったが、こうやって府中に詰め寄るとは、何事か、と叫ばっしゃった」

父は言いやみ、そのときの様子を思い浮かべるように眼を浮かせた。母も千代も、甚八も黙って耳を澄ましている。庄十郎は、たった十人の侍が、一万の百姓の勢いをとめられるものだろうかと思い、息をのむ。

「すると、先頭にいた百姓が、口々に答えた。追分近辺にとどまって、もう二日になる。ひと所にとどまればとどまるほど、その村と近辺に迷惑をかける。やむをえず、場所替えをしたまででございます、と言い返した。郡奉行のお二人は、百姓たちの巧妙な返事に戸惑われたようじゃった。ばってん、ここで引き下がれば、奔流のようになっとる百姓たちの勢いば、くいとめるこつはできん。十騎が三重に並び、道を塞いだ。お侍たちは、陣笠に陣羽織、陣袴という出立ちじゃった。もちろん腰には大小二本を帯びてある。一方の百姓たちも、今さら退くわけにはいかん。後ろには、道いっぱいになって百姓たちが押し寄せとる。

　わしたち大庄屋と庄屋は、そこで腰をかがめ、道端に正座した。郡奉行様たちの言い分を聞き、百姓たちの気持ば、少しでも鎮めるつもりじゃった。わしたちは全部で四十人はおったじゃろか。それが全員土下座したのじゃから、百姓たちも鍬や鎌を振りかざすわけにはいかん。何歩か下がって、郡奉行お二人の口上ば聞こうという態勢になった。郡奉行お二人はやおら下馬され、後ろに控えとるお侍たちも同じように馬からおりて、馬のくつわばとられた。安藤様が前に進み出て、こう言われた。

『今年の年貢は、とりあえず、十石のうち一石一斗を減免する。これは、表方御用番である御家老の稲次因幡様のご決定じゃ』

十石のうち一石一斗を免じるとは、土下座しているわしたちにも、寝耳に水じゃった。

大変なこつで、本来十石納入する米が、八石九斗ですむのじゃから、思いもかけない減免じゃった。

一石一斗の減免ちいう言葉は、さざ波が広がっていくように、道を塞ぐ百姓たちに広まっていった。前の方の百姓たちも、信じられんといった面持で、お互い顔を見合わせとった。事態はここで収束するかに思われた。わしたちも土下座の姿勢ばくずさず、成り行きを見守った。このままおさまって欲しか、ばってんこのままじゃすまんかもしれんという疑いが、胸の内に渦巻いた。

ところがじゃ、今度は別のざわめきが、後ろのほうからこちらに向けて伝わってきた。これまで御家老様たちからは、さんざんだまされてきた。今回も、口約束じゃなかじゃろか、信じるわけにはいかん。そげな不満が、波の引き返すごつ、前の方に伝わって来たんじゃ」

父が庄十郎たちの顔をかわるがわる見た。

「百姓たちにしてみれば、もっともな疑いでっしょ」

母が口をはさむ。「いくら稲次様のお言葉とはいっても、お殿様が言われたこつじゃなかですけん」

「確かに」父が頷く。「すると、郡奉行様は、懐から書き付けを取り出して、頭の上にかざしなさった。『御家老の稲次様が書かれたもんじゃ。命に代えてでも、一石一斗の減免は約束すると誓われとる』。安藤様は必死の形相で声を上げらっしゃった」

「それで」

母が身を乗り出して訊いていた。

「わしは道端に坐りながら、心の内は千々に乱れていた。十石につき一石一斗の減免ちいうのは、ほんなこて大変なこつじゃが、これば在府のお殿様が、言い出されたのじゃろか。

あるいは稲次様が、前々からお殿様とかけ合われて決めらっしゃったとじゃろか。稲次様が直々に江戸まで参府されたちいう話は聞かん。早馬でも送らっしゃったのか。それとも、ここは百姓の怒りば食いとめなきゃいかんというこつで、稲次様が決められ、あとでお殿様を説得されるおつもりなのか。かつて、百姓ごときに恐れをなすとは腰抜け千万と、御家老様を怒らっしゃったお殿様だけに、そう簡単に事が運ぶとは考えられん。

わしは大変なこつになったと思いつつ、また騒ぎ出した百姓たちと、郡奉行お二人のせめぎ合いを見つめるだけじゃった」

「百姓たちは、書き付けを見せられたぐらいでは、信用せんでっしょ」

甚八が初めて口をきいた。

「そげんたい。お侍の言うこつは舌先三寸、とても信じられん。そげな声があちこちから噴き出した。いったん歩みをとめていた百姓たちが、お侍たちを押しのけるようにして進み出した。すると、安藤様がまた大声で叫ばれた。『動くな、動いた者は、片っ端から斬り捨てる』。そげん言われた。

もしここで百姓のひとりでも斬り殺されたら、もう百姓たちの怒りはどげんなるか分からん。十人のお侍に襲いかかり、めった打ちにするこつなど、わけなか。それともここは、郡奉行様たちが引き下がり、馬で逃げ出されるのか、のっぴきならぬ瞬間じゃった」

父は言い置き、額の汗をぬぐった。秋にしてはむし暑い夕刻で、庄十郎は立っていき、障子を開けた。心地よい風がはいり込む。

「そのときじゃ。単騎が、疾風のように駆け寄って来た。百姓たちのざわめきが、ぴたりとやんだ。

馬に跨がってあるのは、稲次様じゃった。郡奉行様たちとは違って、麻上下(あさがみしも)に両刀を帯びただけの装いからして、おっとり刀で城下からここまで、馬を走らせなさった様子で、馬は足をとめるなり、やっと着いたと言わんばかりに、いなないた。

稲次様は馬からおりると、先頭にいる百姓たちに近づかれた。そのときの第一声は、もうわしは一生忘れんじゃろと思う。

『お前たちは、天下の御百姓じゃ、天下の御百姓が成り行かんと、この有馬の御領も立ち行かん。十石のうちの一石一斗の減免は、この稲次因幡が命に代えてでも、守り通す。だから、安心して、それぞれの村に戻ってくれ。よかな』

稲次様は、よく通る声でそう言われた。わしは胸の内で稲次様が口にされた言葉ば、かみしめていた。〈天下の御百姓〉とは、初めて耳にする言葉じゃった。稲次様は、〈お前たちは天下の御百姓〉と呼びかけられたのじゃ。

大庄屋でも庄屋でも、なかなか口にするこつはできん言葉じゃ。それを御家老が百姓たちに向かって、直々に言われた。百姓たちは、雷に打たれたごつ、その場に立ちすくんだ。

そのとき、わしの横で土下座していた吉井の田代殿が立ち上がられた。百姓たちを振り返って、こう言われた。

『今のご家老様の言葉は、そなたたちも聞いたろう。もちろん、ここにいる大庄屋、庄屋たちも聞いた。わしたちが証人じゃ。さ、ここはもう安心してよか。村を出てからもう五日はたっとる。なかには六日七日と、村に帰っとらん者もおるじゃろ。野宿のごたる日々は、さぞ辛かったろう。十石につき、一石一斗の減免は、ここに居並ぶ大庄屋と庄屋が、間違いなく、請け合う』

田代殿が呼びかけたので、わしたちも立ち上がった。そんとき、こっちばじっと見つめられとる稲次様と眼が合い、わしは深々と腰を折った。御家老様、よくぞ、〈天下の御百姓〉と言われた。そげな気持じゃった」

父はようやく顔をほころばせる。肩に力を込めて聞き入っていた庄十郎も、ふうと息をつく。

「稲次様も偉かばってん、田代様も、ほんに偉かですね」

母も大きな息をしていた。

「稲次様が家老の鑑なら、田代殿は大庄屋の鑑じゃろ。ご老体でありながら、わしたちとずっと寝泊まりば一緒にさっしゃった。この百姓の難儀ば救うのを、この世での最後の務めじゃと考えておられる様子じゃった。

追分の庄屋宅に泊まっとったとき、わしは田代殿と隣になって寝た。寝物語に田代殿から、上三郡の昔の苦労ば聞かされた」

父は、特にお前たちに知ってもらいたいという眼で、甚八、庄十郎、千代の順で顔を見た。

「今から六十五年ばかり前の寛文四、五年に、筑後川の上流に大石堰ちいうのができた。お前たちはまだ見たこつがなかろう。菊も見とらんじゃろ」

「聞いたこつはございますが、見たこつはなかです」

母がかぶりを振る。

「わしは、おやじ殿に連れられて十五の頃、わざわざ見に行かされた。そりゃ、びっくりした。あの筑後川が石で堰き止められて、堰の上流は、水かさが、十尺ばかり高うなっとる。その堰から筑後川の外に導かれた水は、生葉、竹野、山本の上三郡の田畑ば潤しとる。夫役には、この御原郡や御井郡からも百姓が駆り出された。その堰渠造りの金ば出したのは、公儀じゃなかった。大庄屋でもなかった。五人の庄屋じゃった」

「それは父から聞かされたこつがあります。五庄屋が身代をかけて金を出したとでしょ。お上のほうは、もしも失敗したときは、五庄屋を磔にするといって、堰のそばに五本の磔柱を立てたらしかですね」

母が言い添える。

「そげん。見せしめたい。堰ができて、田畑に水が来るのは、五つの村だけじゃなか。他の何十かの村々も、水の恩恵ば受くる。じゃけん、他の村の庄屋も、出費ばさせてくれと願い入れたばってん、五人の庄屋は断った。万が一のとき、命ばおとすのは、自分たち五人であって、他の庄屋に迷惑はかけられんちいうのが理由じゃった。

面白かとは、そげな百姓の役にたつ堰渠造りじゃというのに、反対する庄屋もおったげな。川ば堰き止めて、土手が切れたら村が大水で流さるると、堰の近くの村の庄屋たちは、反対する者が多かった。どげな事業でも同じこつたい。何か新しかこつばやろうとすると、必ず反対する者が出る。反対の庄屋を抑えたのは、公儀じゃった。測量ばしたのも公儀。工事は半年もかからんで無事に成った。それが大石・長野堰じゃ」

「そん堰の元になったのが、宝満川の稲吉堰でっしょ」

　庄十郎はすかさず言った。

「庄十、よう知っとるな」

　父が驚く。

「のぶから教えてもらいました」

「そうか。そりゃほんなこつで、稲吉堰ば造ったのと同じ普請奉行様が、大石・長野堰ば造らっしゃった」

　父はまた母と庄十郎たちの顔を見直す。

「その大事業をするときのあのあたりの大庄屋が、今の田代殿のおやじ殿だったらしか。田代殿は、五本の礫柱が立っていたのも、覚えておらっしゃる。五人の庄屋が、何度か大庄屋の家に来たのも覚えておらっしゃるし、当時の郡奉行様が、田代殿の屋敷に庄屋ば集めて、工事始めの大号令ばかけらっしゃったのも覚えておられる。

　田代殿が悔やんどられるのは、大庄屋であるおやじ殿が、五人の庄屋にびた一文も加勢しなかったこつじゃ。庄屋が身代かけて金を出すのに、どうして大庄屋が何もせんじゃったのかと、田代殿は今になってもおやじ殿ば、胸の内で責めておられる。それで、自分が家督ば継いで大庄屋になったとき、命にかえても、庄屋と百姓は守り通そうち、心に誓わっしゃったげな。寝物語に田代殿から話ばきかされて、ほんなこつ、百姓あっての庄屋、庄屋あっての大庄屋じゃと、わしは、胸が満たされる思いがした」

「ほんに、よか話ですね」

母が感じ入ったというように相槌をうつ。

「田代殿の言われたこつは、御家老の稲次様が百姓たちに向かって言われたこつと、相通じるもんがある。〈天下の御百姓〉という言葉に、そりゃよう表われとる」

「宮地渡しを越えた百姓や、下三郡の百姓たちも、そのあとそれぞれ村に戻ったとですね」

母が確かめた。

「稲次様は、追分と府中の間で上五郡の百姓たちを説得したあと、府中の手前まで来とった下三郡の百姓たちの所にも急がれたのじゃろ。もしかすると、城島の大石殿も、そこにおられたのかもしれん。

ともかく、これで城下が火の海にならんですんだ。稲次様おひとりの手で、惣百姓の訴訟ば無事におさめられた」

「十石につき一石一斗の減免ちいうのは、大変なこつですね」

母が改めて感心する。「これで村々はひと息つけます。ですが、家中はその分、困窮を忍ばんといかんようになります。お殿様が、はたしてそればよしとされるでっしょか」

「公儀の台所が火の車ちいうのは分かっとる。しかし百姓も凶作続きで、食いつないでいくのもやっと。上も下も、ここは辛抱のしどきじゃろ。もしここでお殿様が稲次様に切腹ば申しつけて、減免ば反故にされた日には、もう百姓たちは年貢をおさめんじゃろ。いやそん前に、庄屋たちが村中の年貢を集めんじゃろ。大庄屋も知らん顔たい。そうなると、公儀のとり分は、いっちょんなかごつなる。惣百姓が年貢ば納めんちいうのは、もう前代未聞で、そんこつはたちまち大公儀の耳にはいるに違いなか」

父は険しい顔になり、声を低めた。「そうなれば、お殿様は即刻とりつぶしにあうじゃろな。減免を甘受するか、それともとりつぶしを覚悟して腹ば立て、稲次様の言葉をひっくり返すか。そこは、お殿様も、分かっとらっしゃるはず」

言い終えると、しばし沈黙が続いた。庄十郎は、あの若い御家老が切腹に処せられるのではないと分かり、胸をなでおろす。

「ばってん、ここは心して成り行きば見守らにゃならん。これからのひと月が山場じゃろ。さ、今日は、わしも疲れた」

父がしめくくるように言い、茶を飲み干した。

九月にはいって、郡役所からの通達が届いた。年貢の高は、稲次家老の約束どおり、十石につき一石一斗の減免になっていた。

水の落とされた田では、稲穂が早くも垂れはじめている。紋助と利平の話では、このところの好天続きで、しっかり実を結んでいるという。

緑一色だった田が今は黄色味を帯び、吹き通る風にも、秋の気配が感じられる。息をするのも苦しく、肌にまとわりつくような夏の風とは大違いで、そっと首筋を撫でていった。

十石につき一石一斗の減免が今年限りであるのは、父たちも分かっていた。

秋物成の年貢高の査定を、正徳以前の土免に戻せという百姓たちの願いは、かなえられなかった。しかし、その他の要求はすべて通り、特に夏物成の三分の一への増徴は、元の十分の一に戻されていた。百姓たちの訴訟が好首尾に終わったのは、誰の目にも明らかだった。

父たちが恐れていた大庄屋や庄屋へのお咎めについても、一切沙汰がなかった。

十月初め、入牢(にゅうろう)中だったかつての奉行本庄主計とその配下である久米新蔵に、死罪が申し渡された。この知らせも、郡役所から父の耳に入れられ、直ちに庄屋に伝えられた。

「本庄様の子息の平右衛門(へいえもん)様にも、切腹の命が下った」

父は夕餉の席で庄十郎たちに告げた。「ところが、その平右衛門様はまだ十歳げな。

庄十とさして変わらん」

十歳の子供が切腹をいったいどうやってするのか、庄十郎は息をのむ。いくら親が重罪を犯したからといって、その子も罪を背負わなければならないものだろうか。それも切腹とは。

「もちろん十歳の子供に切腹はできん」

父が首を振る。「十五で元服するまでは、切腹は猶予されるらしか」

「それはそれで、酷な話ですね」

母が嘆息する。「五年間を、死ぬために生きなきゃならんなんて、普通ならできません。考えようによっては、即刻の死罪より酷な刑になります」

「そりゃそうじゃけど、それがお侍の掟じゃろ。侍の子に生まれたからには、覚悟はできとるのかもしれん」

父が言い、庄十郎の真向かいに坐る甚八が唸(うな)る。

「五年間、死ぬために生きるなど、私には到底できまっせん」

「甚八、心配せんでよか。大庄屋は、いくらわしが重罪ばおかしたとしても、子供にまで罪は及ばん。いくら帯刀が許されとるとはいえ、御武家様とは違う」

「甚八、よかったね」

母が兄を慰める。

庄十郎はそれでも胸のつかえが消えなかった。正月が来れば自分は十二歳になる。十五歳で首を斬られるのが分かっていながら、その先の三年間をどうやって生きればいいのだろう。三年間は死と隣合わせの日々だ。その重苦しさに耐えかねて、一刻も早い死を願わないだろうか。自死を選んでも仕方ない気がする。

それとも、三年間の猶予を与えられたのを感謝して日々を楽しく送るだろうか。自分なら、三年後の死が分かっていて、平然と日々を送れそうもない。いっそ死んだほうがましだ。

かつてこの家を訪れた本庄主計奉行の姿を、庄十郎は思い浮かべる。雛祭を終えた頃で、奉行は、夏物成の増徴撤回を告げた。顔には苦渋の色が浮かんでいた。

考えてみれば、夏物成の増徴を決めたのは、奉行ではないはずだ。お殿様が決定されたのに違いはなかろう。にもかかわらず、事ここに至って、奉行とその家来、そして息子に死を賜わるやり方は、どこかおかしい。お殿様は生き永らえて、下の者が切腹させられる。庄十郎はどうしても納得がいかなかった。

十月中旬、どの田でも稲刈りが始まった。

「坊ちゃま、行かれますか」

稲刈りに誘われるようになったのは去年からで、今年は、のぶが呼びに来た。のぶは庄十郎に声はかけても、甚八には声をかけない。大庄屋を継ぐ甚八と、そうではない次男坊の庄十郎とは扱いが違った。

「今年の出来は、よかうちです。百姓たちは喜んで精ば出しとります。十日ばかり大騒ぎして、田を留守にした割には、よか出来です。お天道様に感謝せんといかんですばい」

のぶが言うとおり、どの田にも人が出ている。すれ違った牛の背にはもう、籾のはいったかますが結えつけられていた。

「よか日和(ひより)です」

牛をひく百姓が言い、のぶも「ほんによか日和」と答える。

運ばれた籾は、庭先に広げられた莚の上で日に干される。日和続きは何よりも大切だった。

田では、紋助や利平たち七人の荒使子が働いていた。紋助と利平が鎌で稲を刈り、女たちが刈られた稲を束ねていく。その稲束を運ぶのが庄十郎の仕事だ。

「首に手拭いば巻かんと痛かですよ」

つねに注意され、手拭いを渡される。去年も手拭いは巻いたものの、夕方には、稲束にこすられた肩が真っ赤に腫れ上がった。紋助は手拭いを巻かない。にもかかわらず、日焼けした肩は赤くもならない。紋助の肩の皮そのものが、莚のように固くなっていた。

「庄十様、見ているだけでもよかですよ」

利平がもたもたしている庄十郎に言う。そんなふうに言われると、意地でも働かねばならない。庄十郎は四つの稲束を肩に担ぎ、稲架のある所に運んだ。

「これはこれは。ほんに庄十様、見とるだけでよかとに。あたしたちは、見られとるち思うと、元気が出ますけん」

つねが稲束を受け取り、横木に架ける。

向こうの田では女の荒使子たちが扱き箸を使って稲束をしごいていた。二本の竹の間に乾いた稲束の一部を挟み、何度もしごいて籾を落とすのだ。庄十郎はこれも去年やってみた。力の入れ方が難しく、稲は空しく竹の間をすり抜けるだけだった。

去年は、紋助から鎌を持たされて、稲刈りもしてみた。紋助は稲をすぱっと気持よく、一気に刈り取れるのに、庄十郎は何度も鎌を稲株に当てねばならない。しまいには、稲を握る左手も、鎌を持つ右手も疲れ果て、どうにも力がはいらなくなった。

刈った稲を束ねて数本の稲茎で結んでいくのも、簡単そうに見えて難しかった。結び方を習って、その通りにしてもうまくいかない。結局、庄十郎にできるのは、稲束運びのみだったのだ。

「坊ちゃま、ありがとさん。この調子でいくと、元服の頃には、立派な百姓になれますばい」

のぶが笑いながらおだてる。

いや、到底無理だろう。庄十郎は心の内で首を振る。見渡す田のあちこちに、自分と変わらない年かさの子供がいた。稲刈りを手伝っている子もいれば、稲をまとめて難なく結えつけ、稲束にしている子供もいる。かと思えば、大人顔まけの程の稲束を、両肩にのせて運んでいる子供もいる。

自分にできるのは、読み書き算術くらいだった。しかしそんなものがいったい何の役に立つだろうか。甚八のように大庄屋の跡継ぎならば、父同様、書き付けを読み、日々の出来事を記し、秋物成や夏物成を納める際に、読み書き算術が欠かせない。

のぶや荒使子からは、坊ちゃま、庄十様と言われているものの、これから先、自分がどうやって生きていくのかは、皆目見当がつかなかった。

「坊ちゃま、ほらごらんなっせ」

ぼんやりと突っ立っている庄十郎に、のぶが声をかけた。

「八月に宮地渡しで見た百姓とは大違いでっしょが。どの百姓も下を向いて働いとる。宮地渡しに集まったときの百姓は、鍬や鎌は持っとるばってん、足元は見らんで、前ばっかり見とったでしょうが。足元を見らんときは、百姓であっても、百姓じゃなかとです。百姓は、地面に這いつくばってこそ百姓」

「おっかさんから言われてみると、ほんにそげんですね」

今は扱き箸を使っているつねが相槌をうつ。「稲も麦も豆も辛子も、みんな地面に生えとりますもんね。それとおんなじで、百姓もこうやってしゃがみ、下を向いて働いとります。これで宙ば見とったら、それこそ上の空です」

つねは笑いながら、顔を上げ、手だけで扱き箸を使ってみせる。なるほど全く呆け者の百姓になっていた。

地面に這いつくばるのが百姓なら、長男でない大庄屋の息子には、いったいこの先、どんな世の中が待っているのか、庄十郎は、胸にすきま風がはいり込んでくるような気がした。

稲束を担ぎ、何度も往復するうちに、肩の皮がひりひりしはじめる。稲穂の毛が刺さったのか、それとも照りつける日に負けたのか、顔全体が熱い。おまけに、腰もよろけてくる。

「庄十郎様、少し休んでよかですばい。庄十郎様に倒れられたら、旦那様に言い訳のしようがありまっせん」

利平から言われたのを幸い、庄十郎は稲束担ぎを諦める。しかし休もうと思っても、まさか畦道に腰をおとすわけにもいかない。結局、のぶとつねの傍に寄ってしゃがみ込んだ。

「坊ちゃま、ちょっと休んだら、あそこで扱き落とした稲束ば、まとめてもらうと、助かります」

すかさずのぶから声をかけられた。ちょっと休んでいいと言われた〈ちょっと〉がどのくらいなのか、庄十郎には分からない。第一、荒使子たちがひとり残らず何か仕事をしているのに、自分だけ畦道に腰をおとすのも体裁が悪かった。

女の荒使子たちの周囲には、扱き箸で籾を落とされた稲束が無雑作に山積みになっていた。庄十郎はすぐ立ち上がり、稲束を片づけはじめる。

稲束には、落としそこねた実がまだついているものもある。もったいない気がして、それを手でしごき、稲束を振ってから、新たに積み上げた。

「庄十郎様、そげんしてもらうと、ほんによか」

目ざとく気がついた荒使子が誉めてくれた。

とはいえ、手でしごいているうちに、手の皮が破れ、籾に血がつき出す。左手にかえても、すぐに同じ体(てい)たらくになった。

情なかった。両手が使えない今、まさか口で稲束をしごくわけにもいかず、そのまま稲束を積み並べた。

「籾を年貢で納めたあと、藁だけは、百姓の取り分ですたい。お上も藁には手をつけん」

近づいたのぶが言った。「坊ちゃまも、藁の大切さは知っていなさるじゃろ。縄に大縄、莚に年貢駄(ねこだ)、菰(こも)、草鞋、草履、沓。みんな藁でできとります」

「屋根も、藁がなけりゃ葺けまっせん」

つねが横からつけ加える。「ほんに、この藁がちょっとでも食えると、百姓は助かりますが」

「あんたは、藁餅は食べたこつはなかかの」

のぶがつねに訊いた。

「藁餅ちいうのがあるとですか」

「あるある。ばってん食えたものじゃなか。やっぱ人間は、馬や牛とは体のつくりが違うごたる」

庄十郎も、藁餅は初耳だった。この藁をいくら煮ても茹でても、食べられるようになるとは信じがたい。

「百姓ば支えとるとは、この稲藁と、畑の大根かもしれまっせん」

またのぶが言う。「大根には夏物成もかかりまっせん。余った大根は、漬け物にしたり、干したりして、年がら年中食べられます。大根にもいろいろありますけん、季節季節で畑から絶えるこつはありまっせん。大根は根も葉も食わるる、ほんに百姓の命綱」

のぶは最後のところを歌うようにして言った。

確かにそうだ。食膳に何がしか大根が上らない日はない。

ついこの前は、大根祝いだといって、大根の煮つけや大根葉の塩もみを、嫌というほど食べさせられた。米三分麦七分の飯にも、大根がはいっていたくらいだ。その日は、荒使子たちも、縄ないや莚編みの夜業は休みらしかった。その翌朝は、麦粉と百合根で練っただんご入りの大根雑炊が出た。それはそれで、庄十郎には珍しかったが、大根の小切り鍋も、食べたのを思い出す。鍋一杯に、細かく切った大根がはいり、そこに米粉がはいり、蕎麦の芽花が散らしてあった。これも珍しいので食べられたものの、毎日は勘弁してもらいたかった。

日が高くなるにつれ、首筋がじりじりと痛くなった。痛いのは首筋だけでない。肘から指の先までも痛い。稲藁負けだった。

痛みに加えて喉も渇き、唾も出なくなった頃に、母と千代がやって来た。母は鍋と水桶をぶらさげ、千代も小さな木桶を持たされていた。

鍋の中味は、切り干し大根の煮しめだった。母のひと声で骨休めになり、荒使子たちが莚の上に車座になった。母が長箸で小皿に取り分けて配る。

「奥様の煮しめは、おいしかですけんね」

のぶが煮しめを指でつまみ、口に入れる。

「元はといえば、のぶから教わったもんでしょ。それこそ屋根葺きどんの手誉め、ですよ」

母が答えて大笑いになる。

城島町から嫁入ったとき、母はまだ十七か十八で、料理もさして上手ではなかったはずだ。姑はもう亡くなっており、料理万端を教えたのは、のぶだったと聞いている。

庄十郎も大根を口に入れる。腹が減っているためか、いつもよりおいしく感じる。千代が運んできた木桶の水も、竹杓子で口に含む。渇いた喉に沁み入った。

「庄十郎様がよう働かれました」

つねが母に報告する。さして手助けにもならなかった庄十郎は恐縮するしかない。

「庄十も、少しは野良仕事の大変さが分かったろ。指に血がついとるじゃなかね」

「痛くはなかです」

庄十郎は手をひっこめる。

「すんまっせん。庄十郎様に稲束をしごかせたからでっしょ」

つねが謝った。

「そんくらい、よか苦労」

母は頓着しない。

母と千代が帰るのを幸いに、庄十郎は空になった鍋と水桶を手にした。

「庄十、よう働いたの」

道すがら、母が誉めてくれる。

「あんまり加勢にならず、足手まといになりました」

庄十郎は正直に答える。

「そげなこつはなか。庄十があそこにおっただけで、荒使子たちは精が出る。誰かが見とるのと見とらんのとでは、きつさが違うとよ。庄十も、手習いばするとき、千代が傍におるのとおらんのとでは、張り合いが違うじゃろ。千代がおると、張り切る気持になる。そげなもんたい」

なるほど、そうかもしれなかった。「ちょっとは百姓の大変さが分かったろう。百姓の仕事はできんでも、百姓の辛さが分かっとるのと、分かっとらんのとでは、雲泥の差がある。こん先も、暇なときは荒使子と一緒に田畑に出るとよか。納屋での夜業も手伝うとよかじゃろ」

家に帰りつくと、五、六人の庄屋が集まっていた。吹上村の老庄屋や干潟村の若庄屋もいた。父は各村でとりまとめる年貢高を記録している。郡役所に提出するためだった。

六、七日の間に稲刈りが終わり、庭一杯に籾が干された。乾いた籾はもみすりにかけられる。

納屋にはいると、紋助と利平が木臼につけた綱を引き合って、木臼を回していた。のぶが木臼の上から籾を注ぎ込む。臼の間でこすれた籾は、玄米と籾殻に分かれて出てくる。それを庭先に運ぶのはつねだ。

つねは、玄米と籾殻の混じったものを箕に入れ、頭の上にかかげ、少しずつ莚の上に落としていく。ちょうどいい具合いに、風が籾殻を吹き飛ばし、玄米だけが真下に落ちた。

下に溜まった玄米を、庄十郎は別の箕に集める。

集められた玄米は枡で計られて、米俵に詰められた。

幸い晴天続きで、荒使子たちは日の出前から働き出し、日暮れまで働き続けた。

どの村にも、米俵を保管する郷倉(ごうぐら)がある。郡方役人が大庄屋の家に来るのは、村々の郷倉が一杯になった頃で、父と一緒に村々をまわり、米俵の良し悪し、中に詰められた玄米の良し悪しを点検した。

米俵の質が悪ければ、郡方役人は庄屋に命じて、新しい米俵に詰め替えさせる。宝満川の稲吉堰の下にある公蔵(こうぐら)に運ぶのに、米俵が破れては元も子もなくなる。公蔵に保管された米俵は、舟で下流に運ばれ、さらに筑後川に出、城下にある公儀の蔵に納められるのだ。

郡方役人は、竹筒を米俵に刺し込んで、中味の玄米の良し悪しも吟味する。屑米(くずまい)が多くて上納不可と決まれば、郷倉にある米俵全部が詰め直しになる。そうなれば、村人たちは数日、夜を日に継いで選米と俵詰めをやり直さねばならない。それが戻り米だった。

「今年は、どうやら戻り米はなかごたる」

夕餉の席で、いかにも疲れたという顔で父が言った。

「それは、よござぃました」

母が労をねぎらう。「やっぱ、十石あたり一石一斗の減免が効いたとでっしょ。あの稲次様の御英断に感謝する気持が働いたのではなかでしょうか」

「稲次様に、お殿様のお咎めはなかったとですね」

訊いたのは甚八だった。

「なかった。お咎めどころか、稲次様は、お殿様に隠居を勧めらっしゃったごたる」

「隠居ですか」

驚いたのは母だった。

「ほら、御家中の間で、世継ぎ争いがあっとったのは、お前も知っとろ。もともと世子は則昌様じゃけな。ところが八年前、側室に宅之進様が生まれると、お殿様の溺愛はそっちに移った。今回死罪を言い渡された惣奉行本庄様と小姓組頭の久米様は、お殿様の意向ばくんで、宅之進様を世継ぎに立てようと画策しておられた。稲次様をはじめとする御家老様たちは、もちろん、それには反対されとった。あくまで長幼の序が大切で、もしまだ幼い宅之進様が世継ぎになられたら、則昌様が黙っておられるはずがない。お家騒動が起こるのは必至だと、お殿様に諫言しておられた。それがこの機に至って、一気に決着がついたとじゃろ」

「とはいえ、お殿様ご自身も、隠居まで考えなさらんでもよかでしょうに」

母が言う。庄十郎は息を詰めて、父母のやりとりに耳を澄ました。

「お殿様も、今回のこつで、嫌気がさしたのじゃなかかと、わしは思う。もともと乞われてこの久留米の領主となり、あれこれ新しかこつば始めたとに、こげな結果になって、前に進む気力ば失くさっしゃったのじゃろ。側近たちは死罪、家老たちの心はもう自分から離れてしまっとる。それば考えると、もう身を退いたほうがよか。あとは野となれ山となれ、の心境かもしれん」

「そうすると、世子の則昌様のご苦労もこれから先、並大抵じゃなかですね。今、ちょうど元服なされた齢ぐらいでっしょ」

「十五歳になられる。ま、九歳の宅之進様よりは、世の中のこつが分かっておられるのじゃなかか。特に算術には長けておられるらしか」

「算術でございますか」

甚八が父に確かめる。

「在府しておられるとき、江戸の算術の大家に弟子入りされて、門弟の中でも三本の指にはいる才能だと、目されておられるらしか。よほど聡明なんじゃろな」

「そりゃ心強かですね」

甚八が言った。

「ばってん、聡明なだけじゃ国ば治められん」

父がたしなめ、汁椀を口にしてから言葉を継ぐ。「本庄様と久米様のご両人は、切腹なされたちいうことじゃ」

「そうでございますか」

母が暗い顔で頷く。「それで、このたびの一件は落着ちいうこつですね」

「そげん考えてよかろ」

「そしたら、百姓が勝ったとですね」

甚八が父に訊いた。

「そげん言えるじゃろ。百姓側にひとりも処分者は出とらん。庄屋も大庄屋も安泰。ご家中ではお二人が切腹。百姓たちが訴訟を起こしとった諸々のこつは、ひとつをのぞいてすべて認められた。年貢の取り立ての仕組みば、正徳以前に戻すこつだけは通らんじゃった。その代わり、今年の年貢は十石につき一石一斗の減免じゃけ、百姓はひと息つける」

父の言葉を母や甚八、千代がじっと聞いている間、庄十郎は、切腹した本庄惣奉行の子息を思い浮かべていた。残された自分の命は五年であり、決してそれ以上の長さにはならないのだ。

「庄十、どうした。食べんのか」

父から言われて、庄十郎は我に返り、箸を手にした。

第二章　疱瘡

有馬第六代のお殿様が隠居され、世子である則昌様が跡を継がれ、七代領主頼徸様となられたのは、大騒動の年が改まった享保十四年（一七二九）七月だった。

代が変わったとはいえ、村の生活は百年一日の如く変化がない。田の仕事が少ない二月、荒使子たちは、納屋での藁仕事に精を出す。前夜遅くまで打った藁は、納屋の隅に積まれている。紋助と利平は三番鶏が鳴くと同時に起きていて、庄十郎が井戸端で顔を洗う頃には、仕事の真っ最中だった。

紋助が莚と蓑を編んでいる隣で、利平は縄をなっている。縄にも大中小があり、小縄のほうはもう出来上がり、壁際に丸められている。脇には、前の晩に編んだに違いない草鞋が十足ばかり、壁掛けされていた。

「庄十様、よかとこに来らっしゃった。ちょっとそこの藁、ここに運んで下さらんか」

莚編み機の前にどっかりと腰をおろしている紋助が言った。わざわざ立ち上がって藁を取りに行くのも面倒なのだ。

庄十郎は、打たれて柔らかくなった藁を両手で抱え、紋助の傍に置く。

「庄十様、ついでにこっちにも、置いて下され」

利平からも言いつけられ、また藁を置きに行く。

藁は、稲刈りをしたときと違って、手になじむくらいに柔らかい。ここまで柔らかくするのがひと仕事だとは、庄十郎も身に沁みて知っている。

一度、紋助に頼まれて、藁打ちを手伝った。木臼の上に庄十郎が藁を置き、紋助が上から木槌を振りおろす。藁は穂先から株元まで、満遍なく打たねばならない。紋助が木槌を振り上げる間に、藁の束を微妙にずらす按配がむつかしい。そのうえ、頃合いを見てひっくり返さねばならない。紋助が手加減してくれたおかげで、何とか十束を打ちおおせたときには、緊張で汗だくになっていた。

そのあと、紋助の音頭取りで、木槌を振りおろしてみた。餅つきの要領ですと言われたものの、餅と藁では手ごたえが違う。ちょっと手をぬくと木槌が斜にかしいで、空打ちになった。

利平が今やっている縄ないなど、初めから無理だと庄十郎は諦めている。両方の手の平だけで、よくあんな器用なことができると感心する。藁が一本一本次々と継ぎ足され、撚っているうちに、縄ができあがっていく。縄の太さはどこまでも均一だった。

紋助がやっている莚編みも、見よう見真似でやらされたことがある。小縄が縦に通された筬を使い、縦縄の間に交互に入れた藁を、下に押しつけるだけの仕事なのに、全くはかどらない。縦縄の間に藁を入れ込むのがむつかしく、穂先と株元を揃えるのにも要領がいる。筬を一気に押し下げるときも、ぐっと力を入れなければならない。わずか一寸（約三・〇三センチメートル）幅を編み終えるだけで、音を上げた。

「この莚、何年か先にぼろぼろになったときも、役に立ちます。ほら土壁を塗る際に使う苆藁にするとです」

　そのとき紋助がしみじみ言った。「ほんに藁は、最後まで物の精ば尽くしてくれます。藁を焼いたら、それこそ笑われます。古莚は裁断して苆藁にするなら、古縄は肥溜めに放り込んで肥やしにする。古草鞋は、風呂焚きに使ってもよか。牛馬の餌になった藁は、牛糞や馬糞になって、畑の肥やしになるでっしょ。腹を空かし、地に這いつくばってでも百姓が生きらるるとは、藁のおかげですばい」

　籾をしごいたあとの藁など、無用の物と思っていただけに、庄十郎は深く納得した。

　納屋の隅には、宝満川で採った真菰も積み上げられている。これもいずれ菰編みに使うためだ。

「今日は天気がよかけ、種籾ば干そうと思っとります」

　利平が庄十郎に声をかける。

「去年は田植えば手伝うてもらいましたな」

　紋助も言う。

「今年も豊作になるとよかね」

庄十郎は何気なく口にする。騒動のあった昨年の稲の出来は、平年よりはちょっとましだったと聞いていた。

「それぱっかりは神頼みですたい。このところ、よか出来が二年も三年も続いたこつはなかです。今年が豊作なら来年は凶作、去年が豊作なら今年は凶作。ほんに、禍福は糾える縄の如しとは、よく言ったもんです」

利平が縄をなう手に、ぺっと唾を吐きかけた。

三月の声を聞くと同時に田打ちが始まった。四月の雨を待って、苗代田を作るかたわら、他の田でも田植えの準備をする。

苗代田が出来上がると、水を入れ、鍬でかいて田の土を引き起こす。馬に鋤を引かせて荒くれ掻きをしたあとは、人の手でならす。牛糞を撒き散らし、水が澄むのを待って、浮いた藁屑を捨て去る。そこに川に浸した種籾を蒔けば、あとは雨を待つだけになる。

紋助も利平も、このところ空ばかり眺めている。ところが一向に空が曇る気配はなく、来る日も来る日も日の光が頭にふりそそいだ。

「この二、三日で雨にならんこつには、四、五日前に苗代田にかけた水肥が仇になります。肥料も、雨で薄まってこそのもんですけん」

紋助が天を仰いで言う。

「苗の気色が悪かけん、普通なら、ここで麻の実ば砕いて粉にしたものを撒くとですが、雨が降らんこつには、それもできまっせん」

利平も恨めし気に空を見上げた。

四月にはいってすぐ、吹上村の老庄屋以下七、八人の庄屋が父を訪ねて来た。その中には干潟村の若庄屋の姿もあった。

「今年の雨乞いは大がかりなものになる」

庄屋たちが帰ったあと、父が荒使子（あらしこ）たちを集めて言った。「佐ノ古の大神宮から宝満川ば渡って、大保の御勢大霊石（みせたいれいせき）神社まで、雨地蔵ば担いで行くげな。こげな大がかりな雨乞いは、わしの知る限りなか」

「大霊石神社には、もう話はついとるでしょうか」

母が心配気に訊（き）く。

「そこはもう庄屋同士で話はすんどる。雨が欲しかとは、宝満川のこっち側も向こう側も、同じこつ。お前も千代ば連れて見物するとよか」

「私も行ってよかでっしょか」

庄十郎が訊く。

「よかよか。見物人は多ければ多かほど、霊験あらたかになる。甚八も一緒に行け」

庄十郎は宝満川までは何度も行っていた。しかし対岸にはまだ上がったことはない。

対岸の大保村にある神社は遠望しただけだ。田の広がる中に、そこだけがこんもりとした鎮守の森になっている。うっそうと繁っているのは大楠に違いなく、社殿などは覆いつくされて全く見えなかった。

翌日、庄十郎と甚八は、蓑を着せられた。父と荒使子たちも同様で、荒使子たちはさらに縄を頭に結びつけている。縄には細竹がぐるりと差し込まれ、ちょっと見には竹の冠のように見える。

母と千代は晴れ着に着替えている。

連れ立って佐ノ古大神宮に向かううちに、他の村人も合流して来る。どの百姓も細竹を頭にかざし、蓑をつけているのは同じだ。中には太鼓を手にしている村人もいる。大神宮の境内には、もう近辺の村の百姓たちが集まっていた。その数は百人を優に超え、二百人近くはいるだろう。全員が白い面をつけている村もある。そのうちのひとりが庄十郎たちに近づいて、さっと面を取る。干潟村の若庄屋だった。

「久方ぶりに、雨乞い面をかぶりました」

若庄屋が笑う。干潟村の雨乞い面は、頬に紅が薄く塗られ、どこか滑稽だ。

吹上村の老庄屋が引き連れている村人は、三人にひとりが小太鼓を手にしていた。

「うちの村も、久方ぶりに太鼓ば出して来ました」

太鼓を手にしていない村人は、竹を裂いたささらを両手に持っている。左右のささらを打ち合わせると、じゃじゃらじゃじゃじゃらと音がする。

「ほら、雨の音ですたい」

村人が庄十郎たちに音をたててみせた。

「雨の音とともに、この太鼓ば鳴らします」

別の村人が太鼓を手で叩く。「はよ、雨ば、くだされ、どんどん、というわけですたい」

そういえば、干潟村の百姓たちがかぶっている面も、眉が丸く、目の縁取りもまん丸だ。上を向くと、ぎょろぎょろした目で、雨が降ってくるのを待つ顔になる。村人の中には、面を額の上に押し上げている者もいて、なおさら天からの雨を待っている恰好に見える。

どうやら各村に、少しずつ違った雨乞いの小道具があるらしかった。

正装した大神宮の神官が社殿の上に立った瞬間、騒がしかった境内が静まり返る。集まった百姓たちが一斉に頭を垂れ、神官が御幣を振る。すると奥の祭壇から、白装束の男たち四人が飛び出した。子供の大きさほどの石像をかかえている。

「雨地蔵様だ」

誰かが叫ぶ。雨乞い行事はこれまで二、三度見た庄十郎も、雨地蔵を眼にするのは初めてだ。

雨地蔵を抱えて社殿から降りた四人は、神官に向き直って頭を上げた。神官は、無事に行って来いというように、再び御幣を大きく振った。
その雨地蔵を先頭にして、村人たちが参道を歩みはじめる。太鼓が鳴り、ささらの音が重なる。面をつけた干潟村の男たちは、手を頭の上にかざし、踊りながら歩く。

〽降らっしゃれ　降らっしゃれ
降らっしゃれば　さあさあさあさあ
米飯百膳捧(ささ)げます

〽降らっしゃれ　降らっしゃれ
降らっしゃれば　さあさあさあさあ
麦飯百膳捧げます

〽降らっしゃれ　降らっしゃれ
降らっしゃれば　さあさあさあさあ
辛子(からし)百樽(たる)捧げます

〽降らっしゃれ　降らっしゃれ
降らっしゃれば　ざあざあざあ
おなご百人　べべ脱いで
裸踊りば捧げます

〽降らっしゃれ　降らっしゃれ
降らっしゃれば　ざあざあざあざあ
おとこ百人　褌(へこ)とって
裸踊りば捧げます

〽降らっしゃれ　降らっしゃれ
降らっしゃれ　降らっしゃれ
さあさあさあさあ　ざあざあざあざあ
日照り続きは　百姓殺し
百姓殺しは　国殺し
ほんにこの世は　闇になる
降らっしゃれ　降らっしゃれ

降らっしゃれ　降らっしゃれ

さあさあさあさあ　ざあざあざあざあ

干潟村の男女が歌って踊り進むうちに、唄の文句は庄十郎もいつの間にか覚えてしまう。

〈おなご百人　べべ脱いで〉というところで、千代と母が顔を見合わせて笑う。〈おとこ百人　褌とって〉の箇所で、庄十郎も思わず笑ってしまう。本当に雨が降ったら、干潟村の百姓たちは、庄屋の庭に集まり、こぞって裸踊りをしなければならないのだ。

行く手に宝満川の土手が見えていた。橋は上流にしかかっていないので、行列は川の中にはいって渡るつもりだ。

庄十郎も父や甚八とともに土手に上がって、後ろを振り向く。近在の村から集まった人の数は、前と後ろを合わせて五百人以上はいる。それぞれが〈降らっしゃれ〉の唄を口にしているので、騒がしい。頭にかざした竹が揺れて賑(にぎ)やかしい。頭から天に向かって立っている竹が、雨を降らせと叫んでいるようにも見える。

宝満川の水かさが少なくなっていた。両岸に砂浜ができている。先頭の男たちは砂浜を過ぎて、もう川の中にはいっていた。

「わたしと千代は、ここで見送りますけん」

母が父に告げた。

「私もここから雨乞いばさせてもらいます」

甚八もすかさず言った。

「そんなら、おっかさんと千代ば頼んどくぞ」

仕方ないという顔で父が応じた。

庄十郎は、向こう岸まで渡るつもりだった。水は胸元までくるだろうが、濡れた着物も、この日照りの下ならすぐ乾く。

土手上でとどまる村人は、女と子供、そして年寄りが大部分だった。川渡りをする子供は、庄十郎の他はいない。

土手を下り、砂浜の上を歩く。雨地蔵は今は二人に担がれて川の中だ。

「庄十、わしの帯をしっかり握っとれ」

父が言い、川に足を浸した。

「あっしもお供ばします」

いつの間にか、吹上村の老庄屋が後ろについていた。

「よいさ、よいさ」

前を行く男二人が声を上げ、雨地蔵を上下させる。雨地蔵は首まで水に浸ったかと思うと、水面上に高々と持ち上げられる。

「雨地蔵ば川の水で濡らして、雨ば呼び込むとです」

老庄屋が庄十郎に説明する。

周囲の村人たちが、雨地蔵に向かって盛んに水かけを始める。地蔵を担ぐ二人の顔も、今はずぶ濡れだった。

水深が次第に深くなり、庄十郎は父の帯を握りしめる。

既に向こう岸に上がっていた干潟村の村人たちが、〈降らっしゃれ〉を歌い、踊りはじめていた。何人かは、濡れた褌をはずして、手で絞りながら踊っている。それを見て、女たちの何人かも、襦袢（じゅばん）を脱ぎ出す。中には腰巻まではずして絞っている者もいた。

「こりゃ傑作、〈降らっしゃれ〉そんままですたい」

老庄屋が指さして笑った。

「ここまで裸になられちゃ、雨も降らんわけにはいかんじゃろ」

男の一物を堂々と出して、褌を絞っていた背の高い男は、干潟村の若庄屋だった。褌を締め直したあと、面を額に押し上げ、平気な顔で踊りの列に加わる。

「庄十、着物を脱いだほうがよか」

砂地に上がると、父が言った。褌もつけていないので、単衣（ひとえ）を脱ぐと裸だ。

「庄十殿、ほら前ば隠しなされ」

傍から、面を差し出したのは、干潟村の若庄屋だった。庄屋が額につけていた面で前を隠すのは、気が引けるものの、丸出しよりはましだった。

庄十郎が面で前を隠すと、女たちから笑い声が起こった。

「庄十様、似合いますばい」

「そんまま、踊らっしゃるとよか」

女たちから勝手なことを言われ、庄十郎の顔は真っ赤だ。その間に、父と干潟村の庄屋が二人がかりで着物を絞った。

「庄十様の恰好で、もう大雨は間違いなか」

また誰かが言い、みんなが笑う。

絞られた着物は、ずぶ濡れよりはましだった。干潟村の若庄屋は、庄十郎が返した面を、平気な顔で頭にくくりつけた。

水に濡れた体はどこかすがすがしい。他の村人たちも同じらしく、力を得たように太鼓とささらを鳴らし、〈降らっしゃれ〉の音頭をとっている。

前方の樹木の間に大霊石神社の社殿が見え隠れする。境内からどよめきのような声が上がっていた。鉦鼓を叩くような音も交じっている。ざわめきを耳にして、雨地蔵を先頭にしたこちらの行列も勢いづく。

「こげな大がかりな雨乞いは、前代未聞でっしょ。大神宮の神様も大霊石神社の神様も、たまげてあるでしょうな」

吹上村の老庄屋が言う。

「大霊石神社は、松崎の殿様が大がかりな改修ばされたとでしたな」

父が確かめる。

「そげんです。有馬第二代領主瓊林院様の養子だったお方で、瓊林院様に実子ができたので、松崎の領主として分家されとります。偉いお方で、松崎宿ば整備させて、筑前街道にかわる新しか松崎街道を造られとります」

そのあたりのいきさつは、庄十郎ものぶから聞いたような気がする。

神社から三人の男が飛び出して来た。父たちに頭を下げ、雨地蔵を迎える。何と菅笠をかぶり、蓑を背につけ、単衣の裾をからげている。足は草鞋に脚絆で、雨降りの中での田植え姿だ。鉦鼓を槌で打ち鳴らしながら一行を先導する。

神社の脇を通って正面の鳥居に向かった。

左側に、うっそうと繁る楠の大木が何本も見えた。銅板葺きの屋根がそり返った社殿が美しい。人がひしめく境内から鉦鼓の音がやかましく響く。

村中にはいると、家々の前に年寄りと子供、女たちが出ていた。柄杓で木桶の水をぶちまける。道を祓い清めるためだろうが、水は容赦なく頭の上にもかかるようになった。

行列の中に子供がいるのが珍しいのか、桶の水は、庄十郎めがけて振りかかる。再び濡れ鼠になった。

「こりゃ、絞った着物が、迎え水になりましたな。こんまま迎え雨になれば、それこそ願ってもないこつ」

顔にかかった水しぶきを手で拭いながら、吹上村の老庄屋が言う。

「こん道が横隈街道でっしょ」

「そげんです。松崎宿ができる前は、こん道ば通って横隈宿に行っとりました」

干潟村の若庄屋に訊かれて老庄屋が答える。

その広い道を一町ほど行くと参道の前に出た。

雨地蔵を先頭に庄十郎たちは石の大鳥居をくぐった。

「大霊石神社にお参りするのは、子供のとき以来です」

若庄屋が父に言うのを、庄十郎は耳にとめた。庄屋にとってもここに来るのが稀ならば、もう自分は、これが最後になるのかもしれない。顔の水しぶきを拭って、庄十郎は前方に眼をこらした。

長い参道がまっすぐ延び、左右はうっそうとした木立だ。参道を遮るように池があり、石の太鼓橋がかかり、第二の鳥居の先に楼門がそびえている。

楼門の手前と奥の広い境内が、村人たちで埋めつくされていた。ほとんど全員が菅笠と蓑を身につけている。

「こりゃ、まるで戦場のごたるですな」

吹上村の老庄屋が感激の声を上げて父を見る。「この神社、創建は神功皇后二年と聞いとります。となると、もう千五百年の歴史でっしょか。長か歴史のなかでも、こげな大がかりな雨乞いは初めてじゃなかですか」

「こげんして集まると、雨神も知らんふりはできんでっしょ」

父が応じた。

静かなのは池の水面だけだ。周囲には柳や桜、樫が植えられ、池の面に影をおとしている。左側の池には、小さな祠をいただく中の島があった。

人の波が四、五列になって太鼓橋を渡り始めると、前方の人垣が左右に分かれ、鉦鼓や小太鼓が叩かれた。雨地蔵を担ぐ四人が池の中にはいる。太鼓橋の上にいた干潟村の村人たちが太鼓とささらを叩き鳴らす。四人は胸元までの水につかりながら、地蔵を上下させた。雨地蔵の足が見えたかと思うと、今度は首まで沈められる。雨地蔵を上下させながら、中の島を一周した。

岸に上がると、一斉に拍手が起こった。地蔵を先頭に、庄十郎たちは前に進む。第二の鳥居をくぐり、楼門の下を通り抜けた。楼門の上にいる男たちが、一斉に太鼓を打ち鳴らす。右側に社務所が見え、左側にも社や祠が並んでいた。

「こっちの左の社が、仲哀天皇を祀ったもんです」

吹上村の老庄屋が干潟村の若庄屋に説明する。「熊襲征伐の途中で亡くなられ、その后である神功皇后が、霊石ばここに置かれたこつになっとります。それが大霊石で、神社の名はそこから来とります。あそこに見えるとがそれです」

庄屋が指さしたものの、庄十郎には、村人たちの菅笠に遮られて見えない。

正面の社殿は見上げるほどに高く、大きかった。正面に掛けられた注連縄は、人の胴ほどの太さだ。大保村の庄屋だろうか、前に進み出て父に挨拶をし、社殿に上がるように勧めた。

「こっちは倅の庄十です。一緒に上がってよかでっしょか」

「どうぞ上がって下され。ここの神さんは、子供好きで有名です。村の子供たちは、境内を走り、木に登り、池で泳ぎば覚えるとです」

笠と蓑を脱いだ白髪頭の庄屋が、庄十郎の手を取ってくれた。

社殿に上がったのは、庄十郎を含めて父と庄屋たち、そして雨地蔵を担ぐ四人だった。社殿奥の薄暗い中に祭壇が見えた。手前の御堂の天井は高く、格子状になった一区画毎に、草木の絵が鮮やかに描かれている。庄十郎が驚いたのは、懸けられた絵馬の大きさだ。一間真四角のもあれば、一間と二間の横長の絵馬もある。描かれているのは、白い馬に乗った昔の貴人だったり、絵図面だったり、風神だったりする。

父から袖をひかれて、庄十郎は社殿の奥に眼をやる。

祭壇の前に白い物が置かれていると思っていたのは、うずくまっている神官だった。

ろうそくの細い光で、肩がわずかに動くのが見分けられた。

神官は長い間、祝詞をあげていたのに違いない。境内が少しずつ静かになっていくに従って、祝詞の低い声がようやく耳に届く。

庄十郎に聞き分けられるのは、「天津神の御言」「天の下の四方の国」といった言葉のみで、ところどころ、「聞き給え」や「見給え」が挿入された。

神官が立ち上がり、一礼をし振り向く。御幣を手にしてこちらに歩み寄り、庄十郎たちの頭上で御幣を二度、三度揺らした。神官の仕草を見ていた庄十郎は、庄屋たちが頭を垂れているのに気がつき、慌てて下を向く。

神官は御堂の先の回廊まで進んだ。境内の村人たちに一礼をして、御幣を左右に大きく振った。

あれだけ騒がしかった境内が静まり、御幣の紙がこすれる音さえも聞こえる。

正面の祭壇と、その前に置かれた雨地蔵に向かって、神官が深々とお辞儀をする。

静寂の中で低い音がしていた。扉の軋む音のようでもあり、板敷の下の地鳴りのようでもある。庄十郎はしばらくの間、その音がどこから発せられているのか分からなかった。

父や庄屋たちは、おごそかな表情をくずさない。地鳴りをじっと聞いているようである。

その地鳴りがわずかに大きくなったとき、庄十郎は初めてそれが人の声だと気がつく。低い唸りの中に、「天翔り国翔りて」「豊葦原の水穂国」が交じっていたからだ。神官の口と喉が微かに動いていた。呟くような低い声なのに、力がこもっている。発せられる声が少しずつ大きくなっていく。

今は庄十郎の耳にも、はっきりと祝詞だと分かる。とはいえ聞き分けられる言葉は、あくまで断片でしかない。

神官は身じろぎもせず、低い声のみに全身の力をこめている。両手に笏を持ち、上体を心持ち傾けたままの姿勢だ。

声は、境内に轟くほど大きくなっていた。いったい神官のどこから、祝詞の言葉が出てくるのか、小柄な体のどこに声の力が備わっているのか。庄十郎は気圧されて神官を凝視する。

腹の底から絞り出すような神官の声は、今は社殿を満たし、境内に溢れ出していく。

――彼方の石川の渡、此方の石川の渡に、生い立てる若水沼間の、宇都志国の水を、天都水と成し、天の八井出でまし、この四月、皇神の御前に天下の百姓諸々集い侍りて、皇大御神の広前に平伏し、天の御蔭、日の御蔭を願い奉り、青雲のたなびく極み、白雲の向伏す限り、大野原に生える百々の物、稲、麦、辛子菜、甘菜、悪しき風、熱き風に立ち向かいて、立ち成らすべく、夜を日に継ぎ、手足に血を流し、額に汗し、空き腹をこらえ、御寿の神宝献るべく、生き永らえておれば、八百万の神等を神集いに集い賜い、神議りに議り賜いて、禍災を除かんことを、恐み恐みも白す。

祝詞が終わりに近づくにつれ、神官の声は、腹から破れ出たように大きくなり、最後には大音声になった。言い終えると肩で静かに息をしながら、ゆっくりと一礼をし、庄十郎たちもそれにならう。庄十郎がちょこんと頭を上げても、父たちはまだ頭を下げている。神官がまだ頭を下げているからだ。

ようやく神官が上体を起こし息を吸う。祝詞はまだ終わっていなかった。

「雨を賜われ、雨を降らし給え、雨を賜われ、雨を降らし給え」

同じ文句が大音声で繰り返される。声は社殿全体に満ち満ち、回廊から溢れ出し、境内の隅々にまで行き渡った。村人たちは、その声の下で一様に頭を下げている。

「雨を賜われ、雨を降らし給え」が五十回は繰り返されただろうか。ようやく神官の声が掠れはじめていた。

「雨を降らし賜われと、謹みて請い奉りて、恐み恐みも白す」

神官が深々と拝礼をする。庄十郎も頭を下げて、神官の白足袋を見つめる。

人間がここまで大声を上げ続けられるのを見聞きしたのは、これが初めてだった。老神官がありったけの声をふり絞って願った雨乞いを、神様が聞き入れないはずがない。そう庄十郎は確信する。

背中を父に叩かれ、庄十郎は頭を上げた。全員がもう居住いを正していて、庄屋たちが笑顔を庄十郎に向けていた。神官までが目を細めてこっちを見ているので、庄十郎は思わず首をすくめた。

「これで式次第は終わり申した」

神官が掠れ声で父たちに告げる。目配せをして雨地蔵を担がせ、一同が御堂から降りるのを見守った。

「これから雨乞い相撲をしますけん、力自慢の者ば出して下さい」

大保村の庄屋が、夢から覚めたような顔で言った。

待ち望んだ雨はすぐには降らず、五月の声とともに降り出した。例年よりは多少遅れたものの、田植えはこれで何とかやりおおせそうだった。

軒からしとどに垂れる雨を見ながら、やはりあの神官の声が天まで届いたのだと、庄十郎は思った。

しかしこの年、八月には大風が吹き、稲が押し倒され、その直後に大雨となった。根腐れの田があちこちに出て、もはや平年並みの収穫は望み薄とされた。

天の恵みは長続きしない。庄十郎は雨乞い祭の力強さを思い出しながら思った。

とはいえ、秋の収穫は大凶作にはならず、例年の七分くらいには持ち直していた。

年が明けて享保十五年、今年こそは平年作をと祈っていた父たちの願いは、四月になって裏切られた。

大風が吹いたあと、前年の春とは打って変わって雨続きになった。縦横に走る溝が降った雨をさばききれず、稲田は冠水した。発芽して半尺近く伸びていた苗は、一様に腐った。既に田植えを終えていた早稲田（わせだ）の苗も、まるで人が溺れかけているように、苗先を一寸か半寸出し、助けを乞うている。紋助や利平は、白々と水の張った田を眺めて溜息（ためいき）をついた。

「まさか、去年の雨乞い祭の倍返しば、雨地蔵様がさっしゃったとじゃなかろうな」

紋助が恨めし気に言う。

「そうかもしれまっせん。祭があんまり大がかりじゃったけん、雨地蔵さんも大霊石神社の神様も、奮発さっしゃったのでっしょ」

利平が諦め顔で応じる。

「地蔵さんも神様も、融通のきかんこつばさっしゃる。このままいくと、大麦も小麦も、実がならん。稲苗も育たん、麦も実らんじゃ、百姓は笹の実ば食わにゃならん」

「笹の勢いは、どの村でもすごかごたるです。秋には、よか実が採れるとじゃなかでっしょか」

「馬鹿たれ、笹の実で年貢ば納めらるるか。腹の足しにもならん」

紋助が一蹴した。

庄十郎も笹の実は食べた覚えがある。白くて歯ごたえがあり、蒸し上げた米に似ていた。

「兎にも角にも、ここは雨人ば作って、軒下に吊るしときまっしょ」

利平が言い、庄十郎を伴って納屋にはいった。

「雨人ばこしらえるときには、願いば込めんといかんです。庄十様も、ちょっと加勢して下され」

雨人形づくりは、何年か前に手伝った思い出がある。作ったのは紋助で、あれよあれよという間に藁を束ね、頭や胴体、手足が出来上がった。庄十郎の仕事といえば、胴体を縛る際に、縄の端を引っ張ったくらいだ。

「庄十様は、腰蓑ば作って下され。縄目に藁ば通すだけでよかです」

利平が縄を手渡す。庄十郎は莚の上に腰をおろす。納屋に出入りするうちに、藁の匂いが好きになっていた。藁は確かに食えない。しかし藁があれば、腹を空かし、地に這いつくばってでも、百姓は生きていかれる——。そんな紋助の言葉も覚えている。乾いた暖かみのある匂いに包まれていると、庄十郎でさえも気持がほぐれる。

藁を一本手に取り、縄の目を緩めて、あいた隙間に差し込む。腰蓑なので、藁の先がそれらしくなるように、引っ張り上げた。

「庄十郎様、藁は初手から、ちょうどよか長さに切っとくとよかです。あそこに藁切りがあるでっしょが」

なるほどそうだった。一束を持って、藁切り台まで行く。利平たちが、牛馬に与える藁を切っていたのは、何度も見ている。ざくざくと見事に切れるさまが、傍目（はため）にも気持よかった。

とはいえ、自分で切るのは初めてだ。今までは、大きな刃物が恐く、近づくのがはばかられた。

「研いでいますけん、よう切れます。指ば切らんごつ用心して下され」

そう言われても、どんな具合いに用心するのかが分からない。ともあれ、おずおずと藁束を下刃の上に置く。上の刃を、これまたおずおずと押し下げた。しかし藁束に刃は食い込まず、はじき返された。束が大きすぎたのだと気づき、半分にして置き直す。今度はひと息に力を入れて上刃を押し下げた。ざくっと音をたてて、藁はまっ二つに切れた。何とも快い音だ。残りの藁も、思い切りよく切ってみる。爽快さが癖になりそうだ。しかしこれを一日続けろと言われれば、半時もしないうちに音を上げるのは分かっていた。

「指は切らんじゃったですね」

利平が笑いながら言う。庄十郎が藁切りをしている間に、利平はもう胴体を作り終え、足にとりかかっている。所々を細縄で締めつけ、真ん中で曲げると、手足の形になった。さらに首になる部分を締めつけ、丸めた藁を首の上に詰める。そこが頭だ。最後に頭の先を締め上げて、藁先をわずかに出す。あとは庄十郎が作った腰蓑を巻きつけるだけだった。

「久しぶりに作ったばってん、よくできとる。特に庄十様の腰蓑がよかですね」

利平から誉められて、庄十郎もまんざらでもない。仕上げに、利平は尻のあたりに女竹を差し込み、くるくると回す。

「これで雨が止むのは間違いなかです」

利平が言っているところに紋助が戻って来る。菅笠と背中の蓑がずぶ濡れだった。

「誰な、屋根葺きどんの手誉めをしとるのは」

皮肉を言った紋助も、雨人を見て驚く。「ほう、立派な腰蓑じゃなかね」

「腰蓑は庄十様に作ってもらいました」

「へえ、庄十様が。手先が器用かですね。修業すれば立派な藁人形作りになりますばい。吹上村の庄屋様に頼み込みまっしょか。あの村には、藁細工の名人がおります」

「おとっつぁん」

利平がたしなめる。「大庄屋様のお子が藁人形作りになったとあっては、笑い者になります。第一、旦那様が許さんでっしょ」

「冗談、冗談。庄十様、雨人は、わしが屋根の上にかざしときます」

紋助はまた菅笠をかぶり、蓑を着けて出て行った。

今、母屋（おもや）の縁側から、納屋の上に高々と立っている雨人が見上げられる。

庄十郎は一向に弱まらない雨脚を見ながら、紋助の言葉を反芻（はんすう）する。藁細工師にならないとしても、いったい自分がこれから何になっていくのか、皆目分からなかった。

大雨は三日四日と続き、五日目にやっと止んだ。

「やっぱり、雨人の願いがかないましたばい」

利平が晴れ間ののぞく空を眺め、納屋の屋根に登る。雨人をはずして降りて来た。

「願いがかなったけん、さっそく風呂釜の焚（た）きつけに使わせてもらいます」

役目を終えた雨人は、釜で燃やされるのがしきたりだった。

田植えが過ぎ、農作業が一段落した頃、吹上村の老庄屋が来訪した。佐ノ古大神宮で、雨乞い願ほどきと風祭を兼ねて、念仏踊りと浄瑠璃をするという。父と母は即座に見物を決めた。夕餉は庄屋の家で出すので心配無用という話だった。

大神宮の境内には桟敷が設けられ、迎えた老庄屋は庄十郎たちを上席に坐らせた。村人たちは地面に敷いた莚の上に坐り、浄瑠璃の開始を今か今かと待っている。座頭と瞽女は筑前の弥永、念仏踊りは力武から招いているらしかった。

小屋掛けの舞台には二人が坐り、琴と三味線の音合わせをしながら、見えない眼で観客の様子を感じ、ざわめきが静まるのを待っていた。

境内が静かになったとたん、三味線の音が響き出す。数呼吸のあと、琴も鳴り出す。二つの音がぶつかり、もつれ合ううちに、村人たちはすっかり口をつぐんでしまった。座頭が語り始めた話は源平の合戦だった。庄十郎には語りのところどころしか理解できない。

しかし壇ノ浦の潮音や舟のぶつかりあい、乗った平家の女たちの悲鳴は、耳に聞こえてくるようだった。目が見えないのに、どうしてこんな物語を語れ、三味線が弾け、琴がかなでられるのか。庄十郎は、知らず知らず身を乗り出していた。

舞台のすぐ下の莚には、子供たちが集まり、物珍し気に座頭と瞽女を見つめている。

「私もあそこに行って聞いてよかですか」

庄十郎は指さし、小さな声で父に訊く。父は仕方ないという顔で頷いた。

庄十郎はそっと立ち上がる。甚八がついて来る気配はない。母と千代は舞台に見入っている。

「庄十様、行きなっせ。あそこが一番よか。座頭の汗まで飛んできます」

吹上村の老庄屋が笑いながら、庄十郎の耳にささやく。

莚席の最前列に行くと、村人が子供たちに席をつめさせ、庄十郎を坐らせる。

老庄屋の言葉は本当だった。座頭の額には玉の汗がにじみ出ている。大きく開けた口からは、唾が飛んできた。

座頭と瞽女には、壇ノ浦の戦の光景が見えているのに違いない。とめどなく言葉が吐かれ、三味線と琴の音が言葉を包み込む。

庄十郎は、なめらかに動く座頭の指を見続けた。ごつごつした指ではなく、よくしなる指だ。

凹んでいる両目とは反対に、両耳が大きい。あたりのすべての音を捕えているように、耳朶が開いている。瞽女も同じで、結い上げられた髪の下の耳は大きく、指も長かった。

寿司詰め状態で坐っている子供たちも、一様に口を開けて舞台を見上げている。

そのうち座頭の額に浮かぶ玉の汗が、本当に飛んできた。体を揺らし、首を振る座頭の顔は、もう真っ赤だった。平家の舟から、女たちが次々と海に身を投げる。瞽女の掛け声は、海の藻屑となる女たちの悲しみそのものになっていた。

庄十郎はそっと後ろを振り返る。村人たちの中には、目に手拭いを当てている女もいる。桟敷を見ると、母までが目元に手を当てていた。その脇で父は、壇ノ浦の潮の流れを思い浮かべるように瞑目している。

突然、三味線と琴の音がゆるやかになる。もう戦は終わったのだ。自死する者は海の底に沈み、平家の舟はことごとく敗走していた。源氏の武将たちが海に向かって合掌している。日が西に傾き、空までも血で染め上げられたように赤い。

初めはしかと分からなかった座頭の言葉が、今は聞き分けられるようになっていた。もっと話を聞きたいと思ったとき、最高潮に達していた琴と三味線の音が突然止んだ。

気がつくと、舞台の二人は深々とお辞儀をしていた。大人たちの拍手につられて、子供たちが手を叩く。庄十郎も満たされた気分で拍手する。

座頭と瞽女が姿を消すと、垂れ幕の後ろから、あでやかな着物を着た男三人と女二人が出て来た。男は笛と太鼓、鉦を手にしている。かぶった笠には、色とりどりの鳥の羽根がつけられていた。

掛け声とともに跳びはね、撞木を宙に放りなげ、受けとめては鉦を鳴らす。

踊りと拍子につられて、観客も体を揺すり始める。舞台の男が笛を吹くのをやめて、子供たちに手招きをした。どうやら舞台に上がれと言っているようだった。

庄十郎は隣の男の子と顔を見合わせる。誰かが背中を押したので、仕方なく立ち上がる。隣の子供も照れくさそうに立った。

舞台には女の子二人を含めて六人の子供が上がった。踊り手の女が身をかがめ、庄十郎たちに、手の振り方、足の出し方を教えた。若い女に見えたのは間違いで、かなりの年寄りだった。

見よう見まねで、庄十郎たちが踊り出す。右手と左手を交互に顔にもっていき、さっと下に流して手を叩く。二回繰り返したあとは、手を四回交互に前に出し、左右に広げればよかった。

そのうち足の運びも上手になる。余裕ができて、桟敷席を見やった。父も母も笑顔だ。千代も手を叩いている。甚八だけが退屈そうな顔をしていた。

庄十郎たちがひとしきり踊ったあと、ようやく放免された。莚に坐り直し、ここが一番の席だと思う。桟敷にいたら、近くで座頭の語りも聞けず、舞台にも上がれなかったはずだ。

舞台には再び座頭と瞽女が出て来ていた。

琴と三味線のかけあいで、座頭の口からほとばしり出る話に、庄十郎はじっと聞き入る。楠木正成（くすのきまさしげ）の千早城（ちはやじょう）の話は父から聞いて知っていた。その物語に三味線と琴が加わると、迫力が違う。言葉を繰り出す座頭の口と、時々観客を睨（にら）みつけるような白眼を、庄十郎は倦かずに眺めた。

催しがはねての帰途、千代が庄十郎の踊りを誉めた。

「子供たちの中で、庄十兄ちゃんが一番上手だった」

「庄十は踊りのお師匠さんに向いとるかもしれん」

甚八までが皮肉混じりに言う。

「そげなもんになるつもりはなか」

庄十郎は反発する。

「うちはなってもよか。三味線も琴も習いたか」

千代が応じたので母が言う。

「習いたかなら、松崎から来てもろうとる小唄のお師匠に言ってみろか。三味線も教えて下さる」

「うちが上手になったら、三味線に合わせて庄十兄さんが踊ってくれるかもしれんね」

「千代が上手になったらな」

庄十郎は冗談めかして、念仏踊りの仕草をしてみせた。

雨乞い願ほどきの風祭から十日ばかりして、庄十郎は頭の痛みと気怠さを感じた。あれだけ待ち遠しかった朝餉と夕餉も、食べる気がしなくなり、汁物をやっとの思いで口に入れた。

「庄十、どげんかあるとじゃなかね」

母が庄十郎の額に手の甲を当てた。「こりゃ熱をもっとる。寝とくがよか」

そう言って、部屋に布団を敷きに行き、庄十郎を呼んだ。寝巻に着替えるときも、体の節々が痛かった。

「動かんごつしとかにゃ。あとで頭ば冷やしてやるけんね」

布団に横たわったとたん、寒気がきて、体が震え出す。操り人形のように、ひとりでに口が動き歯ががちがちと鳴った。

いったん戻った母は、手桶に井戸水を汲(く)んで来ていた。手拭いを湿らせて、庄十郎の額にのせる。冷たさが気持よかった。額に置かれた手拭いはすぐに熱くなった。

母が手桶の水を替えに行っている間に、今度は吐き気に襲われる。仰臥(ぎょうが)していられず、布団の上に坐って我慢しているところに母が戻って来た。

「吐きたかとね。ちょっと待ちなさい」

母は部屋の戸を開けて、手桶の水を外にぶちまけ、庄十郎の前に置く。そのとたん吐き気に襲われた。吐物は食べたばかりの煮物と汁だった。

「吐くだけ吐かんといかん」

母が背中をさすってくれる。さらに二回目を吐いて嘔気(おうき)はおさまった。口の周りを母が拭いてくれる。

「こんだけ吐いたら、もう出らんじゃろ。また寝とくとよか」

部屋を出た母が、父と一緒に戻ってきた。父は持ってきた空の手桶を枕許に置き、庄十郎の額に手を当てる。父の手が快いほど冷たく感じられた。

「医者ば呼ばんでよかかの」

父が母に訊く。

「今日はこんまま様子ば見て、まだ熱が続くごたるなら、紋助に行ってもらいます」

母が答え、濡れ手拭いを額に置く。「のぶに芭蕉の根ば掘ってもらっとります。砕いて絞った汁ば飲むと熱さましになりますけん」

目を閉じて両親のやりとりを聞いているうちに、また悪寒が来た。今度は歯だけでなく、体までが震えた。薄目を開けると、父ののぞき込む顔が眼にはいった。とたんに心細くなる。このまま死んだら、自分はどうなるのか。みんなが生きているのに、自分ひとりだけ欠けるのは耐えがたい。こんなことで死んでたまるかと念じているうちに、眠気を感じた。

「庄十、熱さましをのぶが作ってくれた。苦かろうばってん、その分よう効く」

母の声で目を開く。父の姿はなく、のぶの心配気な顔がすぐ近くにあった。

のぶのさし出した茶碗の中味を、ほんの少し口に入れる。黒っぽく苦味のある汁を飲み干したあと、土の香が口の中に残った。

　夕刻になって松崎在住の医師が来た。脈をとり、口の中を診て父に告げるのが聞こえた。

「風気(ふうき)でっしょ。こんまま養生させとけば、二日で治ります。あとで、誰か薬ば貰(もら)いに寄こして下され」

　半時後に利平が取りに行った薬は、丸薬と煎じ薬と二種あった。丸薬は、喉が受けつけないほど大きく、何度かためらったあと、ようやく飲み下した。煎じ薬は生姜(しょうが)の味と匂いがした。

　次の日、吐き気はいくらかおさまり、汁物と粥(かゆ)、梅干を口に入れた。悪寒も感じなくなり、庄十郎は部屋に寝続けた。夜も昼も、母が枕許にいて、冷たい手拭いを額に当ててくれた。時々、冷たい水を入れた手桶を持って、のぶが顔を出した。

　さらに翌日、あれほど高かった熱がひいた。夕刻、汗びっしょりになった寝巻を替えさせていた母が、庄十郎の太股(ふともも)あたりに赤い発疹(ほっしん)があるのに気がついた。しかし痛くも痒(かゆ)くもない。発疹は翌朝には消えていた。

　熱が下がったのは、松崎の医師がくれた薬のおかげだと父と母は喜んだ。とはいえ、庄十郎は自分の体がまだ元に戻っていないのを感じていた。気怠さは相変わらずで、物を食べたい気がしない。母に言われて、汁物と粥だけは必死で腹におさめた。

その日の夜、家の戸を叩く音がして、看病をしていた母が出て行った。吹上村の庄屋が荒使子を連れて知らせに来ていた。

父も起こされたようだった。

「庄十、吹上村に疱瘡にかかった者が出たげな。今のところ大人が二人、子供が三人。すぐに村境の蔵ん中に移された。ひょっとしたら、庄十も疱瘡かもしれん。念のため、離れに移ってもらう」

屋敷の隅にある離れは、ひと頃、寝たきりの祖父がいた場所だ。祖母は庄十郎が生まれる前に死んでいて、祖父だけが、庄十郎が物心つく頃まで生きていた。

「それから、城島町の医師ば、明け方紋助に呼びにやらせる。ほら、庄十も知っとろう。御家老の稲次様の父君の痔疾ば治した方じゃ。確かに疱瘡かどうかも分かるし、手立ても講じてくれるじゃろ。よかな」

庄十郎は夜のうちに、がらんとした離れにひとり寝かされた。部屋にいたときは、家の中の様子がそれとなく感じられたのに、離れは何の音もしない。母ものぶも、もう枕許にはいない。

寝続けたせいか、体のどこもかしこも痛い。眠気も感じない。

疱瘡が子供も大人も襲って命を奪う病気だとは、庄十郎も知っていた。もし自分が疱瘡ならどうしようか。せっかくここまで生きてきたのに、この世からいなくなるのは、いかにも無念だった。

全く眠気がこないまま夜半を迎え、少しまどろんだあとに、一番鶏の鳴き声を聞いた。鶏でさえあんなに元気よく朝を告げているのに、自分は弱っていくばかりだ。顔をそっと触ると、ざらざらしている。発疹ができはじめているのに違いない。顔だけでなく、頭も触れてみると、同じようなぶつぶつができていた。こんなふうにして、体中が発疹だらけになったとき、命がなくなるのかもしれない。

痛みがひいたかわりに、体全部が火照っていた。

雨戸の隙間から光が漏れていた。朝が来たのだ。熱のためか頭痛がする。もう考えるのも億劫だった。目を閉じると、眠気が少しずつ襲ってきた。

「庄十、庄十」

どこかで母の声がする。夢かと思い、しっかりと目を開いてみる。戸口の所で確かに母の声がしていた。

「大丈夫かい。返事をしておくれ」

庄十は「お早うございます」と声を出す。しかし掠れ声にしかならなかった。

「朝餉とお茶を持って来たからね。襖を開けるよ」

襖の開く音がして、光が射し込む。母が着物に焚きしめている香の匂いがした。もしかしたら、これが母の姿を見る最後かもしれない。庄十郎は上体を起こそうとした。

ろう。

「そんままでよか。ここに置いとくけん、自分でついで食べなさい。食べ終わったら、襖の外に出しときなさい。あとでのぶが下げに来るけん」

そう言いながらも、母は部屋の端をつたい、立ったまま、部屋の隅から庄十郎を眺めた。眼と眼が合う。母の驚く顔が見えた。よほど自分の顔が変わってしまっているのだろう。

「庄十。負けちゃならんよ。しっかり食べて、お茶も飲んで」

母がしかと庄十郎を見つめる。庄十郎も見つめ返した。母はたぶん、これが生きているわが子の見納めだと思ったのだろう。〈母上、お世話になりました〉と言おうとして、庄十郎は唇を一文字にする。代わりに別な言葉が口をついて出ていた。

「庄十は頑張りますけん、心配せんで下さい」

確かにそうだった。死ぬとは決まっていないのだ。

「庄十、今日か明日のうち、城島町の小林鎮水先生が来らっしゃる。よか手立てがあるはずじゃけ、頑張らにゃな」

「はい」

母は頷き、口に手を当てて足早に部屋を出て行った。戸口が閉まる音を聞いて、庄十郎は立ち上がる。めまいがした。それでも粥椀（かゆわん）の置かれた盆の前まで進み、正座をした。箸をとり、温かい粥をひと口すする。口の中が痛い。口にもぶつぶつができているのかもしれなかった。

痛みを我慢して、しじみのむき身がのっている粥を口に入れる。しじみの塩気がまた口にしみた。しかしこれが力の源だと思うと、痛みなど気にならない。けんちん汁もすすった。添えられた梅干と紫蘇（しそ）を口に入れたとき、口の痛みが増し、お茶で早々と喉に流し込んだ。またたく間にすべてをたいらげていた。

朝の用足しをしたあと、雨戸を一尺ばかり開けた。畑の先に、桑畑が青々と葉を繁らせていた。緑が眼にしみる。桑は秋になると赤い実をつける。黒くなる頃を見計らって頬ばると、何ともいえない甘酸（あまず）っぱさが口いっぱいに広がった。

もう一度あの桑の木に登りたかった。下で待っている千代に、両手いっぱいの桑の実を分けてやりたかった。

そう思ったとたん、体に力が漲（みなぎ）ってくる。食っては寝、食っては寝が養生だと思い、また布団に戻る。

まどろんだ頃、襖の奥でのぶの声がした。

「坊ちゃま、元気にしとられますか」

「まだ死んどらん」

庄十郎は腹に力を込めて答える。

「そげな元気な声なら、じきに治ります。夕方にはお医者様も来らっしゃいますけん」

のぶがかすかに襖を開ける。しかし中にはいろうとはしない。

「何か食べたかもんはございますか。のぶが作らせてもらいますけん」

食いたいものか――。庄十郎は一瞬考える。

「だご汁が食べたか」

だご汁なら、するすると口にはいり、力がつくような気がした。柔らかくなった大根の味は何ともいえない。

「よございます。昼にまた持って来ます。好きなもんを食べるとが薬ですけん」

襖を閉めて、のぶが出て行く。

また眠気がこみ上げてくる。目を閉じたとたん、睡魔が襲って来た。

「坊ちゃま、だご汁です」

再びのぶの声で目が醒める。どのくらい眠ったか分からない。

何どきか訊こうとしたとき、のぶが襖を開けてはいって来た。

「ずっと眠っとられましたか。それがよか。眠るのも薬ですけん。さあ、これで力ばつけて下さっしゃれ」

味噌と大根の匂いがした。帰りかけたのぶを庄十郎は呼びとめた。

「おいの顔はどげんなっとるじゃろか」

寝たままで訊く。のぶは坐り直して、まじまじと庄十郎の顔に見入った。

「顔中、ぶつぶつだらけです。首のところも」

言いかけて、のぶが涙ぐむ。「辛かでっしょが、ここはひとふんばりです。じきに亭主がお医者様ば連れて戻ってきますけ」

また来ると言い残して、のぶは出て行く。

庄十郎は布団から出て、盆の前に坐る。手も赤い発疹で覆われていた。顔を右手で撫でると、どこもかしこも膨れ上がったぶつぶつだらけだ。大豆が顔に張りついているのと同じだった。

だご汁は、五口くらい食べるともう腹一杯になった。しかし食べ残せば、のぶが落胆するだろう。何より力がつかない。平べったい団子を思い切って口に入れ、力を込めてかむ。かんで飲み込むのが仕事だと思い定める。大根も、人参も、菜っ葉も、口にしみた。

やっと一椀食べ終えたとき、大仕事をしたあとのように疲れを覚えた。盆を襖の外まで持って行く力も残っていない。盆と椀はそのままにして、布団に横になる。目を閉じると、体全体が眠気に包まれた。

「坊ちゃま」と呼ぶ声がした。起きようとする気も、眠気には勝てない。のぶがはいって来て、盆と椀を下げる気配だけは分かった。

少しばかり開けていた雨戸を、のぶが閉めてくれたような気もする。夜になったのかもしれない。

とすれば、城島町の医師は来なかったのだ。城島は遠い。いくら紋助が急いでも、一日では行って帰るのがやっとだ。まして医師を案内してくるとなれば、大急ぎするわけにはいかない。

明日まで生きておられるだろうか。眠っている間に死んでいるのではないだろうか。そんな疑問が湧いてくる。とはいえ、それ以上考えるのも面倒なくらい、体が気怠い。

「庄十、朝餉だよ」

何度か呼ばれる声で覚醒する。のぶではなく母の声だった。

襖が開いたので庄十郎は起き上がろうとした。しかし体が動かない。

「粥を置いとくからね」

言われて「ありがとうございます」と返事をする。その声にさえも力がはいらない。目を開けると、少し離れた所から母がこちらを眺めていた。

「庄十、頑張るんだよ。今日こそは、お医者様が来らっしゃる」

母が立ち上がり、雨戸を半開きにした。日が射し込んでくる。一番鶏や二番鶏の鳴き声も分からないくらいに眠りこけていたのだ。

母が出て行くと、起き上がって正座をした。体が左右に揺れる感じがする。粥の匂いだけで満腹になった気がした。これではいけないと思い、汁だけ飲む。梅干が口にしみた。椀に残った粥の量がうらめしい。このまま残すと、母が悲しむはずだ。思い直して粥をかき込み、飲み下す。喉の奥までがしみた。最後にお茶も急須の半分だけ飲む。いつの間にか肩で息をしていた。残った力で、盆を襖の外に出す。襖を閉めて、倒れ込むように布団に身を横たえた。

きのうより今日のほうが、明らかに体が弱っていた。こんな具合いに衰弱していくのかもしれなかった。

しばらくまどろんだあと、のぶの声を聞く。何が食べたいのか訊かれたものの、もう食べたいものは思いつかない。「いや、もうなか」と答える。のぶは襖を開け、「何か、うまかもんば作ってきますけ」と言った。

うまいものとは何だろうと考えてみる。これまで食べたもののうち、一番うまかったのは、熟し柿、その次は干し柿だ。あの渋い柿がどうしてこんなに甘くなるのだろうと首を捻るくらい、甘かった。

しかし今は、柿の時期でもない。多分、もう熟し柿も干し柿も、再び味わえないまま、死んでいくのだろう。仕方なかった。

そう観念すると涙がにじんできた。目尻から冷たい涙がつたう。父に最後に会えなかったのが、心残りだった。

「坊ちゃま、のぶです」

襖が開いて、のぶがはいってくる。急いで涙をぬぐった。

「山芋汁です。これなら、するすると喉ば通ります。力がつきますけんで、食べてつかあさい。坊ちゃま、気弱になったらいかんです。坊ちゃまは、このぶがこれまで見てきた限り、旦那様に負けんくらい、この世の中でよかこつばする人になる力ば、持っとらっしゃいます。ここは、踏んばって、踏んばり通さにゃいかんです」

すぐ目の上で、のぶが訴えていた。目には涙がたまっている。

のぶが泣くのを見るのは初めてだった。いつも、のぶは動き回り、ひと休みする姿など見たためしがない。おそらく、一番鶏とともに起き出し、夜なべを誰よりも遅くまでして寝ているはずだ。生まれた子供が何人も幼くして死に、やっと最後に生まれた利平だけが大きくなったのだとは、母から聞かされていた。

「そんなら、のぶは行きますけん。夕方にはお医者が着かれるでっしょ。そうすればもう心配なかです」

のぶが言い置いて立ち上がる。襖を閉める前に言い足した。

「そん山芋は、利平が花立山で採って来たもんですけん、うまかですよ。必ずや権現さんの御利益があります」

花立山の山頂には権現様が祀られていた。父に連れられて家族みんなで登ったとき、権現様は、大公儀、徳川様の初代を祀ったのだと教えられた。利平はあのあたりを歩き、山芋を掘り出したのだろう。

冷えないうちに食べたほうがいいに違いない。庄十郎は布団から出て正座する。起き上がるだけで息が切れた。椀と箸を手にとる。山芋汁の上に、砕いた納豆がのっていた。ひと口含み、呑み込んだ。土の香がしたとたん、花立山の山容が眼に浮かんだ。このあたりで山といえば、低いながらも形の良い花立山だけだった。山麓から山頂にかけて、四季折々に花が咲くので、その名がつけられたはずだ。

春はこぶしに山桜、つつじに山藤が咲き、麓ではあざみが一面に咲く。今頃は紫陽花(あじさい)だろうか。夏が来ると夾竹桃(きょうちくとう)に槿(むくげ)、そのあとに野牡丹(のぼたん)が紫色の花をつける。やがてあのあたりの畦道(あぜみち)という畦道は、赤い彼岸花で覆われる。どうしたわけか、花立山の近くだけは黄色の彼岸花が多かった。秋には、もみじや山櫨(やまはぜ)で全山が紅葉し、山麓の銀杏(いちょう)が黄一色になる。

母に連れられ、つねが弁当を持ち、子供三人で遠出をしたのは、三、四年前の秋だった。千代は真っ赤で形の良い紅葉を拾い、甚八と庄十郎は真新しい銀杏の落ち葉を集めた。食べたのは、むかご入りのお握りだった。

思い起こしているうちに涙が溢れてきた。盆の上に置いた山芋汁に、涙がぽとぽと落ちる。このままこの世から消えれば、あの花立山にも行けず、眼にするのもかなわず、何より、父母や兄、妹とも会えない。荒使子たちともお別れだった。

実に無念な気がした。こぶしで涙をぬぐい、まだ温かみの残っている山芋汁を一気に口にかき込む。一杯をたいらげると、あとはどうにでもなれという気がした。盆を襖の外に出し、また布団にもぐり込んだ。目を閉じているうちに寝入ってしまった。

「庄十様、起きとられますか」

何度か声を聞いて目が醒める。紋助だった。返事をする。

「城島町から小林鎮水先生がお越し下さいました」

紋助が言い終わらないうちに襖が開いた。

起き上がろうとしたものの、力がはいらない。

「よかよか、そんままで」

医師が制し、紋助に、新しい単衣を持って来るように告げた。

「それから、縁側の外に、焚火をつけといてくれんか。こん着物はわしが全部燃やす」

しゃがれ声が響く。庄十郎は目を大きく開けて、医師を見た。どす黒いあばた顔のところどころに、白くひきつった痕があった。年寄りに見えるものの、実際の齢は父より少し上くらいかもしれない。

「庄十とやら、わしが鎮水じゃ。きつかろうが、ちょっと着物ば全部脱いでもらう。新しかもんと着替えさせる」

不思議と医師の前では立ち上がれた。単衣を脱いだのは、離れに移って以来最初だ。

医師は鋭い目つきで、庄十郎の体をまんべんなく眺める。全身がぶつぶつだらけで、庄十郎は恥ずかしかった。「もうこりゃ駄目だな」と告げられはしないかと、怯えた眼で医師の顔を眺めた。

「顔の発疹は、もう水疱になっとる。手足のは、まだ紅斑と丘疹じゃ。疱瘡に間違いなか」

医師が庄十郎を見据えた。「ばってん、死ぬとは限らん。死ぬもんと死なんもんば分けるのは、気力じゃ。いくら気力があっても、そりゃ勝てん場合もある。しかし気力がなかと、勝つはずの病にも勝たん。よかな。家の者に聞いたが、出されたもんは、よう食べとるごたる。さっきの椀も空っぽじゃった」

そう言うと、医師は初めて笑顔になった。「単衣が届いたごたる。それば着て寝ときなさい」

医師は紋助が持って来た単衣を庄十郎に渡す。縁側から声をかけたのは利平だった。

「鎮水様、火がつきました」

「じきに行く。火からも離れとったがよか。こん着物は燃やすけんな」

庄十郎が脱いだ着物を抱えて、医師は縁側からおりた。半開きになった雨戸の向こうで、医師は火に単衣を投げ入れる。炎が上がった。

「さあ、もうすぐ日が暮れる。これから、わしがずっと傍についとるから、心配せんでよか」

医師は言い、大きな手桶に水を汲んで来て、縁側に置いた。手拭いを浸して絞り、庄十郎の枕許に坐る。

「眠る前に、用ばすませとくか」

厠から戻った庄十郎を寝かし、額に濡れ手拭いを置く。久しぶりに味わう冷たさだった。

「顔の水疱は、明日あたり破れて、こん次は膿ば含んだ膿疱になる。手足のほうは水疱に変わる。顔が焼けるごつ痛うなるが、ずっと続くわけじゃなか。膿疱がつぶれると、かさぶたになって、じきに剝がれ落ちる。そしたら疱瘡には勝ったも同然。顔に痕は残る。残った顔が、こげな顔」

医師は庄十郎ににっと笑ってみせた。

そうか、この医師も多分、子供の頃に疱瘡にかかり、治ったのに違いない。いったん疱瘡にかかると、二度とならないのだ。これで、医師が庄十郎の枕許に平気でおられる理由がのみ込めた。

額の手拭いが裏返しになる。庄十郎は不思議な安堵感にかられた。疱瘡の先行きがどうなるかも分かった。いちいち怯えて心配する必要もない。わけも分からずひとりでいた心細さも、医師が身近にいるおかげで、どこかに吹き飛んでいた。

安らかな眠りだった。翌朝覚醒したとき、病の床について以来、初めて心地良さを味わった。それまでは無理に引きずりおろされ、もみくちゃにされるような眠りで、疲れだけが残っていたのだ。

「目が醒めたか」

声の方に顔を向けると、行灯の明かりの横に医師の優しい眼差しがあった。夜通し、そこに坐り、手拭いを水につけては額に置いてくれていたのだろう。今額にのっている手拭いも冷たかった。

「庄十、この分だと治る」

「治るとですか」

「治る、治る」

医師が大きく頷く。その顔を見つめていた目から涙が出てくる。あとからあとから溢れ出てきた。

「泣かんでよか。よう頑張った。あとひとふんばり。もう一番鶏も鳴いた。夜が明けたら、朝餉ば持って来てくれるじゃろ。それば腹一杯食べて、またひと眠りする。食べちゃ寝、食べちゃ寝を繰り返せば、目を開けるごとに良くなる」

医師は手拭いをひっくり返す。「痛かろね。顔や首のぶつぶつが膿疱に変わってきよる。手足のほうは水疱になってきた。一番痛かこん時期が過ぎると、顔の膿疱は黄色くなって、破れてかさぶたができる。そんあと十日もすれば、かさぶたがはがれて治る。治る代わりに痕が残る。ほらところどころ白くなっとるじゃろ」

医師は自分の顔を指でなぞる。医師の顔が醜いのは、病の痕が残ったからだと言っていた。

自分も治ったら、似たような顔になるのだろう。甚八は父親似でごつい顔、庄十郎と千代は美形の母親似だと、荒使子たちから言われて育ってきた。

顔の形などどうなってもいい。病が治って、まだ生きられるなら構わない。紋助や利平だって、どちらかといえばみめよくない顔の部類だ。それでも気にもせずに生きている。

医師は額の手拭いで庄十郎の涙を拭き取り、また水を汲みに出る。月明かりの下、井戸まで行き、釣瓶で水を汲み上げる音がした。そうやって井戸と離れの間を、一晩に何回も往復したのに違いなかった。

鶏が鳴く。牛も起きたのか、大きく鳴く。この声で、荒使子たちも起き出し、朝餉の仕度に取りかかるのだ。

「庄十、病が治ったら、何ばしたかか」

手拭いを額に置きながら、医師が訊いた。

何をしたいかと訊かれても、簡単には思い浮かばない。しかし食べたいものはあった。

「黒砂糖ばかけた葛団子ば、食べたかです」

「庄十は、そげなもんば食べたこつがあるのか」

医師が驚く。「さすが大庄屋の倅じゃな。わしなど、この齢になっても二、三度しかなか。城島の油屋のおかみの病を治したときと、紺屋が倒れて何とか命が助かったときじゃ。なるほど、なるほど。そんなら庄十が元気になった暁には、わしがそれば馳走しよう」

医師が明るい声で言った。

あれは三、四年前の千代の雛祭のときだった。葛団子は母が作ってくれ、その何日か前に、城島町の大庄屋である伯父が、土産に黒砂糖を持って来てくれていた。黒砂糖のかかった葛団子はどこまでも甘く、飲み込むのがもったいなくて、いつまでも口に含んでいたので、母から注意された。

外が明るくなったのか、医師が雨戸を開けに立つ。待っていたように光が射し込んだ。

「今日もよか天気のごたる」

医師は大きな欠伸をした。「ここはほんによか所じゃな。城島と違うて、山が近う見える。緑が美しか。稲田を渡る風がうまか。城島あたりじゃ、どこか風が潮の匂いば含んでいるときがある。泥の匂いがするときもある。筑後川の川下と川上の違いじゃろな」

〈風がうまい〉など、庄十郎は思ったこともない。ここに生まれて育っているから、分からないだけかもしれない。

外で紋助の声がしていた。朝の粥を持って来ていた。そこに置いておくように医師が言う。

「鎮水様、御奥様とうちののぶの様子がおかしかとですが」

紋助が遠慮がちに言うのが聞こえた。

「何」

医師が驚いて立つ。「あとで行くけん、離れた所に寝かしとってもらえんか」

紋助に命じた医師は粥椀と汁、急須ののった盆を運んで来た。

「庄十、ゆっくり食べなさい。しっかり何十回も嚙んで、飲み下す。そげんすると体が喜ぶ。わしはちょっと、お前のおっかさんと荒使子ば診てくる」

医師は言い残して離れから退出した。

盆の前に坐って箸をとる。母とのぶの具合いが悪いのは何だろうか。医師が二人を離れた場所に寝かすように言ったのも、気になった。通常の腹下しとか咳ではありえない。

粥の上に、少しだけもろみがのっていた。味わうと塩気が口の中でしみ、慌てて汁を吸う。つるつるのじゅん菜が喉に心地よかった。何度も嚙むように言われていたものの、飲み下すほうが早かった。あっという間にたいらげ、お茶もすっかり飲む。

盆と椀を褌の外に出し、用を足しに行く。畑や向こうの桑の葉に、朝の光が降りそそいでいる。開けられた雨戸の前で腰をおろす。坐って景色を見られるようになっていた。風もなく、寒くもない。寝ついてから初めて、坐って景色を見られるようになったのだ。以前は体を起こしているだけで息が切れ、すぐ横になったのだ。

これから先、自分の病気がどうなるかは分からない。しかし、少なくとも、昨日より今日のほうが楽なのは確かだ。このまま薄皮を剝ぐように、病が体から抜けていって欲しかった。

ひりひりする顔をそっと指でなぞってみる。ところどころにかさぶたができているようだった。両腕を見る。水疱がびっしり張りつき、足も同じだ。中には破れて、汁がにじみ出ている水疱もある。こんな恐ろしい病があるなど、信じられない。顔も手足も胴体も、びっしりとぶつぶつで埋めつくされて、人の命は生き永らえるものだろうか。それは、死んでしまえという神仏の声ではないのだろうか。あの医師のように生き永らえたのは、どこかで神仏の気持が変わったのだろうか。いったい、どんな理由で、神仏の気持がひっくり返るのだろう。その境目は何なのか。いくら考えても答は出ない。

どのくらい外を眺めていただろう。戸口に足音がして庄十郎は我に返った。医師が戻って来ていた。

「ほう、全部食べたか。偉かのう。これで快方に向かうじゃろ」

呟くように言って、庄十郎の後ろに立った。

「じゅん菜がおいしかったです」

「あれは、紋助が池に採りに行ったげな。わしも今から食べる」

医師は板の間に行きかける。庄十郎が寝ている部屋の横の板敷を居室にしていて、荒使子が運んで来たものを食べた。

「おっかさんと、のぶの具合いはどげんですか」

庄十郎が訊く。

「どうも庄十と同じ病のごたる。おっかさんは奥の座敷に寝てもらい、のぶは牛小屋の屋根裏に移ってもろうた」

「疱瘡にかかったとですか」

びっくりして確かめる。

「はっきりは言えん。大事をとるにこしたこつはなか」

医師が平然と答える。「さあ、よか息ば吸ったなら、また寝ときなさい」

横になっても、眠気など襲ってこない。見慣れた天井ばかりを眺め続けた。

翌日から、医師は庄十郎の傍にいるより、出て行っているほうが多くなった。

「間違いなか。おっかさんものぶも疱瘡じゃった」

医師が知らせた。予期していたものの、本当だと分かると、庄十郎はもう泣くほかない。

「仕方なか。あとは二人が治るごつ、祈るしかなか」

庄十郎は、医師が平然としていられるのが不思議だった。

「庄十、お前はもう助かる。かさぶたが剝がれはじめた」

医師が言ったとおり、夕餉が来るのが待ち遠しくなった。おかわりをしたいほどだった。

母とのぶは、今頃、熱を出して唸っているに違いない。どう考えても、自分が病をうつしたのだ。

その後の二、三日、二人の容態を尋ねる庄十郎に、医師は丁寧に答えた。症状は庄十郎が辿った道筋と瓜二つだった。自分が苦しんだように、母ものぶも呻吟しているのに違いない。

「のぶが亡くなった」

医師が告げたのは翌々日だ。おっかさんは大丈夫でしょうかと、庄十郎は訊いた。

「口の中の発疹が痛くて、粥も受けつけらん。食べんと、力が出らんが――」

医師は顔を曇らせた。「庄十、のぶは仕方なか。年寄りはこの病には弱か。寿命と考えるしかなか。おっかさんには、ひとふんばりしてもらわにゃならん」

庄十郎は今すぐにでも母の枕許に行って、励ましてやりたかった。庄十郎が声をかければ、母も食べる元気を出してくれるはずだ。

「おっかさんの所に行きたかです」

「それはできん。かさぶたが全部剝がれ落ちるまでは、あと五、六日はかかるじゃろ」

医師はかぶりを振る。庄十郎は恨めし気に、手足の水疱や膿疱を見やった。顔のぶつぶつは、ほとんどかさぶたになっている。しかし手足の発疹にはまだかさぶたがない。

その日と次の日、のぶの通夜と葬式が行われたはずなのに、母屋のほうに人が集まっている気配はなかった。まだ病人が二人もいるので、村人も遠慮をし、恐れをなしているのだろう。

紋助に申し訳なかった。子供の眼から見ても、折り合いのよい夫婦で、言い争いしている姿を見たことがない。どこか、お互いに敬い合い、支え合っているように見えた。そのつっかえ棒がなくなったので、紋助の悲嘆はいかばかりだろう。考えれば考えるほど胸が塞がった。

のぶの野辺送りが行われていると、医師から聞かされた日の夜、夜半過ぎに庄十郎は人の声で目が醒めた。

「庄十、おっかさんが死なっしゃった」

医師の暗い顔が、ろうそくの火影に揺れていた。つきっきりで母を看病したためか、凹んだ目が赤い。

母が死んだ。

涙が溢れてくる。涙は次から次へと噴き出してきた。

「ほんに悲しいのう」

医師の声と同時に体中に震えがきた。母親の死に目にも会えないというのは、何という親不孝だろう。

「お前のおっかさんは、最期までお前の病状を気にかけておられた。庄十は生きとりますか、とわしに何度も訊かれた。生きとります、じきに治ります、と答えると、安心して笑顔までも浮かべられた」

医師の静かな声で、また新たな涙がこみ上げてくる。「最期は、先生、庄十郎ば頼みます、とわしに言い置いて息をひきとられた」

庄十郎はさめざめと泣く。今日が通夜で明日は葬式だろう。まだ手足には膿疱が残り、かさぶたはほんの少ししかない。親の死に目にも会えず、葬式にも出られない息子は、許し難い親不孝者だ。父にも詫びたかった。甚八にも千代にも申し訳なかった。

「近在の村でも、死人が次々と出ているらしか。顔にぶつぶつができた者は、山の中に追い立てられとる。二、三日分の食い物しか持たせられとらんので、あとは草か木の芽ば食うしかなか。川向こうの村には、それでん生き延びて村に戻った者もおるげな」

病人が追い立てられている山は、花立山だろう。山頂にある権現様の祠には病人が集まっているのかもしれない。今は寒くもない。雨露をしのいでいれば、何とかなる。とはいえ、自分が花立山に放り出されていれば、とっくの昔に死んでいたはずだ。この離れで医師に見守られ、養生できたからこそ、生きている自分がいる。庄十郎は涙にくれながら、ぼんやりと考えた。

「庄十、これからは、おっかさんと、荒使子ののぶの分まで、生きて行かんといかん。よかな。それでこそ、わしもはるばる井上村まで来て、長逗留した甲斐がある。三人共死なれたら、わしは浮かぶ瀬もなか」

そういう医師の顔は、最初見たときとは明らかにやつれ、頬がこけていた。身を犠牲にして、三人の病人に尽くしたからだ。

「近在の村々では、子供ば赤牛の腹の下をくぐらせるまじないがはやっている。赤牛ば持っている百姓は、村々をまわってひとり十二文とっとるげな。大儲けたい。そげなまじないで疱瘡にかからんちいうのは、全くの迷信。疱瘡ちいうのは、病人のそばに寄らんに限る。病にかかった者は、庄十のごつ、無理せんで、口にはいるものば、できるだけ食べる。そして気力ばしっかりともつ。それでも、駄目なときは仕方なか。そんときは、もう寿命」

医師はそう言うと、隣の板敷に行き、障子を閉めた。久しぶりに、ゆっくり横になりたいのだろう。しばらくすると寝息が聞こえてきた。

夜が明けても、母屋に人が詰めている様子はなかった。庄十郎は縁側に出て、雨戸の間からぼんやり外を眺める。この家の中が一変したのに、畑は以前のままだった。

「庄十様」

近くで声がした。身を乗り出すと、紋助が腰をかがめていた。

「近寄ったらいかん」

庄十郎は小声で制す。医師が気づいたら叱られる。

「庄十様、元気な様子で、紋助、安心しました」

「のぶには、すまんこつばした」

ぽつりと言って頭を下げる。

「あれは天命でっしょ。春夏秋冬の移り変わりと同じで、死ぬときが来ただけの話です。申し訳なかとは、のぶが奥様に病気ば移したこつです。まだこれから、庄十様と甚八様、千代様が大きくなっていかれるのを、楽しみにされとったのに、ほんにこげなこつにしてしもうて、悔やまれます」

紋助がこぶしで涙をぬぐう。

母の病の元が、のぶであるはずはなかった。元凶は自分だ。おそらく、のぶが先に死に、二日後に母が逝ったので、紋助はそんなふうに考えたのだろう。

「お医者様から、庄十様は通夜にも葬式にも出ちゃならんと言われとるとでしょ。あっしが、庄十様の代わりに野辺送りに行って来ますけん、心配せんで下さい」

一礼して去る紋助を庄十郎は悄然(しょうぜん)と眺めた。

生きていながら、そして傍(そば)にいながら、母の野辺送りの葬列さえも見られない息子など、この世に他にいるはずがなかった。自分はそれほどの不孝者なのだ。

心の内だけでなく、体の節々が痛かった。顔も焼けるように痛い。手足の膿疱は破れて、黄色い汁が出ている。

障子を閉め、再び床に身を横たえる。医師の寝息を聞いているうちに自分も寝入っていた。

その後二、三日で顔のかさぶたが落ち、さらに三日ほどして手足の痂皮(かひ)も剝がれ落ちた。医師は、庄十郎の背中や腹に残っているかさぶたを確かめて言った。

「庄十、生き残ったぞ。よう辛抱ばした」

医師から、新しい単衣を着せてもらううちに涙がにじんでくる。生きていられる嬉(うれ)しさと、母とのぶを失った悲しさが交じった涙だった。

「天から特別に預かった命じゃけんな。大切にせんといかん。よかな、おのれの志ば立てて、命はそんためにに使う。これから先、おっかさんと、のぶの分まで、生きてやんなさい。お前が生きていく姿は、おっかさんとのぶがずっと見とらっしゃるじゃろ」

さめざめと泣く庄十郎に単衣を着せ終わると、医師は脱いだ下帯と着物をかかえて部屋から出た。これまで七、八枚の単衣と下帯が火にくべられたはずだ。

新しい下帯と単衣は心地よく、布団に横になると、また眠りに誘われた。

二日後、朝餉を終え、再び真新しい下帯と単衣に着替えた。

「もう、わしの役目は終わった。すぐに出立する。大庄屋殿には、その旨を告げた。城島町までは、利平が付き添ってくれるげな。城島でも、病人が待っとる」

そう言って、医師は帰り仕度を整え、父を連れて離れに戻って来た。

父の顔を見るのは十九、二十日ぶりだ。庄十郎には父が急に年をとったように思えた。

「ほんにすまんこつばしてしまいました」

庄十郎は肩をすぼめて頭を下げる。

「庄十、よかったな。みんな鎮水先生のおかげじゃ。鎮水先生が見えんかったら、お前の命はなかった」

庄十郎を凝視する父の目がすっと赤みを帯びた。

「あと三、四日したら、もう母屋に戻ってよかでしょ」

医師が父に言い、庄十郎に向き直る。「もうこんから先の命は、お前だけのもんじゃなか。大切に、大切に、命ば使わんといかん」

医師は、〈大切に〉を二度繰り返した。

庄十郎は離れの戸口に立って、医師と父を見送った。母屋の前に、甚八と千代、荒使子たちが並んでいるのが見えた。旅姿の利平の姿もある。庄十郎は二人の後姿に頭を下げた。

縁側に坐って愕然とする。医師がいつも傍にいたから、この離れにもどこか活気があった。ひとり残された今、部屋は死んだように静まり返っている。

病から癒えつつあるのに、気持が弾まない。どこにも喜びがなかった。

命を大切に。志のために命はある──。

医師はそう言ってくれたが、その志さえも雲を摑むように皆目分からない。

どのくらい時がたったのだろう。名前を呼ばれて顔を上げる。三、四間離れた場所に甚八が立っていた。

「兄さん」

懐しい思いがこみ上げる。

「庄十」

甚八は睨みつけるような眼を向けたまま、近づいては来ない。

「迷惑ばかけて、すんません」

庄十郎は頭を下げる。

「よかか。おっかさんを殺したのは、お前だ」

憎しみのこもった声だった。「俺とお前は大きかけ、よかかもしれんが、千代はまだ小さか。千代からおっかさんを奪ったのもお前だ。さんざん世話になったのぶまで、お前は死なせてしもうた」

甚八の鋭い言葉が、刃のように胸に突き刺さる。確かにそうだ。甚八の言葉に間違いはない。

「ほんにすみまっせん」

庄十郎はうなだれ、消え入るような声で言う。

「そりゃ、おとっつぁんは何も言われんかもしれん。ばってん俺は、お前がおっかさんを殺したこつは一生忘れん。千代も同じじゃろ。お前だけが死んどけばよかったんじゃ。それが、のうのうと自分だけが生き残って。これで事がすんだと思ったら大間違い」

甚八の言い分は、ひとつひとつが本当だった。自分だけが死んでおけば、事はすんでいた。それなのに、今自分はのうのうと生きている。これでよかったなどと思えば、それこそ罰当たりだった。

返答のしようがなく、体を立てているのがやっとだった。

許して下さい、と言えばいいのかもしれない。しかし許されるものではなく、甚八も、「誰が許すか」と言うはずだった。

「親不孝者めが」

言い捨てて、甚八がきびすを返す。この離れが忌むべき場所であるかのように、遠回りして納屋の方に歩き去った。

体も心も重かった。これから先、どうやって甚八や千代と一緒に、この家で生き続けていけばいいのか。

父は何も言わないだろう。しかし父との間にも、見えない溝ができてしまったような気がする。

荒使子たちに対しても同じだ。のぶを殺してしまった罪は消えない。紋助も利平もつねも、ひと言だってこちらを責めないだろう。とはいえ、もう以前のように納屋にもはいれないし、一緒に田畑にも出られない。

村人も同様、あの吹上村の老庄屋も、干潟村の若庄屋も、母親殺しという眼で自分を見つめるはずだ。

やはり自分は真っ先に、この離れで死んでおくべきだったのだ。

いくら考えても、行き着くのはその一点だった。

つねが運んで来た夕餉は、やっとの思いで口に入れた。死んでおくべき人間が、飯を食っているのが奇妙だった。頭では死んだほうがいいと思っているのに、体はあくまで生きようとしている。庄十郎は、かさぶたのおちた手足を見つめた。顔の痂皮はすっかりなくなり、手で触れてもつるりとしている。医師は、「二、三か月後に、できものの痕は白くなる」と言い、自分の顔を指さした。

これから生きていくとすれば、あの医師のようなあばた面をこの世にさらし続けるのだ。そして自分の場合、その顔は母親殺しの紛れもない証だった。

翌日、庄十郎は離れを出た。つねが沸かしてくれた湯をあびる。体を清めるのは、およそひと月ぶりだ。

「坊ちゃま、背中を流しまっしょか」

外からつねが呼びかけた。今までは庄十郎様と言っていたのに、いつの間にかのぶの言い方に変わっている。

「よかよか。手拭いで洗えるけん」

庄十郎は答える。疱瘡上がりの病人の背を流すのは、快いはずがない。湯舟にはいるのも、庄十郎は遠慮した。

上がり場には、真新しい下帯と単衣が用意されていた。

夕餉を食べる板敷には、もう父と甚八、千代が坐っていた。

「父上、ほんにご迷惑をかけました」

庄十郎は額を床につけた。

「よかった、よかった。今夜は快気祝いじゃ。つねが腕によりをかけて作ってくれた」

高坏膳には、赤飯の横になますがあり、はやの煮つけ、鯉の背ごしが載っている。しかし庄十郎が眼をとめたのは、葛団子だった。上にのっているのは黒砂糖だ。

「そりゃ、鎮水先生が帰りがけに松崎で買われたもんじゃ。店の者が、黒砂糖と葛粉をわざわざ届けに来てくれた。お前の快気祝いらしか。おかげで、みんな相伴（しょうばん）にあずかれる」

父が言った。医師は庄十郎との約束を守ったのだ。

庄十郎はその葛団子から箸をつける。千代も、真っ先にそれが食べたかったのだろう。椀を手にして口に入れる。

「おいしか」

千代が言った。庄十郎も全く同感だった。葛団子がつるりと喉を通り、甘味が口一杯に広がり、いつまでも残った。

「庄十、お前は寝とったので知らんと思うが、吹上村の庄屋、大谷殿が亡くならっしゃった。その他にも吹上村で十一人が死んだ。そのうちの三人は子供じゃった」

父が老庄屋の名を口にした。「他の村でも四、五人ずつ、死者を出した」

「みんな花立山で死んだとですか」

庄十郎はやっとの思いで訊いた。

「山に追いやられた者もおるし、村はずれの小屋に移されて死んだ者もおる。大谷殿は、納屋の屋根裏で亡くなった。自分でそこに籠ったらしか。山ん中で病が癒えて、村に戻った者もおる。よう生き延びたもんじゃ。ろくな食い物もなかったろうに」

父が言い、赤飯を口に入れる。葛団子を食べ終えた庄十郎は、赤飯に手を伸ばす。団子だけで腹一杯になり、他の皿までたいらげるのは無理だった。せめて祝いの赤飯だけは腹におさめたかった。

「力武村から念仏踊りが来とったろう。あのうち女の年増のほうが、やっぱり疱瘡で死んだらしか。念仏踊りはあちこちに招かれるけ、どっかで病を得たとじゃろ。舞台に子供たちが仰山上がったので、あれで広まったのかもしれん」

庄十郎は父の話に頷く。あの日自分が桟敷から離れて前の方に行き舞台に上がらなければ、疱瘡にはかからなかったのかもしれない。迂闊さが悔やまれた。

「庄十兄ちゃんが戻ってきて、うちは嬉しか」

千代が不意に言う。嬉しさよりも、母を失った悲しみのほうが、何倍も強いはずだ。悲しみを封じて、そう言ってくれる千代の心根がいじらしかった。

甚八は何も言わない。

父も黙ってなますを食べている。しばらく沈黙が続いた。

赤飯を食べ終えたとき、庄十郎は思い切って口を開いた。

「父上、庄十は医師になりとうございます」

父の箸の動きが止まる。箸を置いて、庄十郎を正視する。

「ほんなこつか」

「ほんなこつです」

庄十郎は父の目を見返す。

「病と闘っとるうちに、そげん決心したか」

父は天井を見上げ、唇を真一文字に結んだ。

「庄十がそげん思ったのなら、そげんするがよか。天から授かった命じゃけ、医師になって、病人ば救うのに一生ば捧げるのは、当然かもしれん。並大抵の修業じゃなかろうが」

「修業は、鎮水先生の許でしたかです」

庄十郎はここぞとばかり、言い募る。

「それは、難しかかもしれん。鎮水先生は弟子を取らんと聞いとる。そん証拠に、ここに来るときもひとりじゃったろう。弟子がおるなら、連れて来てもよかし、弟子をよこしてもよかった」

庄十郎は鎮水先生の言葉を思い起こす。ここに滞在中、城島町の患者は放置していたと、確かに聞いていた。

「父上から、頼んでもらえんでっしょか。どうかお願いします」

庄十郎は後ずさりして頭を下げた。

「頼んでみよう。城島在のお前の伯父、大石殿に口添えばしてもらえば、うまく行くかもしれん」

「ありがとうございます」

庄十郎は深々と頭を下げる。

「庄十兄さんも、ここからいなくなるとね」

千代が不安気に父と庄十郎の顔を見る。「おっかさんも、のぶもおらんごつなって、庄十兄さんもおらんごつなる」

千代が泣き出す。

「心配せんでよか。時々帰ってくるけ」

庄十郎は慰める。しかし城島町に行ってしまえば、よほどのことがなければ帰らないのは分かっていた。

翌年、享保十六年の三月、井上村を朝まだきに出て、城島町の近くまで辿り着いたときは、日がもう西に傾いていた。

「庄十、大丈夫か」

父が訊く。これで何度訊かれたか分からない。

いた。

「大丈夫です」

庄十郎は答える。何度訊かれても、歯を食いしばって同じ返答をした。

昼前に宮地の渡しに辿り着いたとき、まだ道のりの半分にも達していないのは知っていた。

土手の上に立って、筑後川を見下ろした際、三年前、のぶと河原を眺めたのを思い出した。あの日は、のぶと丸一日行動を共にしていた。一日中のぶと一緒にいたのは初めてだ。何を話したかは、大方忘れた。しかし河原を埋め尽くした百姓の群を指さして、百姓が鎌や鍬を上に向けてはいかん、鍬や鎌はあくまでも地面に向けて使うもの、と言ったのだけは、鮮明に覚えている。

のぶは、本当に下ばかり向いている荒使子だった。腰を低くして下を向いて手仕事をし、田畑で働いていた。上を向くのは、天気の良し悪しを確かめるときと、痛い腰を伸ばすときくらいではなかったろうか。働きづめの一生だった。最期の何日か前まで庄十郎の世話をし、あっけなくこの世からいなくなった。

川下から風が吹いて来る。庄十郎は川下にある、母の故郷の城島町を思い浮かべた。生まれ育った井上村を去るのは寂しかった。しかし、これから住む城島町は母の故郷だ。鎮水先生の許での医業の修業を決心したのは、ひょっとしたら、そこが母の古里だったからかもしれない。城島町が自分の第二の故郷になるのは嬉しかった。辛い日々が続いて、古里に戻りたい気持が芽生えても、そこを母の古里だと思えば我慢ができそうな気がする。

庄十郎は、出立の前の晩、隣に寝ていた甚八の言葉を反芻する。

「庄十、もうここには戻って来るな」

暗がりの中で、甚八はきっぱりと言った。「筑後川を渡ったら、二度と渡って帰って来るな」

返事はしなかった。答えるかわりに、嗚咽をこらえた。

病後からそのときまで、家にいるのは息苦しかった。朝餉の席でも夕餉の席でも、まだそこに母が坐っているような気がした。

母の部屋ががらんとしているのも悲しかった。襖を開けて中に立つと、かすかに母の香がした。

父は母の死以来、十歳も年老いてしまった観がある。つねが傍にはべって三人で食べる際も、父は言葉少なだった。

千代は相変わらず兄さん兄さんと言って、なついてくれる。しかし甚八は違った。ほとんど口をきかなくなり、庄十郎にとって同じ部屋で寝るのは拷問に近かった。

渡し舟の中で、庄十郎は甚八の言葉をかみしめ、自分で頷く。

もう二度とこの筑後川は渡るまい。これから先、自分の古里は、母の古里なのだ。そう胸の内で言いきかせた。

渡しを過ぎてから半時歩き、城下の茶屋で休んだ。黄粉をまぶした団子に舌鼓を打ったものの、病み上がりに食べた黒砂糖をかけた葛団子には勝てなかった。鎮水先生に会ったら、まずその御礼を言おうと、庄十郎は思った。

前方に大榎がそびえる一里塚が見えた。

「あと二里半（一里は約三・九キロメートル）だ。日が暮れる前には、城島町に着くじゃろ。伯父殿が首を長くして待っとられるに違いなか」

伯父には、飛脚に頼んで書状を出したらしかった。折り返しの書状には、庄十郎の弟子入りの旨、鎮水先生に頼んでおくと書かれていた。

今、歩いている道が柳川まで続く柳川往還だ。別名を田中道と言い、関ヶ原の戦いのあと、柳川に入封した筑後の領主、田中吉政という人が整えた往還だとは、かつて父から教えられていた。

伸びた麦の穂の上を吹く風が心地良い。

やがて大善寺玉垂宮の前を通り過ぎる。正月明けに催される火祭が、大がかりなものだとは、母から聞かされていた。太さが四、五尺、長さ五、六間のたいまつを棒で持ち上げ、御堂の周囲を練り歩くという。振りかかる火の粉をかぶると、その年は無病息災になるらしい。

城島町に住めば、いつか火祭も見られるかもしれない。母が若い頃見た光景を、この眼で確かめられるのは、思いもよらぬ僥倖(ぎょうこう)だった。

火祭だけでなく、城島町に住めば、見るものすべてが、母がかつて眼にした風物になるはずだ。

母がいつか田の畦道で歌ってくれた蛭藻草(ひるもぐさ)の唄も、この耳で聞けるかもしれない。

〽畑に地しばり　田に蛭藻
広か葉っぱが　水に浮き
日を遮る　憎いやつ

〽畑に地しばり　田に蛭藻
根が深くて　土を掘り
稲を腐らす　嫌なやつ

まさか母が百姓唄を知っているなど、思いもしなかった。小唄習いで鍛えた声で歌われると、百姓唄がどこか上品に耳に響いたのを、庄十郎は思い起こす。

再び橋を渡り、上野宿を過ぎた所で、道を右にとった。また一里塚の前を通り過ぎる。

「庄十、偉かぞ。あと一里半」

そう言う父も息が上がり、足が痛そうだった。

庄十郎は、あたりの景色がすっかり井上村周辺とは一変したのに気がつく。麦畑や野菜畑がどこまでも広がり、山らしい山と言えば、筑後川の向こう肥前領に脊振(せぶり)連山が望めるだけだ。

一里塚を過ぎると、どこからか海の匂いが漂ってきた。

「これが山ノ井川。あとひと息」

父が励ます。

橋を渡ると、城島町の町並は指呼(しこ)の距離にあった。道は、松崎町を通る往還と比べて、幅が若干狭い。しかし、瓦屋根を持つ家の数はひけをとらない。道を行く人々の装いも、どこか垢抜けている。

庄十郎の草鞋はもうすり切れかかっていた。父の草鞋も同様だ。

高札場を過ぎて、十字路を左に曲がると、ほどなく大庄屋の屋敷に着いた。塀が高く瓦をいただいているのも、高松家の屋敷とは格が違っていた。

門は開いていて、父に従って足を踏み入れる。

「これはこれは、高松様」

荒使子が腰をかがめて出迎えた。「旦那様がお待ちでございます」

広い庭の樹木は美しく刈りこまれ、地面にも雑草一本生えていない。大きな納屋の横に頑丈そうな倉が三棟建ち並んでいる。奥の母屋も豪壮な造りで、中央の藁屋根の周囲を複雑な瓦屋根が取り巻いていた。

玄関先に伯父夫婦が立っていた。

「これは高松殿、大変なご足労でございましたな」

「ほんにようおいらっしゃいました」

「このたびは菊の件でさぞ心労だったでござっしょ。まだ仏さん参りも行きおおせんですまんこつです」

「いずれ行かねばと念じておりましたが」

伯父夫婦が代わる代わる言い、二人を中に招き入れた。

突き抜ける土間が奥まで延びている。上がり框の前に桶が二つ置かれ、女の荒使子が足を洗ってくれた。

「庄十、命拾いしてよかったのう」

伯父から声をかけられて庄十郎は生返事をする。

「そしてまあ、その齢で医業の道を歩こうとは、ほんに見上げた決心。わたしは心底胸ば打たれました」

伯母も口を添えた。庄十郎は何と答えていいものか分からず、頷くだけだ。

「修業ばして、おっかさんの仇ばとってやろうと、思ったとじゃろね。子供心にも、感心なこつ」

伯母からまた言われ、庄十郎は歯をくいしばる。涙が出てきそうになるのをこらえた。

「さあさあ、こっちへ」

伯父が座敷に案内し、庄十郎は父の横に坐らされた。

伯母がお茶を運んできて、伯父の脇に坐った。

「こんたびは、こっちの不手際で、お菊を死なせてしまい、悔やんでも悔やみきれまっせん」

父が口上を述べるのを、庄十郎はうなだれたままで聞く。

「荒使子もひとり亡くされたとか」

伯母が応じる。

「のぶと言う荒使子で、もとはといえば、先代がみなし子だったのを引き取って育て、あとで婿ばとらせたとです。私自身も、あののぶに可愛がられて育ち、この庄十も、のぶにはようなついとりました。のぶも孫のごつ可愛がっとりました。それが仇になったといえば、仇になりました」

のぶが家にはいったいきさつを聞くのも、紋助が入り婿だと知るのも初めてだった。

「御原郡で疱瘡がはやっとるらしかという噂は、すぐこっちにも届いて、心配しとりました。案じているうちに、例の荒使子が来て、鎮水先生に来てもらえんかちいう話で仰天したとです。すぐさま鎮水殿に頼みに行き、快諾してもろうたので安心はしとりました」

伯父が淡々と言う。「事の次第は、こっちに帰られた鎮水殿から詳しく聞きました」

「ほんに、お手数ばかけました。城島町の患者も、鎮水先生の不在の間、さぞ不便じゃったと思います」

父が言う。

「ま、医者は他にも何人かおりますけん。そっちに行けばよかこつですが、やっぱ、腕が同じちいうわけにもいかんので、不自由したとは思います」

伯母が答えた。

「そいで、鎮水殿には、一昨日会って来ました」

「どげんでしたか」

父が懸念顔で訊くのを、庄十郎は上目づかいで見た。

「弟子は一切取らん。昔から決めとるこつ、の一点張りでした」

「そげんですか」

父が肩を落とす。庄十郎も眼を畳に這わせた。

「どうやら、それにはわけがあるらしかです」

伯母が口を添える。「十年ばかり前、たっての願いということで、親戚筋の若者ば弟子に入れたところ、たった一年で飛び出して、柳川で医師の看板を上げたらしかです。鎮水先生の名は柳川まで及んでいるので、その直弟子と言えば、病人も集まります。ところが、実力は伴いまっせん。金品ばかり要求して、病人は治らずで、二、三年で悪評が立ち、すぐ逃げ出したとです。今は親類の者も、どこに行ったか知らんくらいです」

「そげな不祥事が、鎮水殿の気持ば、よけいかたくなにしとるとじゃなかですかね」

伯父も暗い顔で腕組みをした。「とはいうものの、二、三日のうちに本人ば連れて来ます、とは伝えとります。あとは庄十、お前の熱意にかかっとるかもしれん」

「そげん。あした鎮水先生の前で、思いば伝えるとよか。おとっつぁんや、わたしたちよりも、庄十自身の心意気が、先生の気持ば動かすじゃろけん」

伯母が言い、かしこまっている庄十郎に微笑して見せる。

荒使子が襖を開けて、湯が沸いた旨を告げた。

「さあ、長旅の疲れば、お湯でさっぱり流してつかあさい。その間に、うちの者たちと夕餉の仕度ばしますけん」

伯母が言いながら、湯殿に案内する。

広い湯殿は新しく手入れがされていて、木の香がした。

「庄十、背中ば洗ってやろう」

父から突然言われ、庄十郎は父の方に背中を向ける。

「お前がこまかときは一緒に風呂にはいって、体ば洗っとった。五、六年ぶりかの」

父がしみじみとした口調になる。そう言われてみると、湯浴み(ゆあ)はこの何年か、ずっと甚八と一緒だった。とはいえ、兄弟で背中をこすりあった思い出はない。

「そんなら、わしの背中ば流してくれんか」

父から言われて、庄十郎は手拭いを父の背中に当てた。こすっているとき、不意に涙がにじんできた。

おそらく、父と湯浴みをするのも、こうやって背中を流すのも、これが最後だろう。こみ上げてくる涙を手首でぬぐう。こすり終えたあと、木桶で湯をかけ、ついでに自分の顔も洗った。

湯殿の外には、真新しい下帯と単衣が二人のために揃(そろ)えられていた。着てみると、まるで誂(あつら)えたように庄十郎の背丈にぴったりだった。

腹が鳴る。昼に団子を食べただけなので、何でもいいから口に入れたかった。厨(くりや)からいい匂いが漂ってくる。今までかいだことのない匂いだ。

座敷には、三つの大きな膳が並べられていた。思わず眼がいく。真ん中の皿には塩鯛(しおだい)の焼き物が載っている。その横に刺身と煮魚、酢だこ、そして大椀の汁物がある。

「今夜は、鯛のよかとがはいりましたけん、いわば鯛尽くしですたい。刺身も鯛と鮑(あわび)、煮物も焼き物も鯛です」

伯父が、自分でも舌なめずりをするようにして言った。

「煮物は、鯛の濃漿(こくしょう)です。久しぶりに作ってみました」

酒を持って来た伯母が言い添えた。「鳥も菜っ葉も入れてるけんで、いわばごった煮です。こっちの椀は集汁(あつめじる)です。鯛のすり身ば、つみ入れしとります」

庄十郎は目を見張る。正真正銘の鯛尽くしで、大半が初めての食い物だった。これまでは二、三度、塩鯛を口にしたくらいだ。まして鯛の刺身など、井上村ではとても食べられない。城島町が海に近いからに違いなかった。

「さあ、孫市殿。一献どうぞ」

伯父が父に徳利(とっくり)をさし出す。

「城島の酒は、うまかですけん、いただかせてもらいます」

父は大ぶりの猪口(ちょこ)に酒を受け、伯父にも注(つ)いでやる。

「庄十も飲むか」

伯父から勧められて、迷う。

「庄十どん、飲んでみらんね」

伯母も勧める。

庄十郎がさし出す猪口に、伯父がついでくれる。父はうまそうに飲んだ。庄十郎のほうは、これまで何度か口にしたものの、うまいと思ったためしはない。

「やっぱ、よか酒です」

父が言うので、庄十郎は少しだけ舐めてみる。どこがうまいか分からず、顔をしかめた。伯母が笑う。

「いずれ、庄十どんも鎮水先生に弟子入りしたら、酒好きになる。楽しみじゃね」

「鎮水殿は上戸でしたか」

父が驚いて訊く。「そげなこつなら、うちにおられたとき、酒ば出せばよかったですな」

「所望されんでしたか」

「一度も」

「遠慮されとったか、重病人ばかりだったからでっしょ。このあたりの患者は、診てもらうたびに、お代と酒ば届けるのが習わしですけん」

伯父は早くも赤くなった顔で言った。

庄十郎は酒よりも、塩鯛や刺身、煮つけに箸をのばす。どれもこれも物珍しく、次々と手をつけた。

酔いで口が軽くなった父は、母を亡くした悲しみを伯父夫婦に吐露しはじめる。伯父は黙って酒を注いでやり、伯母は何度も頷く。

家では弱音を決して吐かなかった父が、ここでは本音を漏らしていた。

「千代が大きくなったら、夫婦二人で彦山詣(ひこさんまい)りをしようと言い合っとったですが、それもわずか一度のままでした。菊が本当にしたかったのは、伊勢詣(いせまい)りでした。庄屋の女房たちと何人か連れ立って、いつかは行きたいともらしておったとです。思い返すと、何にもしてやれんでした」

父が悔やむたびに、庄十郎は身を縮める。食欲さえも萎えていくようだった。

「庄十どん、よう食べなさった。城島はおいしかもんがいっぱいある。どんどん食べて、早く大きくなって、立派なお医者様になりなさい」

膳の上ばかり見つめている庄十郎を気遣ってか、伯母が言った。伯母はもう庄十郎が鎮水先生に弟子入りできるものと思っている。

夕餉がすむと、隣の座敷には寝床が用意されていた。父だけは伯父夫婦と残り、低い声で話し込んでいた。

眠れない頭に、さまざまな思念が立ち現れては消え、また甦(よみがえ)っては堂々巡りをする。もし鎮水先生から弟子入りを拒絶されれば、井上村には戻れない。甚八の蔑みの眼はいよいよ強くなるだろう。かといって、他に行く場所はない。

小一時考えているうちに、かすかな眠気が襲ってきて、父が傍の布団にそっとはいる気配を、かろうじて感じた。

翌朝、身仕度をして、父と伯父に伴われながら、鎮水先生の家に向かった。伯父の屋敷のすぐ横を流れる山ノ井川沿いに、十町ほど歩く。川幅が広くなり、先の方に遠見(とおみ)番所の櫓(やぐら)が見えた。

道の両側は商家ばかりで、油屋や乾物屋、餅屋、豆腐屋、桶屋、酢屋などの看板が読めた。

下駄屋(げたや)の角を右に曲がった小路の先に、鎮水先生の家があった。井上村あたりで見かける百姓家と大差ない、小ぶりな藁葺きを前にして、庄十郎は安堵する。大きな屋敷であれば、気後れがして足も前に進まないはずだ。

家の周囲は粗末な竹垣になり、庭木の代わりに、雑多な草ばかりが植えられていた。畑ではなく、雑草がはびこるにまかせた庭でもない。

門などなく、竹垣に一間ばかりの隙間があり、両側に六尺高の皮つきの柱が立っている。平たい踏み石が十数個、玄関の戸口の方に向かって並べられていた。

唯一の庭木が、玄関口に植えられた一本の柊(ひいらぎ)と、根元のつつじだった。

玄関の戸は開けられていて、暗い土間が見えた。中に向かって伯父が声をかける。二回声を出して、ようやく土間の奥から、腰の曲がった老婆が出て来た。片眼がつぶれていた。

「これはこれは大庄屋様。気がつかんで、えらい失礼ばしました」

老婆がしきりに頭を下げる。

「鎮水先生はおらっしゃるじゃろか。先日の件で参ったと伝えて下さらんか」

伯父が老婆の耳の近くで大きな声で言ったのも、老婆の耳が遠いからだろう。

老婆ははじかれるようにして土間の奥に行き、戻って来た。

「ちょうど今、患者の治療ばしとられます。座敷で待っとられて下さい」

板敷を上がり、襖を開けて座敷に通される。座敷といっても狭く、庄十郎の家の納屋の広さだ。

質素な床の間があり、壁に小さな掛軸が垂らしてある。父も一瞥(いちべつ)したもののすぐに眼をそらす。庄十郎の目から見ても、これは文字というよりも、模様でしかない。

「阿蘭陀(おらんだ)の文字らしかです」

伯父が言う。

「外つ国(とつくに)の言葉ですか。読めんのも道理です」

父が苦笑いした。

「鎮水先生、若か時に長崎に行かれて、阿蘭陀通詞(つうじ)から医術を習ったといいます。その師匠というか、阿蘭陀通詞から書いてもらった額と言われとりました」

「これが外つ国の文字ですか。初めて眼にしました」

父がまた眼をやる。庄十郎も見つめる。文字だとはとても思えない。曲がりくねった筆遣いは、まるで綾取りの太糸のようだ。

しばらくして部屋にはいって来た鎮水先生は、その掛軸を背にして坐った。

「忙しかとこ、ほんに申し訳ございません。たっての願いで、また参りました」

伯父が言い、父があとを続けた。

「先だってから、鎮水先生には、うちのむさ苦しい所に長逗留してもらい、ほんに心から御礼ば申し上げます。倅はこのとおり、元気になりました。庄十が元気になったのはよかったのですが、とてつもなかこつば言い出しおりました。鎮水先生の許で医学ば学びたかと言うとです。どうも気持は固かごたるです。そいで、大石殿の手も煩わしてしまい、こうやって参上致しました」

じっと耳を傾けていた鎮水先生は、庄十郎を一瞥したあと、父と伯父に向き直った。

「大石殿の妹御でもあり、高松殿のご内儀である菊殿を死なせてしもうたのは、ほんに悔やまれます。私の力足らずでございました。どうぞご海容下され」

鎮水先生から頭を下げられ、父と伯父は驚いて言葉をかける。

「鎮水殿、なんのなんの」

伯父が言い、父も「鎮水先生、とんでもなかこつ。菊も本望だったと喜んどるはずです」と述べて、庄十郎にも頭を下げさせた。

「鎮水先生のおかげで、命を取りとめました」

庄十郎は頭を畳につける。「鎮水先生からいただいた葛団子と黒砂糖は、とてもおいしゅうございました」

唐突に言い継いだためか、鎮水先生が笑った。

「うまかったか。よかった、よかった」

鎮水先生の顔が和んだのを見てとって、父がすかさず言いかけた。

「倅は、自分が命拾いしたのを感じ入ったのでございましょう。どうぞ、弟子入りば、このとおり愚父からもお願い申し上げます」

父が頭を下げたので、庄十郎もならった。

「大石殿より言われたときも、鎮水、お断りを申し上げた。故あって、弟子はとらんようにしとります。私の医術は、もう私限りで終わりになります。どうか、鎮水の意を汲み、諦め下され」

顔を上げた父に、鎮水先生が言った。

「そこば何とか。井上組の大庄屋、高松孫市のたってのお願いでございます」

父がまた頭を下げた。

「城島町の大庄屋、大石貞治（さだはる）からも、今一度お願いば申し上げます」

鎮水先生が困った顔をするのを、庄十郎は上目づかいで見た。

「お二人からそげん言われても、これは鎮水の信条です。曲げる訳にはいきまっせん」

鎮水先生が、自らの意志を固めるようにして首を横に振った。気まずい沈黙を破ったのは伯父だった。

「鎮水殿が、弟子をとらんように決めらっしゃったいきさつは、多少なりとも耳にしとります。甥の庄十は、私の見るところ、鎮水殿の期待を裏切ったり、鎮水殿の名声ば傷つけるような者ではございません。どうか、今一度、お考えを改めて下さらんか」

「倅を誉めるのも気がひけますばってん、死んだ菊も、嫡男の甚八よりはこの庄十のほうが資質がよか、入れ替わって生まれてくれればよかったと、一度ならず、私に言ったこつがあります。私自身は、心の内ではその通りと思っとっても、口にしちゃならんこつなので、菊をたしなめました」

父はそこで大きく息をする。

「庄十は必ずや、鎮水先生の教えば守り、万人の命ば助ける医師になってくれると思っとります。どうか固か信条ば、この度だけは緩めて下さらんじゃろか。お願い申し上げます」

父は這いつくばるように再度頭を下げ、庄十郎を叱った。「庄十、お前も何か言え」

我に返った庄十郎は、思わず声を出す。

「鎮水先生から追い返されると、庄十はもう井上村の家には帰られまっせん」

庄十郎の頭には、「もうここには戻って来るな」と言った甚八の声が響いていた。「庄十は何でもします。稲刈りも稲扱き(いなこ)も、田植えも、縄ないも莚編みも、畑の打ち起こしも、種蒔きも、水かけも、何でもできますけん、どうぞ、ここに置いて下さい」

庄十郎は、頭に浮かんだ仕事を次々と口にした。そのなかには、自分が実際にやったのではなく、紋助やのぶがしているのを見ただけの作業もあった。

父と伯父が、呆気(あっけ)にとられたように庄十郎を見つめる。一生懸命言ったので、息が上がり、肩で息をしていた。

「そうか。もう二度と村には戻れんか」

鎮水先生が腕組みをしたままで言う。父も伯父も怪訝(けげん)な顔をくずさない。

「背水の陣ば敷いて、城島に来たか。長か道のりの間、ずっとそんこつば考えとったか」

鎮水先生が黙ったまま、ひと呼吸、ふた呼吸する。背水の陣の意味を解せないまま、庄十郎は身をすぼめていた。

「そげな決心ばして来た子供を追い返すとなると、帰る足はさぞ重かろ。おとっつぁんの大庄屋殿の足もそれ以上に重かろ。それば考えると、むげにも断れん。よか。ここに留(とど)まりなさい。苦しかこつばかり続くと思うが、そりゃ辛抱するじゃろ」

「はい辛抱します」

庄十郎は答えていた。父と伯父が、安堵の息をつくのが分かった。

「大庄屋高松孫市、心より御礼申し上げます」

父が頭を下げ、伯父も「ありがとうございます」と言って手をついた。

「そんなら、庄十、もう今からこの家の者じゃ。おとっつぁんと伯父殿に、別れば告げなさい」

鎮水先生が立ち上がる。

「身の回りの品は、あとでうちの者に届けさせますけん」

伯父が言った。

四人で玄関口を出る。粗末な門の外で、父と伯父を見送った。

角を曲がる手前で、父が振り返り、庄十郎は頭を下げた。

このとき刻みつけた光景が、おそらく眼にする最後の父の姿になるような気がした。

庄十郎は十四歳になっていた。

第三章　飢餓

鎮水先生に弟子入りしてから一年が経ち、享保十七年（一七三二）になった。先生の仕事が医療のみではない事実を、庄十郎はようやく知った。

裏庭には、山ノ井川に注ぎ込む小川の水を利用して、水車小屋が造られている。大人が背をかがめてはいれるくらいの小屋で、そこで火薬の原料が、昼夜の区別なくつかれていた。

原料は三種から成っている。ひとつは、籾殻と赤土、蚕の糞を混ぜた塩硝だ。そこに二つ目の原料の硫黄と、三つ目の原料の木炭が加わる。それぞれの重さは厳密に計る必要があり、塩硝が七割、硫黄と木炭が一割五分ずつだった。

蚕糞は、婆やのつるが納屋の屋根裏で飼っている分だけでは足らず、患者が自分の家のものを持って来てくれた。木炭は町内の木炭商から購入し、硫黄は肥後国から訪れる行商が納めていた。

鼻をつく臭いの黄色い硫黄を砕くのが、庄十郎の仕事だった。

「庄十どん、鎮水先生がどうして火薬ば作っとるか知っとるか」

つる婆さんが言う。「町では、医者でぼろ儲けして、火薬でまたひと儲けしとると、噂する者がおる。そげなこつはなか。先生から病を治してもらっても、謝礼を払えん者が多か。そげな病人から金をもらわんでよかごつ、火薬ば作られとる。作り方は、長崎で学ばれておったとき、毛唐から教えてもらったらしか。秘伝じゃけな。こん作り方は、絶対口外しちゃならん。反対に、丸薬の作り方は、秘伝じゃなか」

つる婆さんが砕いているのは木炭で、指先が真っ黒になっていた。庄十郎はその黒さが嫌で、そのたびに軽石で落としてはいるものの、爪の中にはいつも黒さが残った。

「庄十どんが来る前に、ひとりだけ弟子ば迎えたこつがあった。親戚筋の男じゃったが、全くのできそこないじゃった。丸薬の作り方、病人の診方ば学ばんで、こん火薬の作り方ばっかり覚えたがった。ひと儲けをたくらんどったのじゃろ。そこが見え見えじゃったけん、先生は一切教えんじゃった。あたしも、口外はせんし、塩硝にも触れさせん。すると、こともあろうに、あの水車小屋に忍び込んで、塩硝ば盗んで逃げた。それっきりたい。塩硝ば盗んでも、それが何でできとるかは、分からん。分かったとしても、塩硝だけでは、火薬は作れん。そいでその男、柳川に行って医者の看板を上げたらしか。うまくいくはずはなかよ」

つる婆さんが言った。「法外な礼金ば病人に要求して患者は減り、最後には夜逃げしてしもうて、今はどこにおるかも分からんげな」

つる婆さんについて水車小屋に行き、籾殻と赤土と蚕糞の混ざり具合いを見た。指でつまんでつぶし、匂いもかぐ。なめてもみる。どこかがおかしければ、蚕糞を増やしたり、赤土を加えたりした。

「きっちり計ればそれですむもんでもなか。季節ごとに出来上がりに差が出るけん、最後は触って、嗅いで、味わってみるとよか」

庄十郎も指でつぶし、匂いを嗅ぐ。土の匂いがし、舌を刺す感覚がある。

「庄十どん、水汲みや掃除や煮炊きも、手伝うと先生には言ったげなね。それはせんでよか。庄十どんは、下働きするためにここに来たとではなか。この火薬の作り方ば覚え、先生の医業ば学ぶために来とるとじゃけんね。下働きは、あたしに任しとってよかよ」

つる婆さんは、庄十郎が顔のあばたを気にしているのも分かっていた。

「顔のあばたは、先生と同じで、疱瘡ば乗り越えた証拠。気にせんでよか。女の器量は顔にあるかもしれんばってん、男の器量は胸にある」

つる婆さんは自分の胸をどんと叩いてみせた。

質素な朝餉を終えると、庄十郎は鎮水先生について施療所に赴く。土間の向こう側に板敷があり、その奥に患者が並ぶ待合所が設けられていた。入口は正面の門とは別に裏木戸があり、患者はそこから出入りした。

患者の中には、自分の尿を土瓶や竹筒に入れて持参する者もいた。

鎮水先生は、中の尿を、透明なビードロの器に移して揺さぶり、日にかざして眺める。

臭いも嗅ぎ、時には指をつけ、なめてもみた。まるで、火薬づくりで、つる婆さんが塩硝を作るときとそっくりだった。

鎮水先生が重きを置くのは、視診と脈診、触診以上に、人が排泄する五液だった。尿と糞便、汗、唾液、吐物の五つだ。そのおのおのについて、観察は精緻をきわめた。尿を例にとっても、多いか少ないかの量、濃いか淡いかの色、澄んでいるか濁っているかの質、揺すってみての音、酸臭、悪臭などの臭、そして甘いか、そうでないかの味、などを調べた。

ことに色については、にわかに覚えきれないほどの見分け方がある。白や黄、乳白、赤、血色、火焔色、黒、鉛色、緑、青、蒼天色、熟麦色がそれだ。

「これは、実際にあたらんと、頭に叩き込めん。慌てんでもよか」

鎮水先生は言った。

尿のはいったビードロ容器はしばらく放置したあと、底に溜まる沈澱物も確かめなければならなかった。

もうひとつ、庄十郎が初めて眼にしたのは体の重さを計る秤だ。天秤を何十倍も大きくしたものと思えばよく、患者は、左側の頑丈な竹籠の中に坐り、右側に重しを何個か入れて、総計を出した。

やがて、その測定は庄十郎が受け持つようになった。初診の患者は、単衣のまま体重秤の籠に入ってもらい、重さを計って台帳に記入する。それ以後も、鎮水先生の指示が出れば計って記入し、先生に報告した。

庄十郎が驚いたのは、眼疾の患者の多さだった。鎮水先生が命じる治療法は、唯一、洗眼で、起床してすぐ、井戸水を汲み、眼を洗い、寝る前も同様にしなければならない。手でこするのは、厳しく禁じられた。

つる婆さんは、中年の頃、この眼疾にかかり、片眼だけは、鎮水先生から言われたとおりの方法で治っていた。亭主に離縁されたあと、先生の下働きとして雇ってもらったという。

眼疾の次に多いのは瘡で、それを前にすると鎮水先生の診察は特に慎重になった。

「庄十、瘡だけは、触診や脈診はしちゃならん。あくまでも視診だけ」

先生はこう言って、病人の患部を凝視する。部屋の中が薄暗いときには、わざわざ患者を外に連れ出したり、庄十郎にろうそくの火を近づけさせたりした。

「庄十、お前も自分が疱瘡にかかったから、よう分かっとるじゃろ。瘡にもいろいろある。ただ紅いものから、丘疹になっとるもの、膨疹になっとるもの、水疱に変わったもの、膿疱になったもの、枯れたものなど、区別せんといかん。さらに、どこからそれができ始めて、どこに拡がったかも、本人に根掘り葉掘り訊くとぞ」

今、先生が診ているのは、三十過ぎの商家のおかみさんだった。白い胸肌いっぱいに薄紅色の発疹ができていた。

「御内儀、これは肥前瘡のように思われます」

気の毒そうに鎮水先生が言うなり、おかみさんの顔色が変わった。

「やっぱりそげんですか」

しょんぼりと肩をおとす。

「旦那さんは、よう遊ばっしゃるとではなかですか」

「主人の遊蕩は、元気の元と思うて大目に見とりましたが」

おかみさんがうなだれた。「こんこつは、誰にも言わんどって下さい。あたしひとりが胸にしまっとけば、よかこつですけん」

「口外などしません」

「これからも心配になったら、来らせていただきます。家の者には、おこりの持病があることにしときます」

おかみさんは、庄十郎にも頭を下げて退出した。

病人がもつ病についての口外は、鎮水先生が最初に庄十郎に厳禁した事柄だった。患者が出ていったあと、先生が諭す。

「肥前瘡は、肥前領の平戸や長崎からもたらされたので、そげん言われるようになった。もとはといえば毛唐の病で、男女の交わりば通じて、拡がった。やっかいな病で、少しずつ進んで、万病のもとになる。長生きできても、気が触れてしまう。みだりに男女の交わりばせんでも、遊び人の亭主から、貞節なおかみさんに移される。下手すると、その赤子にも移るこつもある。因果な病」

「手立てはなかとですか」

思わず庄十郎は質問していた。

「なか」

先生が首を振る。「あのおかみさんが何度来ても、してやるこつはなか。聞いてやるこつしかできん。誰にも言えんこつじゃから、わしの耳が、唯一の慰めと励ましになる。庄十、人ちいうもんは、苦しみばじっとひとりで耐えるのはむつかしか。誰かひとりでも、そん苦しみば見知って励ましてくるる者がおると、何とか耐えて行かるる。よかな。してやるこつがなかでも、それだけはしてやる。何か薬ばくれと、病人はよく言う。薬がないと医者じゃなかち、医師自身も思っとる。そりゃ、間違い。庄十、お前自身が薬たい。よかな」

何はなくとも、お前自身が薬——。

庄十郎はこれから先、絶対に忘れまいと思った。

三月にはいってすぐ、鎮水先生から、伯父が養子をとった旨を知らされた。伯父夫婦は子宝に恵まれず、大庄屋の跡取りがどうなるのか、城島町の住人の間でも関心がもたれていたのだ。

「父親は、御家中鉄砲頭の古賀貞房様だ。わしが作った火薬は、御家の鉄砲組と持筒組に納められとる。一度ならず会ったこつがあるが、よくできたお方だ。とはいっても、鉄砲頭で、五人の子供を養っていくのは並大抵の苦労じゃなか。第五子を大石殿に養子に出すのは、双方にとって、これ以上の慶事はなか」

鎮水先生は上機嫌で言った。もしかしたら、仲介の労をとったのは先生なのかもしれなかった。

「いくつですか」

「八歳」

庄十郎は改めて驚く。伯父夫婦が養子を迎える話は聞いていたが、七歳も年下だったのだ。

「大庄屋の仕事ば覚えてもらうのには、よか年齢じゃろ。読み書き、計算は、もう大分仕込まれているらしか。そうそう、名前は猪十郎、庄十と似ているじゃろ」

「猪十郎様ですか」

庄十郎は何となく親しみを覚えた。

その猪十郎が、伯父夫婦に連れられて、先生を訪れたのは月末だった。

「単なる風気でっしょ。じきによくなります」

先生は猪十郎の顔色を診、脈をとって言った。

「鎮水先生、ありがとうございます」

年はもいかないのに声も大きく、立派なお辞儀のし方で、傍で見ていた庄十郎も驚く。

「猪十郎殿。初めてじゃろ。わしの弟子の庄十じゃ」

「庄十です」

庄十郎もお辞儀をする。

「養父母から、聞いとりました。従兄弟どちですので、これから末長く、お導き下さい」

八歳とは思えない口上に、庄十郎は恐縮するばかりだ。

「ほんに、ちょっと見ん間に、お医者さんらしくなった」

伯母が言い、伯父も頷く。

「背丈も伸びとって、たまげた。よう働いとるげなね」

「あと五年もすれば、一人前でっしょ」

鎮水先生が笑う。いくら何でも、そんなはずはなかった。十年か、十五年か、二十年か。たとえ二十年でも、ここで修業する心づもりは既にできていた。

四月まではさしたる大雨や日照り続きもなく、大風も吹かず、春物成の収穫が待たれた。

ところが五月の田植え時期から閏五月にかけて、様子が一変した。雨が来る日も来る日も、しとしとと降り続く。鎮水先生の家の脇を流れる山ノ井川も、水をたたえたまま一向にひく気配がなかった。

雨の降る中、つる婆さんに連れられて見に行った筑後川は、濁った水が土手の半間下くらいまでに迫っていた。上流で一挙に大雨でも降れば、濁流は土手を越えるか、どこかで土手そのものが切れてしまいそうだ。

「今日で十五日、降り続くこつになる」

菅笠を上げ、背を伸ばして、つる婆さんが恨めし気に言った。「こげなこつは、あたしが知る限りなかった。あたしが生まれる前に、大雨と大日照りが続いたこつは、おとっつぁんから聞いたこつがある。ばってん、ここまでの大雨じゃなかったはず」

大雨降りのなか、各村々では、日和乞いの行事が行われているのに違いない。雨乞いの祭は庄十郎も鮮明に覚えている。日照りのもとで、蓑をつけて歩くのは、いかにも大仕事だった。しかし、この雨降りのなか、日和乞いの祭は、いったいどうするのだろう。想像だにつかなかった。

雨が上がりそうもないので、百姓たちは仕方なく田植えを終えたらしかった。苗がいくら水を必要としていても、植えたばかりの苗が水没すれば、元も子もない。毎日何度となく田を見に行く百姓たちの懸念は、いかばかりか。植えられた稲苗だけではなく、畑に芽を出したばかりの苗も、日が射さねば、立ち腐れする。

井上村でも、荒使子の紋助や利平が暗い顔で天を仰いでいるはずだ。父は在方の村々をまわって、庄屋たちと手立てはないものか考えあぐねているに違いなかった。

雨続きの間にも、鎮水先生の診療所には病人が絶えなかった。多いのは腹中気と風気だった。庄十郎がする夜なべ仕事も、この頃は火薬ではなく、薬作りのほうが多かった。

鎮水先生が使う薬のうち、多いのは蘇命散、反魂丹、地黄丸、葛根湯の四種だった。

蘇命散は煎じ薬で、風気の他に血の道によく効いた。冷え性の女にも先生は与え、赤ん坊を産んだあとに飲ませる薬として、家人がよく貰いに来る。

反魂丹は、腹痛み、不食、食滞、腹瀉のある病人には、不可欠の薬だ。

地黄丸も先生はよく与えている。茶臼でひくのが庄十郎の役目で、つる婆さんが実に手際よく丸め、ひと晩に千粒くらいは作った。これは疲れ、気怠さ、口の渇きの他、手足の冷えや熱感に悩む病人に、よく効いた。

葛の根を納めに来る老人は亀作と言い、十日に一度はやって来る。つる婆さんが受け取り、目分量で代金を渡した。籠一杯の根が、およそ四百文前後になる。亀作はそれをありがたくいただいて帰って行く。

「あれで、米が三升は買える。十日で三升だから、よか商売。他にも、葛の根を採って売りに来る者がおったけど、質が悪かった。先生が最後に選んだのが、亀作爺さんじゃった。あたしと同い年のはずじゃが、足腰はしっかりしとるじゃろ。毎日、鹿か兎のごつ、山ば歩き回っとるけんね」

つる婆さんが言う。確かに、亀作の顔は皺くちゃで、手足もごつごつして、いかにも年寄りに見える。しかし歩きぶりは力強かった。

「庄十、薬は多く飲めばよかち信じとる病人が多か。たいがいの医者もそう思っとる。多過ぎる薬は、益より害のほうが多くなる。ほんの少量の薬は、まず害が出ん。益は充分に出る。そのうえ、患者は、薬が少なければ少なかほど、大事にするし、ありがたがる。ひと粒ひと粒、ひと匙ひと匙ば、おしいただき、拝むようにして口に入れる。よかな、薬は、ありがたがって飲むほど、よく効く。これはほんなこつぞ。ありがたがって飲むと、米の研ぎ汁でも薬になる」

先生は諄々と庄十郎を諭した。

下旬にはいっても、雨は降り続いた。

昼過ぎ、背中に瘡のできた患者に膏薬を塗っていた鎮水先生の許に、また男が飛び込んで来た。傘もささず、蓑笠もつけず、ずぶ濡れだった。

「醤油屋の使いの者です。若おかみの出産に産婆に来てもらっとるのですが、その産婆が、鎮水先生を至急、お呼びしろと言うので」

よほど走って来たのか、何度も息を継ぐ。

「難産なのか」

「そうらしゅうございます。陣痛じゃと言うので、朝から産婆に来てもらっとるとです」

「初産か」

鎮水先生がまた訊き、手代が頷く。

「醤油屋なら知っとる。すぐ行くち言うとってくれ」

「仕度ができるまで待っときます」

手代が答えた。

「そりゃいかん。すぐ来るち、妊婦に知らせるこつが大切じゃ。お前が帰らんなら、むこうで、今か今かと待ちわびるだけになる。早う戻れ」

先生から言われて、手代はまた雨の中に飛び出した。

「庄十、こればすぐ井戸水で洗って、油紙に包め」

先生は診ていた患者と待っていた三人の病人を帰し、戸棚から二本のしゃもじの形に似た器具を取り出した。

庄十郎は、しゃもじよりは薄く、銅でできたその器具を、つる婆さんが汲んだ井戸水で洗い、油紙に包む。

もうそのときには、先生も菅笠と蓑に身を包んでいた。庄十郎には、つる婆さんが傘をさし出してくれる。

「庄十、急ぐぞ。場所は分かっとるな。紺屋と酒屋の向かい側に、大きな醬油屋があろうが。その隣は油屋」

「分かっとります」

庄十郎の返事を聞く前に、先生はもう駆け出していた。庭全体が雨でぬかるみ、庄十郎は油紙の包みを抱えて、飛び石を渡る。その先の道も、ぬかるみで、下駄をはいた足はもう泥まみれになっていた。包みを濡らすまいと傘だけは必死で握っているおかげで、顔は濡れていない。前を見ると、もう先生の姿はなかった。

大通りに人影はなく、ひっそりしていた。どの店も、雨が上がるのを息を詰めて待っているように見える。

醬油屋の店先に、先刻の男が出て待っていた。ずぶ濡れの姿のままで庄十郎を迎え、用意した木桶の水で庄十郎の足を洗ってくれた。

案内されたのは、奥の方にある板敷の間だった。そこが産屋に早変わりしたのだろう、天井から太い綱が垂れ、若い女がしがみついていた。髪は乱れ、額には玉の汗が噴き出ている。

　産婆と先生が交互に声をかけ、妊婦を励ましているものの、声は耳に届いていないようだ。庄十郎が立ちすくんでいるうちに、女は気を失い、綱から手を離して崩れおちた。

「縁台ば運び入れてくれんか。その上に布団ば敷いて」

　鎮水先生が、後ろに控えていたおかみに命じた。手代たちが縁台を持ち込み、布を敷く。

　男たちを退室させたあと、先生は産婆とおかみの手を借りて、妊婦を縁台の上に仰向(あおむ)けにした。

「こんままだと、妊婦も赤ん坊も死に絶える。おかみ、どっちが助かるかは分からんが、よかですね」

「はい。先生にお任せします」

　おかみが蒼白(そうはく)な顔で答えた。

「庄十、あの器具ばくれ」

　妊婦の股を広く開いて、先生が言った。

　手渡された銅のしゃもじを、先生は妊婦の陰部に押し込んだ。もう一方も、同じようにねじ込む。その痛みも、妊婦は感じていないようだった。

「おかみ、盥(たらい)に湯ば用意してくれんですか。それと晒(さら)しも」

先生は静かに言うと、産婆と庄十郎に、それぞれしゃもじの柄を握るよう命じた。

「しっかり左右に広げろ」

そう言われても、庄十郎は初めてのことでまごつく。

「庄十、陰(ほと)ば開くとぞ。力ば入れろ」

産婆は合点がいったらしく、向こう側にまわって力をこめる。庄十郎もこちら側から、しゃもじを引っ張る。すぐ目の前に陰があり、開いた穴から黒っぽいものが見えていた。

鎮水先生は、懐から取り出した小刀で、陰の上部を、下から上にざくりと切り上げた。返す刀で尻の穴に向かっても、切り込みを入れる。ほとばしる血が庄十郎にかかり、陰はみるみるうちに赤く染まった。

「庄十、力ば緩めるな」

先生の怒号が耳に届く。泣きたくなるのを我慢した。

先生の両手が陰の上と下に突き込まれるのが見えた。

「そら、しゃもじを取ってよか」

もう、しゃもじも庄十郎の手も血だらけだった。しゃもじを引き抜くと同時に、先生の両手がさっと黒い物を引き出した。赤子だった。臍(へそ)の緒の先に赤黒いものがついていた。ぐったりとしている赤子を、先生が叩く。

「先生、こっちへ」

産婆が素早く赤ん坊を受けとり、盥の湯に浸す。その間に、先生は晒しを食い裂いて、陰の中に詰めこむ。

真っ白な晒しが見る見るうちに、血で染められていく。庄十郎は呆然として眺めるだけだ。

突然、弱々しくながらも、赤子の泣き声がした。

「先生、立派な男の子です」

産婆が告げた。後ろの方でおかみが、わっと泣き出す。庄十郎は必死で涙をこらえ、先生の手技を眺めた。

「庄十、晒しば詰めてくれ」

先生の言葉で我に返り、晒しを食い切り、陰に入れる。しかし、入れる先から、晒しは血を吸い込んだ。よくもこれほど、人の体は血を出せるものだと、庄十郎は圧倒された。

「無事に生まれましたぞ」

鎮水先生が妊婦の頰を叩きながら、耳元で叫んだ。しかし、妊婦は声も上げず、体も動かさない。

それどころか、だらりと広げられた妊婦の脚が血の気を失っていくのに気がつく。

産婆は、泣いている赤子をそっと晒しに包んで、おかみに手渡す。臍の緒を五寸くらいの長さで切り取り、両端を縛る。残された血の塊も、丁重に晒しに巻いた。

「おかみ、嫁殿はこと切れました」

鎮水先生の沈痛な声がした。「庄十、もうよか」

なおも晒しを詰め込もうとする庄十郎を、先生が制した。赤子は泣き続けていた。

「私の力不足でした」

立ったまま、先生が頭を垂れる。

「そげなこつはありまっせん。嫁は、この子ば遺してくれました」

おかみが立って、泣く赤子を先生に見せる。

「元気に育って、おっかさんの分まで働くのだぞ」

先生が指で赤子の頬を撫でて言った。

先生は引戸を開け、隣室で待機していた家人に再び頭を下げた。

「赤子は助かったが、母親のほうは死なせてしもうた。鎮水、お詫び申し上げる」

「ありがとうございました」

赤子の父親とその親に違いない、二人が深々と頭を下げ礼を言った。

「庄十、おいとましよう」

先生について土間に向かう。上がり框に先刻の手代が来ていた。今は乾いた単衣に着替えている。先生が下駄をはき、菅笠をかぶり、蓑をつけるのを手伝う。

玄関口に出たとき、店の主人たちが見送りに来た。

外はまだ雨が降っている。来るときとは違い、先生は重い足取りだ。その少し後ろを庄十郎はついて行く。

「庄十、医者ちいうもんは、負け戦ばかりじゃ」

先生がぽつりと言った。「負け戦の間に、時折、勝ち戦がある。だから、医者は負け戦に耐えなければならん」

その勝ち戦が、あの助かった赤子なのだろう。片方では血に染まった負け戦があり、その境い目があまりに鮮明だった。

泣く赤子に言った鎮水先生の言葉が、まだ庄十郎の耳に残っていた。

──おっかさんの分まで働くのだぞ。

自分もあの赤子と似たようなものだった。死んだ母親の分まで、生きて働き続けるためには、この先も負け戦に耐えていく必要があるのだ。

傘の柄を握る手が血で汚れていた。よく見ると、襟元も血しぶきで染まっていた。

翌日もその翌日も、雨は降り続いた。縁側で干した薬草をすりつぶしながら、庄十郎はぼんやり外を眺める。庭先に降りそそぐ雨を見ているはずなのに、頭の中では、死んだ若い母親の陰の有様が眼に浮かんだ。女人の陰を見るのも初めてだったし、そこに銅のしゃもじを突っ込むのも、陰から赤子が出てくるのを目睹(もくと)するのも初めてだった。血がほとばしり出る陰の穴に、晒しを突き込んだのが、はたして自分だったのか、今となってはどこか夢のような気もする。

考えれば考えるほど、溜息(ためいき)が出る。人はあんなにも簡単に死ぬものなのだ。母も、荒使子ののぶも、吹上村の老庄屋も、あんな具合いに、あっけなく死んで行ったのだろう。

赤子を産むのと引き替えに命を落とした、あの母親はいくつくらいだったのだろう。二十か、二十歳を超えていたとしても、わずかだろう。自分は十五歳で、この正月、伯父夫婦と鎮水先生から、元服の祝いをしてもらったばかりだ。父からの祝いの品は利平が届けてくれた。脇差で、晴れて医師になったとき、それを差すようにとの書状が添えられていた。父は、鎮水先生が脇差などしていないのに、気づかなかったのだろうか。自分も、先生にならい、生涯、刀など帯びないつもりだ。若い母親の陰に、先生が切開を入れたときに使った、小刀くらいは懐に入れておくかもしれない。父の贈り物は護り刀にするつもりだった。

仮に、あの妊婦が無事に出産していれば、まだ何人もの子供を産み、醬油屋のおかみとして、大店(おおだな)を切り盛りしたに違いなかった。

出産翌日の夕刻、若旦那とその父親が連れ立って、鎮水先生にお礼を言いに来た。葬儀をすべてすませての帰りだった。差し出された銀子(ぎんす)を、先生は辞退した。大切な命を救えず、申し訳なかったと、頭を下げるばかりだった。困り果てた親子は、銀子の包みを床の間に置き、そそくさと帰って行った。

先生は中味を確かめようとせず、そのままつる婆さんに渡した。庄十郎が婆さんと二人で確かめると、板銀が二枚はいっていた。銭にして一万文だ。

「さすが、大店はやることが太か。これで先生も、難儀しとる病人から、銭を貰わんですむ」

つる婆さんが言い、庄十郎に真顔を向けた。「庄十郎殿も先生を手助けされたんじゃけ、その分、あたしが貯えとってやります。いつか、ひとり立ちするときに、役立ちますけん」

この頃、つる婆さんは、庄十どんから、庄十郎殿と、時折、呼び方を変えるようになっていた。元服したためもあろうが、庄十郎の背丈が伸び、腰の曲がったつる婆さんも見上げなければならなくなったからに違いない。

長雨が止んだのは、五月も終わりに近づいた頃だった。じめじめした天気が一変して、薄日のみに変わった。昼間の暑気が消えた。夜は布団をかぶらなければならず、朝夕の冷え込みには、袷(あわせ)単衣を要した。本来なら、薄い単衣ですむのが六月なのだ。

六月中旬になって、早くも虫害が目立ち出した。虫の多さは、家の中にいても分かった。昼間、施療所にもどこからかはいり込んで、患者の周囲を音を立てて飛ぶ。夜、燭台を灯し、先生と共に書物を開いているときにも、火に誘われて集まって来た。

「あちこちの村で、虫追い行事が行われているらしか」

先生が眼で虫を追いながら言う。燭台を消せば書物が読めず、つければ虫が我が物顔で舞い狂う。

「虫追いは、効果があるとでしょうか」

庄十郎が訊く。この頃では、虫追いだけでなく、雨乞い祭も、日和乞いの行事も、気休めに過ぎないと思いはじめていた。

「庄十郎、馬鹿にしちゃいかん。あの祭で、百姓たちは気落ちせんですむ。じっと家の中で長雨を見つめとったり、虫が舞うのを手をこまねいて眺めとったら、どげんなるか。気はめげてしまうだけだ。それよりは、村中の者が集まって、ひとつのこつばすると気勢があがる。庄十郎も、虫追いば見たこつがあるじゃろ」

先生も、このところ庄十ではなく、庄十郎と呼んでくれる。

「あります。在所では、麦藁で実盛様の人形ば作って、村人が担いで畦道ば巡ります。実盛ちいうのは平氏の武士で、稲株につまずいて倒れ、それが仇となって討ち死にしたそうです。その恨みで稲の虫になったち聞いとります」

「木曽義仲との戦いじゃろ。もう老将で、白髪ば黒く染めて出陣したものの、年には勝てん。稲株でつまずいたのも、老齢のためじゃ。ばってん、ほんな話は、実盛ちいう名が、〈稲の実（さね）を守る〉ちいうこつから来とるとじゃろ」

鎮水先生の話は、庄十郎には初耳だった。

「在所では、藁人形ば担いだ大人たちがこげなふうに唱えます。

　斎藤別当実盛
　稲の虫は死んだぞ　ほい
　後は栄えて　えいえいおー

それに応えて、今度は子供たちが叫ぶとです。

　討った討った
　稲の虫は討った
　あとは栄えて　えいえいおー」

庄十郎は実際に右手を挙げて言ってみせる。

父に連れられて、甚八と一緒に虫追いに出たのは一度しかない。しかし、その声は何度も聞いていた。

「藁人形は村境の所で、焼いてしまうとです」

「そげなこつで、虫が退散するち思うか」

先生から訊かれて、庄十郎は首を振る。

「そうじゃろ。虫は逃げん。ばってん、子供と一緒に唱えるこつで、虫の恐ろしさが、代々伝わっていく。虫に負けてたまるか。そげん思うて、村人たちの気持はひとつになる。それでよかとよ。何もせんよりは、よか。効果がなかち思うても、立ち向かって行かなきゃならん場合がある。医師の道も同じこつ」

鎮水先生は言い、髪にまとわりつく蠅を手で追い払った。

田の虫だけでなく、家の内外の蠅や蚊までも増えていた。つる婆さんの話では、畑の葉虫や芋虫も例年の三倍はいるという。どこもかしこも虫に占領され、筑後の国全体が虫の国になったと、先生の許を訪れる百姓たちが嘆いた。

「村中の者が田に出て、一列に並んで稲の虫ば追うとですが、隣の村も同じこつばするので、何にもならんとです。竹竿で稲ば叩いて虫を追っても、埒は明きまっせん。結局、稲の葉にのぼってくる虫ば、藁ぼうきで、竹笊に掃き取るしかなかです」

「稲の葉の一本一本ば、掃くとか」

鎮水先生が驚く。

「水呑み百姓は、それしかなかです。多少、金に余裕のある者は、辛子（菜種）油ば藁ぼうきにつけて、稲を打っとります。さらに金持ちの長百姓は、鯨油ば田に撒いて、藁ぼうきで葉についた虫ば、払い落とします。落ちた虫は油で死ぬとですが、油代が馬鹿になりまっせん。あっしたちにできるこつは、せっせと稲の葉ば掃いて、虫ば集めるだけです。それば畦道に叩きつけて、足で踏み殺します。一枚の田で、虫が一斗ぐらい採れます。見ただけで恐ろしゅうなります。これで、今年は飢え死にする者が、絶えんでっしょ」

腹が異様に膨れ上がったその百姓は、言い残して帰って行った。

「あの患者、飢え死にを心配しとったが、そん前に、病で命を落とすじゃろ。もう痩せがはじまっとる」

次の患者を招き入れる前に、先生は声を低めた。「これから先、庄十郎も、この病ば見るじゃろ。初めは、皮膚のかぶれでやってくる。そのうち腹が膨れてくる。そのあと痩せ細って、最期は血を吐いて死ぬ。不思議に、病人は、山手の方からは来ん。みんな川筋の村に住んどる者ばかりだ。井上村では、そげな病人、見らんかったか」

「知りまっせん」

父からそういう話は聞いたことがない。

「たぶん、病人はおるじゃろ。そのつもりで見らんと、見えてこん。目ちいうもんは不思議なもんで、見えとっても見えんこつのほうが多か」

先生は疲れた顔で言い、庄十郎にその日最後の患者を入れるよう命じた。

その患者も、在所で田腐れが広がっている旨を先生に告げた。

「これで、もう秋作は駄目でっしょ。畑のほうは多少収穫があっても、稲は誰もが諦めとります。こん先、診療所にも病人が押しかけて来るはずです。薬よりも、食い物を欲しがる病人が、門前市をなすかもしれません」

男は皮肉な言い方をした。「飢え死にというのは、本人も辛かでしょうが、見る者も辛かです。十日ばかり前、母と子の行き倒れがあって、村の者で葬ってやりました。着物はぼろぼろ、母も子も痩せ衰えて骨ばっかりでした。畑には人参も大根もあるので、盗って食えばよかったのに、それができんじゃったとでしょ。どこかの家の前に立って、物乞いしてもよかったとです。それもできんかったとです。こっちも胸が塞がって、手を合わせながら、みんな泣いとりました。この間も、虫払いのために田にはいりましたが、虫ばかりで、田の水は濁って、まるで醤油を煮返したごつ、熱かったです」

男は溜息をついた。

七月になると、稲の育ちの悪さが明白になり、秋作の損毛は必至だと、誰もが口にし始めた。

たまに日が雲間から顔を出しても、どこか力がなく、月のようにも見える。それでいて、蒸し暑さだけはいや増すばかりで、夜も寝苦しかった。

雨が降らないので、水車を置いた川の水も涸れ出した。赤黒く溜まった水の中で魚が死に、やがて干からびる。

あたりに水草の悪臭も漂いはじめていた。

田畑に集まった粉糠虫は、煙霧と見紛うほどの数だった。庄十郎が井戸で水を汲んでいるときも、虫はまといつき、木桶の中に舞い込んだ。

夜、灯明(とうみょう)を点(つ)けようものなら、どこからか虫が飛んで来て、ろうそくの火にまといつき、火を消してしまう。飯櫃(めしびつ)に入り込んだ虫を取り除くのも、つる婆さんの仕事になった。

「これじゃ、人の世か虫の世か、分からん。虫が我が物顔に飛びまわっとる」

つる婆さんが恨めし気にぼやく。「この頃は、物の値段も高くなったばい。米一俵が銀九匁(もんめ)から十匁しよったのが、ひと月前は十三匁、今日行ってみたら十四匁八分になっとった。米が上がると、他の物も上がる。塩は一斗一匁だったとが、今じゃ一匁五分、白砂糖も一斤(約六〇〇グラム)一匁が一匁四分。大鯛(おおだい)一匹は二匁もする。これじゃ祝い事するにも小鯛でせにゃならん。小鯛なら一匁で五尾は買える」

物の値段など、井上村にいるときは、知りもしなかったし、知ろうともしなかった。ここに来て、つる婆さんのおかげで、大よその見当はつくようになった。

「ばってん、うちは、油でも青菜でも、米でも、川魚でも、病人が持って来てくれるから助かる。そん人の家も、食べるのには苦労しとるのを思うと、こげんありがたかこつはなか」

庄十郎も同感だ。足の悪い老婆が、畑から引いて来たと言って、大根を三本持参する。一本でもありがたく、二本は自分の食(く)い扶持(ぶち)にすればいいのにと、庄十郎は思う。

七月中旬、郡奉行が検見役を惣郡に送り、田畑検分をさせていると、煎じ薬を貰いに来た百姓が告げた。

凶作にもかかわらず、従来通りの年貢を要求すれば、また四年前の一揆が起こりかねないと、公儀は早めに手を打ったのに違いなかった。

そのうち、久留米の城下では米商売が停止され、家中や町人が騒ぎ出したという噂が届いた。

米が買えなければ、闇でどこからか仕入れてくるしかない。といって、仕入れる先があるはずはない。一揆を起こしかねないのは、在方の百姓より、町方の商人たちなのかもしれなかった。

「今日の昼、高札が出たのは、知っとられますか」

夕餉時、醤油屋の手代が来て、先生に尋ねた。手代はあの出産以来、時々顔を出し、主人に頼まれたと言って、醤油桶やもろみを持って来た。

「検見役が在所ば巡察しとったらしか。その検分が出されたとじゃなかか」

先生が答える。

「へっ、稲の傷みは一雨毎に募り、病死馬が出ているのも、六十五年来初めて、と書いてありました」

「それで、お上はどうしろと言うのか」

「すべからく倹約に相努めよ、と書かれとりました」

手代が答えた。

「そげなこつ、わざわざ言われんでも、みんな分かっとる。お上は馬鹿か」

「そいで、今年は新酒造りは禁止ちいうお触れも、書き添えてありました」

「米不足が分かっとるので、そりゃ仕方なか。酒屋は頭ばかかえとるじゃろ。そんな折に、貰い物ばして、鎮水心より感謝していたと、旦那に言ってくれんか」

「へっ、かしこまりました」

手代が頷く。

「それで、赤子は無事に育っとるか」

「それはもう。早くも首が据わりはじめとります。若旦那と旦那とおかみさんで、赤子の取り合いです。あれで、歩きはじめると、三人があとからついてまわるのじゃないかと、みんなで言い合っとります」

「そりゃ、軽鴨の反対じゃな。軽鴨は親鴨のあとに子鴨がぞろぞろついて行く。醤油屋は、子鴨のあとに、親鴨がついて回る」

「全くそげんなりますな」

手代が笑い、庄十郎たちも笑う。

七月末、伯父が養子の猪十郎を連れて、鎮水先生を訪れた。先生は患者を待たせて、二人を座敷に通す。

「庄十郎も大きくなったのう。医師らしくもなってきた」

伯父に言われて、庄十郎は顔を赤くする。伸びたのは背丈だけで、頭の中味はまだ以前のままなのだ。

鎮水先生と伯父は、稲作の不出来についてしばらく話し合った。

「こういう凶作が明らかなときには、お上が何とか対処せにゃならんのですが、上様にはその気もなからしかです」

伯父は言い、脇に控えていた猪十郎に書状を読むように命じた。

まだ小さな猪十郎が大事そうに抱えていたのは、絹布に巻いた書状だった。その書状を開きながら、猪十郎が読み始める。

此の節に及び、御救い等、仰せつけらる筈(はず)に候えども、上にも連々(つれづれ)御差し支(つか)えの上、当年は御在府(ございふ)につき、公儀御勤めこれあり、何分に思(おぼ)し召され候ても御手に及ばざれずに付き、在町御救い仰せ付けられ難く候間(そうろうかん)、在所の大庄屋、庄屋共々精力を尽くし、組毎に助け合い、貯米(たくわえまい)あれば供出し、飢え人ひとりたりとも出す間(ま)敷(じ)く、百姓が寄合い徒党を組む段に成り候えば、百姓同様、大庄屋、庄屋においても処罰これ逃れ間敷、右しかと申し付ける。

一点の澱(よど)みもなく猪十郎が読み上げた。

庄十郎は書き付けの内容よりも、猪十郎の才覚に驚く。今でこそ、鎮水先生について医に関する書籍を読んでいるが、七、八歳のときはまだ平易な文しか読めなかったのだ。

「お上の責任転嫁ぶり、居直りぶりが読みとれる、有り体(てい)に言えば、情ない書状ですな」

鎮水先生が吐き捨てるように言った。

「そうでっしょ。この窮乏明らかな折でも、上様は江戸勤めで出費がかさむ、助けの手を差し伸べたいが、かなわぬ。ついては大庄屋と庄屋で何とかしろ、というこつです」

伯父も目をむく。「それだけじゃなく、貯米ば、村の者たちに与えよ、とまで書かれとります。そりゃ大庄屋も庄屋も、万が一に備えて貯米はしとります。ばってんこれは、種籾でもあるとです。百姓たちは、たぶん、来年のために取っといた種籾も、今年は食いつぶさんといかんでしょ。来年の命よりか、今年の命のほうが先ですけん。そうなると、来年になって、蒔(ま)く種籾がなかごつなります。大庄屋、庄屋の貯米は、そういうときのためにあるとです。そこをお上は分かっとらんです」

伯父の嘆きに頷き、先生も応じる。

「しかもこの期に及んで、四年前の騒動に懲りて、百姓たちがまた徒党を組むのを恐れとる」

「そうでっしょ。生きるか死ぬかの瀬戸際で、百姓はもう騒動ば起こす気力もなかはずです。つくづく、情なかち思います。隣の柳川領では、上様が直々に大公儀の公米の支給ば頼まれたと聞いとります。えらい違いです」

「公米ち言うと、大公儀からの借米ですな」

先生が訊く。庄十郎も公米を耳にするのは初めてだ。猪十郎は書き付けをしまったあと、背を伸ばして大人二人の話をじっと聞いている。

「そげんです。あくまで借米ですけん、あとで返さねばなりまっせん。しかし、今飢え死にさせるよりは、何が何でも食い扶持ば調達して、急場をしのぐちいうのが、筋道でっしょ。生きとれば、また平年作か、豊作の年が来ます。そんときに、返米すればよかこつです。ところが久留米領では、そげな段取りの話も聞き及びません。百姓たちは、凶作の不運と一緒に、この久留米の殿様をいただいとる不運も背負っとります」

伯父は最後のところで声を低めた。明らかにお上を中傷する言葉に、庄十郎は誰かに聞かれはしなかったかと気になる。

「土地ば選べんのは、百姓だけでなく、私どもも同じです。この先、どげんなりますか」

先生までが暗然と呟いたので、伯父は話を転じた。

「先生とこは、不如意なこつはなかですか。何なりと申しつけて下さい」

「今のところ難儀はしとりません。かつがつ、患者が何か持って来てくれます。これから先は分かりまっせんが」

「あとで味噌と多少の米と麦ば届けさせます。米と麦と味噌、この三つがあれば、心強かです。他にもこの先、入用な物があれば、遠慮されんでよかです。何とかしますけん」

「ありがとうございます」

鎮水先生は頭を下げ、二人を送り出した。

「ああやって、まだ小さか養子ば、あちこちに伴って行っておられるとじゃろ。大庄屋の心得が知らず知らず身につく」

先生が言った。

八月にはいっても日照りは少なく、二、三日、日が射したかと思うと、その後は小雨が続いた。

九月になると、打って変わって晴れ上がった。真夏顔負けの暑さが十日以上続き、稲のみならず、畑の作物も枯れ死にしはじめた。

葛の根を掘って届ける亀作が、つる婆さんに珍しく暗い顔を向けた。

「この頃は、山の中にも人がうようよしとる。葛の根ば掘り、草木も、柔らかな葉っぱなら摘み取って行く。餓鬼の目ちいうのは、あげな目ば言うとじゃろ。痩せて眼だけが光っとる。川魚や沢蟹も、獲ったはしから、口に入れよる。もたもたしよったら、襲われて取り上げられる」

「ほんに、餓鬼の争いとは、そんこつじゃろ」

つる婆さんが眉をひそめる。

「こん前は、淵に赤子が二人浮いとった。ひとりは、まだ臍の緒がついとったけ、産み流したい。母親の気持も分からんでもなかが」

「子を捨つる淵はあれども、身を捨つる淵はなし。赤子を抱いて淵に飛び込んだ母親が、自分は死にきれんで淵から上がったとじゃろ」

「食い物がなくなって、親子が枕を並べて、家に火をかけて死んだところもある。乞食になるより、潔く死ぬ道ば選んだとじゃろが、切なか。この前は、道端に行き倒れがあったばってん、顔は犬に食われて、どこの誰かも分からんごつなっとった」

亀作の顔が次第に険しくなっていく。

「こりゃ、まだ序の口じゃろ。これから先、飢えはだんだんひどくなる」

つる婆さんが溜息をつく。

「しばらく、ここにも来られんかもしれん。葛の根を掘ろうにも、掘り返したあとばかりで、どうにもならん」

「食い物はあるとね」

つる婆さんが訊く。

「ある。粟と稗の貯えがあるし、どんぐりばちゃんと採っとる。川魚の干したのも、天井にずらりと吊るしとる。婆さんと二人暮らしじゃけ、半年や一年は持ちこたえられる。それより、あんたんとこは、どげんね。こうも飢えが広まると、病人は少なかろ」

「こっちの心配はせんでよか。三人の食い扶持はある」

つる婆さんが答えるのを、庄十郎は頼もしげに見た。

確かに、ひと月ほど前から、訪れる病人の数は減っていた。二日前も、痩せて透けるように青白い顔の女が受診した。連れている子供は手足が細く、腹だけが膨れ上がっている。鎮水先生は薬ではなく、猪の干し肉を与えた。

「これは、こんままかじってもよかし、何かと煮てもよか。腹もちのするもんば食べんと、病も治らん」

女と子供は、干し肉の竹皮包みを、押しいただくようにして出て行った。

庄十郎は後姿を見ながら、二人が干し肉にそのままかじりつく光景を思い浮かべた。

「蛇でも蛙でも、蛭でも、蝗でも、何でもよか。口に入れれば、元気になる。しかしさすがに、蛙ば食べろとは言えんかった」

鎮水先生がぽつりと言う。「この間、城下から、お侍の使いが、火薬ば貰いに来とったろう。城下にも、行き倒れが、どんどん増えとるらしか。近在の村で飢えた者は、城下に行けば何とかなると思うとじゃろ。商家の前で食い物を乞うても、与える物はなか。乞食のほうは、何か恵んで貰うまでは、そこば動かん。乞食にたむろしてもらっては、商売にならんから、味噌をひと握り与えて、店の前から立ちのかせる。するとまた別の乞食がやって来る。これじゃ埒があかんので、何もやらんで、手代が追い立てる。そうやって追い立てられた者は、早晩、行き倒れになる。道に行き倒れができると、歩く者の妨げになる。とうとうお上は、筑後川の河原に飢人小屋ば建てたげな」

「飢人小屋ですか」

庄十郎も驚く。

「死んだ者ば、そこに運ばせる。まだ死にきれん者も運んで、死んだ者の上に寝せておく。そげな者が、幾重にも積まれとるげな」

「それで、どうするとですか」

「確かに死んだら、河原に穴ば掘って埋めとるらしか。それを、鷲（わし）や烏（からす）、犬が掘って、肉ば食い散らかすので、あたりは臭気がたちこめ、まるで地獄絵になっとる」

庄十郎は息をのむ。あれだけ水を豊かにたたえ、所々に白い砂浜をもっている筑後川が、飢えた人々の墓所になっているなど、信じられない。

火薬を買いに来るのは、武家だけでなく、鉄砲撃ちもいた。鎮水先生の昔からの知己で、さぶだった。つる婆さんは、さぶどんと呼んでいる。いつも背中に鹿の皮、腰には猪の皮をまとって、髭もじゃの顔と体つきは、まるで熊だった。火薬の代金は銀子ではなく、鳥や兎、鹿の干し肉だったり、塩漬け肉だったりした。

「この頃は、道のない奥山の中でも人と出くわします。葛の根は、とうの昔に掘り尽くされとるので、今血眼になって探しとるのは、わらびの根や、いどろの根です。ところが、山にはいるのに慣れとらんうえに、痩せ細った体には力もなか。崖から落ちたり、谷川に沈んだりしても、這い上がる力がなかけ、そんまま息絶えとる者がいます。倒れたら猪に食い荒されるのがおちで、こん前は、人の足ばくわえとった猪ば見ました。人の肉を食った猪ば、あっしが撃って、そん肉ば人間が食べるとですから、もう世も末になりよります」

さぶは今しがたつる婆さんに渡した猪の肉を見て、頓着もせずに言う。そんな猪の肉など、口にすまいと、庄十郎は思う。

「鉄砲撃つのも、昔は人もおらん山ん中じゃけ、気楽なもんじゃった。ばってんこの時節、下手にぶっ放すと人に当たる」

「山に登れる者は、まだよかうち。先だって来た病人は、空腹のあまり壁土ば食うて、糞づまりになっとった。じっと寝といて壁ばっかり見とるうちに、何か食べらるるもんに思えてきたらしか」

先生が言うその患者は、庄十郎も覚えていた。瘦せ細って、あばら骨が出、腹だけがつき出ていた。先生は、ともかく力ばつけるのが先決と言い、干したどくだみと、兎の干し肉を渡していた。

「どくだみば煎じて、何度も頭を下げ、そん中に兎の肉ば入れて煮るとよか」

患者は、何度も頭を下げ、帰って行った。その後どうなったかは分からない。

このところ、鎮水先生が病人に与えるのは、薬よりも、さぶがくれた肉が多かった。とはいえ、こぶし大の干し肉も、腹をへらしたひと家族が寄ってたかって食べれば、一日二日でなくなるはずだった。

「在所の村々では、飢え死にする者が多くて、もう棺桶も作られんごと、なっとるようです」

村の様子を教えてくれたのは、伯父の家の荒使子だった。何か不自由な物はないかと案じて、麦と米を伯父が届けさせていた。

「今じゃ、棺桶じゃなくて、籠棺に死人ば入れとります」

「何じゃ、そりゃ」

鎮水先生が訊く。

「鶏籠の要領で、竹籠を編むとです。布で外側を覆えばよかですが、布もなか家では、死人が丸見えです。飢え死にしたうえに、竹籠に入れられるちいうのは、もう情なかです」

荒使子は目を赤くした。

「こげな有様になっても、百姓は年貢を納めにゃならんとじゃろ」

先生が尋ねる。

「そりゃもう。お上からは、秋物成の納入期限を十月末日だと、言って来ました。その取り立てのために、郡奉行様が在所を巡回されるらしかです。米が不足する百姓は、大豆で補えと、旦那様の許に達示が届いとります。大庄屋が責任をもって、徴収に精を出せちいう命令です。旦那様も頭をかかえておられます」

「無理難題もよかとこじゃな。郡奉行が在所を巡るのは、村人の飢えの実情ば知るためじゃろが。それが、年貢の取り立てのためというのは、本末転倒も甚しか」

先生は吐き捨てるように言った。

このような危急の折、五家老のひとりである稲次因幡様は、どうされているだろうと、庄十郎は思う。

稲次家老については、鎮水先生に一度尋ねたことがある。

「今の殿様になってから、どうも不遇をかこっておられるらしか。殿様は、江戸をことのほか気に入られとる。できることなら、ずっと江戸におりたかとが本音じゃろ。頭の中では、この久留米領のこつは無かに等しか」

苦々しく先生は答えた。

飢えがはびこっているのは、御原郡でも同じはずだった。父も伯父同様、大庄屋として頭を痛めているに違いない。

十月、大公儀から久留米領に対して、一万五千両の拝借銀(はいしゃくぎん)が下賜された旨、鎮水先生が教えてくれた。しかし先生の顔は相変わらず暗かった。

「この一万五千両のうち、本当に町方や在方に渡るのは、三分の一か四分の一じゃろ。こげなときに、領民が喉から手の出るくらい欲しかとは、銀じゃなくて食い物のはず」

先生の指摘は的を射ていた。今では、診療所を訪れる患者は、日に十数人だった。例外なく痩せ衰え、診てもらうというよりも、先生に物乞いするために来ているように、庄十郎には思えた。先生が薬の代わりに、何がしかの食い物を与えるという噂は、町中(まちなか)に広まっているのだ。

「この飢餓で、持病のある病人は、次々と死んだとじゃろな」

患者が少ない原因を、先生はそう解釈していた。確かに、月に一度、あるいは二度顔を出す患者が、ぱったり来なくなっていた。

患者が少なくなった要因のもうひとつは、先生に対しての返礼ができなくなったからだと、庄十郎は思っている。米や麦、豆、あるいは大根や菜を持って来ようにも、患者にはそれが不如意なのだ。まして、手元に銀子(ぎんす)があるはずもない。

診療所が暇になった分、病人の家からお呼びがかかれば、往診に行きやすくなり、庄十郎も必ずお供をした。患者は、商家が多かった。もう今や、医師を呼べる家は、大店くらいしか残っていなかった。

病は傷寒、風気、中風、痢病など、さまざまだった。さすがに、大店の患者は、痩せ細ってはいない。庄十郎がたずさえている薬箱には、蘇命散や反魂丹、地黄丸、免血丸など七、八種の薬がはいっている。診察のあと、先生はその中から一種か二種の薬を取り出し、患者に与える。適当な薬がないときは、あとで診療所まで家人をよこすように命じた。

あるとき、油屋から使いが来た。産気づいた番頭の女房が苦しんでいるという。庄十郎は、またかと思った。もう難産を見るのはこりごりしていた。とはいえ、お供を断るわけにはいかない。

油屋の離れには、三十歳くらいの妊婦が寝かされ、横に疲れ切った様子の産婆がはべっていた。醤油屋のときの産婆とは別人だ。

ぐったりして、声も上げられない患者の腹を触診したあと、鎮水先生は産婆に言った。

「横産じゃな」

「やはり、そうでございますか」

産婆が答える。

「これはもう、わしの手には負えん。どうにもならん」

低い声で言い、部屋の隅で心配気に見ている亭主にも、そう告げた。

「手の施しようは、ございませんか」

訊かれて先生は重々しく顎を引く。

それでも退出のとき、油屋の主人や内儀も顔を出した。

「命は、一両日でしょう」

先生は言い、深々と頭を下げた。

帰りの足取りは、また重かった。医師の戦いは、負け戦ばかりで、その中に時々勝ち戦がはさまる――。先生の言葉が思い出された。「あの産婆も、妊婦が死ぬのは分かっていて、わしを呼ばせたんじゃろ。医者に診せとくと、産婆も安心、家の者も少しは安堵する。言わば幕引き係。これも医師の役目のひとつ」

先生はしばらく黙って歩く。あの妊婦も、腹の中の赤子も、今日か明日、この世から消えるのだと思うと、庄十郎は胸が塞がる。

「しかし、天は、何で横産なぞをさせるかの。せっかく赤子が生まれるなら、たとえ難産でも、最後は命が助かるようにするとが、天の務めじゃと思うが」

ひとり言のように先生が言う。「そげん考えると、そもそも人に病のあるのが、おかしかという理屈になる。この理屈で、いつも堂々巡りになる」

庄十郎は、先生が口にした天という言葉を耳にして、稲次家老の屋敷にあるという掛軸を思い起こした。〈天に星、地に花、人に慈愛〉だった。天に星があるならば、このような死に至る病を人に押しつけないのではないだろうか。いや、そもそも、飢えがはびこっているのも、もとはといえば、天の仕業ではないのか。

そう考えると、天はもともと漆黒なのかもしれない。その中に、ぽつりぽつりと星がきらめいているだけなのだ。この大地も漆黒、人の世も漆黒。だからこそ、花の美しさが映え、人の慈愛が際立ってくるのかもしれない。

そこで庄十郎は得心がいく。医師の仕事とは、漆黒の天に星を見、暗黒の地に花を見出し、漆黒の人の世に、わずかなりとも慈愛を施すことかもしれなかった。

二日後、油屋からの使いが来て、妊婦と赤子が死去した旨を知らせてくれた。御礼として、辛子油を五升と銭三百文を置いていった。

「鎮水先生のところでは、盗っ人ははいりませんか」

その使いの男が声を潜めて訊いた。つる婆さんはかぶりを振る。

「町中じゃ、どこも油断がなりまっせん。村中でも盗みが横行しとるちいう話です」

「うちは、盗らるる物はなか。あるとは薬ばかり。まさか薬を盗みに来る者は、おらんじゃろ」

「いやいや、薬も金になりますけん、気をつけんと」

使いの者は真顔で言い残し、帰って行く。

この凶作と飢えのなかでも、年貢の取り立ては強行された。

十一月、猪十郎を伴って伯父が先生を訪れた。やはり、暮らしぶりを案じて、米と麦を三升ずつ、手土産として持参していた。伯父の頭には白髪が増えていた。

「こげな折だけに、取り立てには難渋しました」

伯父は、いかにも精根使い果たしたという顔で、鎮水先生に言った。

「取り立てらるる米は、あったとですか」

先生が気の毒そうに訊く。「お上の命令どおり全部取り立てても、百姓の食い分は残さにゃいかんでしょうし」

「食い扶持が手元に二、三俵残っとる百姓からは、残りは何とか全部、取り立てられます。ばってん、一斗か二斗しか残っとらん百姓から、取り上げるのは難しかです。庄屋たちは、自分が極悪人のように思えて切なかったと、口々に言いよります」

「あくまで、直接の取り立て役は庄屋と大庄屋ですけんね」

先生が同情する。

伯父たちが苦労したのなら、父やあの干潟村の庄屋たちも、さんざん辛酸をなめたのに違いなかった。

「御領内のどの村でも不作は同じで、結局、お上の許に納められた米は、八万俵を多少上まわった程度だと聞いとります」

「平年の年貢は、どのくらいですか」

先生が尋ねる。領内の年貢がいったいどのくらいなのかは、庄十郎にも見当がつかなかった。

「例年だと、三十七万俵弱です。通常、不作の年でも、まあ二十万俵を切るこつは滅多にありまっせん」

「ちいうこつは、例年の四分の一にも満たんのですか」

先生が唸る。「えらいこつですな」

「えらいこつです」

伯父が頷く。「村によっては、来年の種籾さえも残っとらん所があります」

「そしたら、どげんなりますか。苗ができんなら、収穫もなかでっしょ」

「なかです。ですけん、そこは村々が種籾を融通し合って、何とかするほかありまっせん。大庄屋同士も、そこは話し合い、余裕のある組から、分けてもらうしかなかです」

そう言って、伯父は庄十郎を見た。「御原郡の高松殿にも使いば出して、種籾の残し具合いを訊きました。ところが、凶作の度合いは、三潴郡よりも御原や御井郡のほうが、ひどかからしかです。高松殿からは、申し訳なかちいう書状が届きました」

それで庄十郎は合点がいく。父からは、二か月に一度くらい、鎮水先生に届け物があった。利平がはるばるやって来て、銀子や米麦を置いて帰った。この半年、それが沙汰やみになっている。

「村人たちは、こげん言いよります。今年ゃ子の年、根も葉も枯るる。もうもうよかろう丑の年」

伯父が皮肉っぽく言う。

「今年ゃ子の年、根も葉も枯るる。もうもうよかろう丑の年、ですか」

先生が半ば感心しながら復唱する。

「ばってん、丑年の来年が豊作ちいう保証は、どこにもありまっせん」

伯父は長居をしたと先生に詫び、猪十郎を促して立ち上がる。二人を送り出したあと、庄十郎は、猪十郎が始めから終わりまで姿勢をくずさず、大人たちの話にじっと耳を傾けていたことに気がつく。少しでも知識を得ようとしている態度に、改めて感心させられた。

父からの届け物を携えて、利平が久しぶりに姿を見せたのは十二月の初めで、風の強い日だった。着いたのが昼前なので、家を出たのは日も上がる前のかわたれ時だったはずだ。持参したのは、米や麦でなく銀子だった。

「この時節、米や麦、大豆などを持ち歩いとったら、必ず追いはぎにあいますけん」

利平は先生に言った。

「あっちの方も、大変な凶作だと聞いとるが」

先生が質問する。

「井上組だけで八十三人が亡くなりました。どの家でも、ひとりか二人、中には、生き残っとる者がひとり、ちいう家もあります。村人のうち一割が死んだと、旦那様は言っとられます。ばってん、これで終わりにはなりまっせん。これから先、どんどん増えるでっしょ」

「そげな火急のときに、ほんにすまんこつ。大庄屋殿のところに変わりはなかか」

先生が訊いた。

「父の紋助が死にました」

「おやじさんが。やっぱり餓死か」

紋助が死んだ。庄十郎も驚いて利平を凝視する。

「滅相もございません」

利平が首を振る。「早起きの父が起きてこんので見に行ったら、冷たくなっとりました。ひと月前のこつです。前の晩の夕餉の際には元気にしとりました。このところずっと、村人が飢えで死んでいくのを嘆いとりました。こげな世は初めてじゃと。死んで、ほっとしたとじゃなかとでっしょか。もう七十ば超えたばかりだったんで、年です」

「気の毒だった」

紋助が死んだ——。庄十郎は胸の内で繰り返す。たぶん、つれあいを失ったあと、気落ちしたのが原因だろう。そのうえ、村人たちが次々と死んでいくのを見て、生きる気力が衰えていったのに違いない。それも、もとはといえば、自分が原因だった。庄十郎はうなだれる。いつの間にか涙が溢れ、ぽとりと板敷に落ちた。

「四十九日もまだじゃの」

「死人があまり多かもんで、もうどの家でも、四十九日の法事など、はしょっとります。そうでもせんこつには、坊さんがてんてこ舞いになりますけん」

利平が庄十郎の涙を見て、静かに言い継ぐ。

「父も生きとれば、また来年、知り合いが死ぬのば見らなきゃなりまっせん。病で死ぬのなら諦めもつきますばってん、飢えで死なるるのは辛かです。今年死んでよかったのじゃなかでっしょか」

聞きながら鎮水先生は、腕組みをしたまま沈痛な顔をくずさない。

「ばってん、庄十様が元気にしとらるるとば見て、安心しました。旦那様にも伝えときます」

利平が気を取り直す。

「庄十郎もよう働いてくれる。傍にいてもらって、ほんに助かっとる。あと四、五年もすれば、一本立ちもできるち、大庄屋殿に申し上げといてくれ」

先生が言い、暇乞い(いとまご)をする利平を玄関先で見送った。利平の後姿、歩きぶりが、どことなく紋助に似ていた。

「そうか、あの紋助が死んだか」

先生が呟く。「よか荒使子じゃったがの」

「よか荒使子でした」

答えたとたん、また新たな涙が溢れてきた。


今年ゃ子の年、根も葉も枯るる。もうもうよかろう丑の年。願いをこめてそう言われた翌享保十八年（一七三三）も、飢え死には続いた。

子の年一年間で、領内の牛馬死が三千九百頭にのぼったと、鎮水先生の許に出入りするお侍が言った。

「死んだ牛馬の数はちゃんと分かっとるのに、領民の何割が死んだか、お上が知らんちいうのも情なか」

お侍が帰ったあとで、鎮水先生が嘆息した。「数は上がっとるが、計算するのが空恐ろしいのか、それとも、あまりに甚大な数なので、口封じされとるのか。お殿様は、算術に長(た)けておられるので、数ば出さるるのも、お手のものじゃろがの」

三日後、猪と鹿の干し肉を持参した鉄砲撃ちのさぶも、相変わらず山に人が溢れていると告げた。

「ようよう出てきた木の芽も、片っ端から摘み取られよります。何の木かも知らんで、食われそうなもんは、手当たり次第に籠に入れよるとです。馬でも鹿でも、どの芽を食うかは選んどるので、人間が馬鹿以下になっとります」

さぶがあきれ顔で言った。

二月にはいると、どこからともなく、一月ひと月で領内に千人の餓死者が出たという噂が流れた。

三月上旬、伯父が猪十郎を伴って先生を訪れた。

「一月の御領内の餓死者が千人ちいうのは、ほんなこつです」

伯父が断言する。「二月の餓死者は、その倍の二千人になっとります。うちの組でも、飢え死にする者が止まりまっせん。お上には、種籾ば下さるごつ申し入れとるのですが、まだ沙汰なしです。この三潴郡は、よそよりも植えつけが早いとです。その早物種が足りんので、公儀に頼るしかありまっせん。隣の柳川領でも、筑前の秋月領でも、お上から在方へもう種籾が渡されとります。遅れとるのは、久留米領だけ。ほんに情なかこつです」

「いつも後手後手ですな。郡奉行殿も、在方の難渋は分かっておられるでしょうに」

「分かっておられても、力があるかなかかです。力がなければ、お殿様の気持ば動かされません。大公儀からの借米である公米も、届いとるはずですが、まだ私共、大庄屋の許には着いとりません」

伯父が憤然とした顔になる。柳川領では、既に百姓に分配されとります」「公米はまず大庄屋が受け取り、庄屋に渡し、各百姓に配られます。時間がかかるとです。そん間にも、飢え死にする者が出ます。切なかです」

「何をするにも遅きに失するのが、この御領ですな」

「公米も、ただで貰うとじゃなかとです。百姓たちは、あとで返納しなければなりまっせん」

伯父がまた苦い顔をする。

「どのくらいの利子がつくとですか」

「一斗もらうとして、返済は二斗と五合です」

「二倍以上。多かですね」

先生が驚き、庄十郎もびっくりする。

「そげんでしょ。公米ちいうても、こう言っては身も蓋もなかですが、高利貸しのようなもんです。そのうえ、その利息分の取り立ても、庄屋と大庄屋が請け負わなければなりまっせん。私共、大庄屋は、何か高利貸しになったごたる気にさせられます」

伯父はひと息ついて続ける。「人は、公米をもらうときはありがたがって、利息のこつは考えません。ところが、いざ利息をつけて返す段になると、惜か気持がわいてきます。いうなれば逆恨みです。その鉾先が庄屋と大庄屋に向けらるるとです」

「大儀な務めですな」

「因果な務めですが、先祖代々続く大庄屋を、返上するわけには、いきまっせん。この猪十郎に家督ば譲る頃には、もっと辛か立場におかされるようになっとりましょう。先だっての大騒動の際は、庄屋も大庄屋も百姓たちと気持ばひとつにして、お上に請願して、九割方の願いば聞き入れてもらいました。

しかし今は、百姓の気持も、荒れた田畑や遺棄された田と同じで、すさんで来とります。田畑がいったん放置さるると、元に戻すには、相当な労力がいります。飢え死にで人が少なくなった村には、そげな人手はありまっせん。残った田ば耕すしかなかとです。その限られた田で、利息を含めて借りた分を返すのですから、勝ち目のなか戦を続けていくようなもんです」

溜息をつく伯父の脇で、猪十郎は心配気に養父の顔を見やった。

勝ち目のない戦は、鎮水先生もしばしば口にしていた。伯父が同じ弱音を吐くのは初めてだった。

医師である鎮水先生の負け戦は、たいてい相手はひとりだ。疱瘡などの疫癘の場合、相手が大人数になることはあっても、戦うのは、あくまでもひとりずつだ。

ところが大庄屋の場合、相手は惣百姓であり、公儀でもある。規模が違う。

「しかし、ここは逃げ出すわけにはいきまっせん。前ば向いて生きていかんこつには」

伯父は気を取り直して言い、鎮水先生が固辞するのを押し切り、米と麦、粟を置いて辞去した。

「あの養子の猪十郎、なかなか聡明な子だ」

二人を見送ったあと、先生が言った。

「やっぱり侍の子ですね」

「大石殿の薫陶で、生まれつきの資質に磨きがかかりよる。じっと掛軸の文字ば見つめ、わしに何か訊きたそうじゃった。外つ国の言葉じゃけ、どうにも腑におちんじゃったとじゃろ」

「何と書いてあるとですか」

庄十郎は今こそ問い質すときだと思った。

「わしにも読めんが、〈天に星、地に花、人に慈愛〉と書いてあるげな」

「〈天に星、地に花、人に慈愛〉ですか。先生が御家老の稲次様に揮毫された言葉と、同じですね」

「庄十郎はどうして知っとる。稲次様の屋敷に上がったこつがあるとか」

先生が目を丸くする。

「上がったのは父です。大庄屋たちが招集されて参上した折に、眼にしたそうです。それで後日、うちに稲次様が見えたとき、その言葉の出典ば知りたかったので、訊いたとです。すると御家老様は、父君が鎮水先生から揮毫してもらったと、答えられました」

「そりゃ間違いなか。もとはと言えば、この阿蘭陀語が元になっとる。これは、わしの長崎での恩師である大通詞、楢林鎮山先生からいただいた。鎮山先生は、その師であった出島の阿蘭陀人医師から書いてもらったらしか。その人の名は、ここに書いてある」

鎮水先生は掛軸の右下を指さす。「残念だが、わしには読めん。外つ国の人の名は、覚えるのが難しか」

「そうすると、鎮水先生の鎮は、その楢林鎮山先生からもらったのですか」

「そげなこつたい。一字やるので、鎮水と名乗るがよかと言われた。今、庄十郎と一緒に読んでいる医書は、鎮山先生が、阿蘭陀の外科書を訳されたもんだ」

「『紅夷外科宗伝』ですね」

「それも、仏蘭西という国の医師の書ば、阿蘭陀語に訳された本が元になっとる」

そういえば、訳著者に楢林鎮山の名があり、そうした事情も書かれていた気がする。

「鎮山先生が出島の医師から伝授された知識と技術は、多岐にわたっとる。しかしその第一は、何といっても、この言葉じゃろ。〈人に慈愛〉。ここに医の心が集約されとる」

鎮水先生は、何か言葉を探すようにして黙り、しばらくして続けた。「〈天に星、地に花〉が満ちるように、祈るのが医師だ。ばってん、この祈りば形に出してしまうと、神主や祈禱師と同じになる。医師は、あくまで祈りば、心の内に隠さにゃいかん」

庄十郎は、これだったのかと得心する。先生は病人を診て、体重の変化を確かめ、薬を手渡し、送り出す際に、必ず「お大事にされなっせ」と言って、頭を少しだけ下げる。そのあと数瞬の間、患者の後姿を見守る。あのとき、先生は心の内で祈っているのだ。

そういえば三年前、庄十郎が疱瘡で病の床に臥していたとき、目を開けると、先生が傍に坐り、黙ってこっちを見ている姿があった。何をするでもなく、ただ坐っているだけの姿だった。あれも、自分が眠っている間、祈っていたのに違いない。

「恩師の鎮山先生が、特に気を配られとったのは、体の重みの変化じゃった。これも、阿蘭陀の医師から伝授されたやり方で、餅屋や石屋が使う大きな天秤が置いてあった。体の重みが一定のときは、病も横這い。減っているときには、気をつけにゃならん。もちろん増え過ぎてもいかん。急な差があったときは、妙なこつが起こっとる証拠。わしも、それば教え込まれた」

確かに、鎮水先生の診察の前に、体の重みを計るのが、今では庄十郎の役目になっていた。待っている患者がおれば、庄十郎がひとりひとり呼んで、大きな天秤の竹籠に入ってもらい、分銅を片一方の秤皿に載せた。

初めての患者は、鳥籠のようなもう一方の秤に入るのを嫌がった。しかし、何回も繰り返すうちに慣れて、「殿様の駕籠乗りは楽しみ」と言ってくれた。庄十郎が書き込む診療台帳をのぞき込み、減った増えたと、嬉しがったり嘆いたりもした。

庄十郎自身、自分の背丈は気にしていたものの、重みなどは、ここに来るまで考えだにしなかった。三年前、八貫（一貫は千匁で、三・七五キログラム）三百目だった重みが、今では十一貫二百目になっていた。

患者たちの体重は、昨年から今年にかけて二、三割方減り、そこにも、飢えの有様が見事に反映されていた。

すさまじかった飢えが一段落しはじめたのは、三月も下旬になってからだった。麦作の出来がよく、百姓たちはひと息つきはじめた。

四月半ば、伯父が猪十郎を伴って先生を訪れた。入手できたばかりの小麦が手土産だった。

「飢えは、まだ町方には残っとります。町方の貧乏人には、麦の恩恵が行き渡らんとでしょう」

つる婆さんが出した茶碗に手を伸ばしながら、伯父は続ける。「このたびの凶作で、在方でも町方でも、分限者と貧乏人の差が広くなりました」

「分限者はより分限者に、貧乏人はより貧乏人になったとでも」

先生が意外な顔をする。

「全くそげんです。在方でも、荒田や棄田ば金持ちの長百姓が買い上げたとです。庄屋の中にも、そげな者がおります。田ば売った百姓は、小作人になるしかありません。持ち分が減った百姓は水呑み百姓になります。町方の大きな商家で、在方の田を買い取った所もあります。それも安か下値でです。酒屋や醤油屋、油屋に田を売った者を、私も知っとります」

「醤油屋が田を持つとですか。持ってどげんするとですか」

「どげんもしまっせん。百姓は小作で続ければよかとです。醤油屋は醤油屋で、商売の貸し借りの際の担保にできます。難儀なときはまた上値で、どこかの商家に売ればよかでっしょ。私も、異を唱えるわけにはいきまっせん。時代の流れと思うて、眼をつぶっとります」

「分限者は、ますます肥えていき、代わりに水呑み百姓が増え、田畑持ちの長百姓は、これまた太っていく」

鎮水先生は不満気な顔で腕組みをした。

「長百姓の中には、庄屋並の田畑を持っとるところも出てきました」

話を聞きながら、父が受け持つ井上組でも同じような変化が起きているのだと、庄十郎は思う。伯父同様、父の苦労がしのばれた。

「ところで先生、本庄主計奉行の一粒種が切腹されたのは、知っとられますか」

伯父が訊いた。

「十日ばかり前、火薬ば受け取りに来たお侍から聞きました」

「私が耳にしたのは、三日前です。この猪十郎の父親、古賀様がお見えになり、その旨ちらっと言われました」

「名は確か、平右衛門」

「そげんです。元服が終わるのを待っての詰腹です」

伯父が、やりきれないという顔をする。

「親の罪を、そこまで子が負わんでもよかち思いますが、そこがお侍の習わしでっしょ。十五歳と言えば、庄十郎、お前よりひとつ下じゃなかか」

先生から顔を向けられ、庄十郎は「そげんです」と答える。

「今、切腹じゃと言われたら、庄十郎、どげんする」

「私が侍なら、そりゃ仕方なかです」

庄十郎は苦しまぎれに答え、「侍じゃなくてよかったです」とつけ加えた。

「猪十郎ならどげんするか」

突然、伯父が横に坐っている猪十郎に問いかけた。

「庄十郎殿と同じで、私は侍ではありません。逃げます」

「逃げる」

伯父が驚き、先生と一緒になって笑った。

「なるほど、そりゃよか。理不尽なお上の命令には、従わんでよかちいうことじゃな」

伯父が、我が意を得たりとばかり頷く。「理不尽な道理も、侍なら従わねばならないがの」

「猪十郎殿、大庄屋の跡継ぎになって、よかったの」

先生が笑顔を向ける。

「はい」

生真面目に猪十郎が答えるのを、庄十郎はどこか眩しい気持で眺めた。

その夜、庄十郎はなかなか寝つけなかった。元奉行の子息が切腹する光景が、頭の芯に居坐ったままだった。

もちろん切腹など眼にしたことはない。しかし、自分で刃を腹に突き立て、次の瞬間、介錯人が首を斬り落とす手順だとは知っている。

刃が腹に刺さるときの痛み、首が体から離れる瞬間の痛みは、いかほどだろう。いやそれよりも、その切腹の場に赴くまでの苦しみは、どんなものなのか。胸は張り裂けんばかりに鼓動し、口は渇いてからからに違いない。そのとき、いったい、左右の足は前に進むのだろうか。足がその場に釘づけにならないのだろうか。

いや、切腹そのものの苦しみよりも、その前に横たわる、五年の歳月を過ごす辛酸のほうが大きかったのではないか。十歳の平右衛門様に切腹の命が下り、十五の元服まで猶予されると教えてくれたのは、父だった。

五年後に切腹が決まっているのに、人は日々を生きられるものだろうか。

自分が鎮水先生の許で学んでいるのも、いつかは、身につけた技を病人に施せるようになるからだ。それがなくて、日々の修業などできるはずがない。

ところが、あの奉行の跡継ぎは、五年後に確かに死ぬことが分かって、日々を過ごしたのだ。身を整え、食し、書物を読み、四季の花を眺めたのだ。

あるいは、ひょっとしたら、切腹の沙汰が、五年後に許されるのではないかという、かすかな望みを抱いていたのだろうか。

いやいや、そんな希望をもてば、いざその望みが断たれたときの落胆が却って大きくなる。そんな微かな望みなど、初めからもたないほうがよかろう。

それよりも、おそらく日々を、死ぬための心構えを得るために、使ったのかもしれない。切腹の場に赴く際、心にさざ波さえ立たない、あくまでも静かな明鏡止水の境地でいられるために、日々、精進を重ねたのかもしれない。

そうと決めれば、五年の歳月は、重苦しいどころか、輝きを増すのではないか。一日一日の貴さが、よりくっきりと感じられるのではないか。

おそらくそうに違いない。朝の日の出を望める自分がありがたく、朝餉や夕餉のひと口ひと口もありがたいはずだ。そのありがたさは、まだ先が何年も何十年もあると思っている並の人間より、何倍も強いだろう。

そして死地に赴くとき、死ぬ恐れよりも、これまで生かされたことに対して、感謝の念をもつのかもしれない——。

ようやくそこまで考えて、庄十郎の胸の動悸（どうき）は鎮まり、眠りが訪れた。


（下巻へ続く）

本書は、二〇一四年八月、書き下ろし単行本として集英社より刊行された
『天に星 地に花』を文庫化にあたり、上下二巻として再編集しました。

地図 小暮満寿雄

集英社文庫

天に星 地に花 上

2017年5月25日 第1刷 定価はカバーに表示してあります。

著 者 帚木蓬生

発行者 村田登志江

発行所 株式会社 集英社

東京都千代田区一ツ橋2-5-10 〒101-8050

電話 【編集部】03-3230-6095

【読者係】03-3230-6080

【販売部】03-3230-6393(書店専用)

印 刷 大日本印刷株式会社

製 本 大日本印刷株式会社

フォーマットデザイン アリヤマデザインストア マークデザイン 居山浩二

ISBN978-4-08-745583-0 C0193